万象文库·长篇小说

中國式留守

吕笔活◎著

人民日报出版社

图书在版编目（CIP）数据

中国式留守／吕笔活著．—北京：人民日报出版
社，2015.1
ISBN 978－7－5115－2984－8

Ⅰ.①中… Ⅱ.①吕… Ⅲ.①长篇小说—中国—当代
Ⅳ.①I247.5

中国版本图书馆 CIP 数据核字（2015）第 011122 号

书　　　名：**中国式留守**
著　　　者：吕笔活

出 版 人：董　伟
责任编辑：陈 红　金 晶
封面设计：中联学林

出版发行：**人民日报**出版社
社　　　址：北京金台西路 2 号
邮政编码：100733
发行热线：（010）65369527　65369846　65369509　65369510
邮购热线：（010）65369530　65363527
编辑热线：（010）65369844
网　　　址：www.peopledailypress.com
经　　　销：新华书店
印　　　刷：北京天正元印务有限公司

开　　　本：710mm×1000mm　1/16
字　　　数：237 千字
印　　　张：15.5
印　　　次：2015 年 3 月第 1 版　　2015 年 3 月第 1 次印刷

书　　　号：ISBN 978－7－5115－2984－8
定　　　价：45.00 元

目　录
CONTENTS

第一章　玩大游戏

　　珠州市是南海省的省会,也是闻名全国的大都市,这里产业发达,云集着数以万计的遍布各行业的企业,每年产值在全国同级市中名列前茅;这里异常繁华,一幢幢漂亮的高楼直插云霄、美轮美奂,商业街一条连着一条,各式店铺林立,街道上车水马龙、人流如织,即便街道宽阔、高架桥众多,仍经常拥堵;这里教育发达,拥有多所重点大学以及数十所其他层次的高等院校,优质的高中、初中、小学等更是不计其数;这里人口稠密,汇集来自全国乃至世界各地人口达千万以上,也包括诸多来自农村的农民工;这里有钱人很多,高档花园、别墅一片又一片地建设,虽然房价一平方米高达数万元,但仍被人抢购一空,街道上奔驰的豪华汽车更是数不胜数……

　　虽然该城市如此繁华,但在城市的某些地方,仍夹杂着“城中村”。所谓“城中村”,顾名思义就是城市里的农村,这里房子陈旧,多为二十世纪八九十年代建设的,甚至有更久远的老宅,房子没怎么装修,从外观看,水泥刷过的暗灰色成了主色调;这里设施简陋,没有花草绿地,没有亭台楼阁和健身场所,有的只是狭窄的巷子和凹凸不平的道路,半空交杂的各种电线成了十分惹眼的风景;这里环境差劲,垃圾经常被人随处丢弃,道路肮脏,污水横流,空气中经常散发着一股难闻的气味。总之,这里与周围那些高楼和花园相比简直是一个天一个地。

　　现正值夏天,太阳像个大火炉发出耀眼的光芒,把大地烤得发烫,加上热岛效应,城市显得异常的热,连续多天气温高达三十七八度,空气热烘烘的,大街上的柏油路被晒得似乎都要发软了,街道旁的树木耷拉着头似乎在喊着渴,鸟儿也怕热躲在阴凉处不飞出来。

在这种天气下，有一定经济条件的人能够通过各种途径有效地避暑，如在房子里安装空调，照样能感受到如秋意般凉爽；上街时可以开轿车，开上空调享受着凉意；也有些人到游泳池或到海滩、山庄等胜地避暑，十分舒适。不过，在城中村住的人们，就没那么好的条件了。在一个叫麦地村的城中村，这里房子低矮，空气流通不好，大部分楼房没有安装空调，因为这里的住户基本为外来工，收入微薄，买不起空调，也怕支付高昂的空调电费。据说此地若干年前是麦子成片的村庄，后来随着城市扩张，麦地没了，其间和四周被盖成了或高或矮的楼房，但这里仍属于城郊接合部，尚未被成片拆迁和统一规划，于是村庄变成城中村。

在麦地村村北处，有一栋十分普通的民房，此民房建于20世纪80年代末，十分陈旧，甚至让人感觉已有四五十年房龄的样子，墙体灰黑灰黑的，有些部位已斑驳脱落。可以说，该栋楼在密密麻麻的民房中毫不起眼，唯有一点让人易记的，那就是楼旁边有个垃圾场。正是这个原因，该栋楼的租金相对比较便宜，虽然环境差点儿，但仍有不少人愿意租住。

本栋楼二楼和三楼中的三个房间分别被叫叶志强的大学生、他务工的亲哥和堂哥租住。他们来自另外一个省——云山省龙州市的一个山区乡镇，为了谋生而千里迢迢来到珠州市。叶志强还是家族里仅有的大学生，当年他能够考上本科，那可是家族人的骄傲。毕业后他来到珠州市找工作，好不容易才找到一家企业，但现实不尽如人意，薪资并不高，离买房买车相差太大了，后来索性辞职，但花了快两个月的时间才重新找了份工作，薪资仍不高，因为囊中羞涩，他只好在比较便宜的民房租住。他中等身材，人偏瘦，不少大学生工作没几年就发福，而他却发福不起来，他自嘲着，打拼太艰辛，压力太大，吃得差，住得差，不瘦才怪。

早上才八点多，太阳就已经很大了，空气热烘烘的。今天叶志强起得晚了点儿，主要是今天他不用直接去公司，而是要去客户那儿办事，能在九点半到就行了。这时一群孩子闯了进来，他们是他亲哥和堂哥的孩子。平日他们留守在老家的大山深处，是名副其实的留守儿童，这次趁着暑期，才来到城里与父母相聚。

"小叔,你要上班吗?"侄子叶旭日问道。他是叶志强堂哥的儿子,今年十三岁,个高清瘦,剪着寸头,长着两个招风耳,由于常晒太阳,皮肤显得比较黑;身穿皱皱的短衫,衣领没整好,其中一边向内侧折了;穿着的灰色裤子也不整齐,裤腰带处卷卷的,最夸张的是连拉链都没拉完整,内裤若隐若现。

"是的,小叔我得上班。你爸妈他们呢?"叶志强问。

"他们早早就去上班了。"叶旭日应道。

"哦。"叶志强明白,哥哥嫂嫂他们为了多赚点儿钱,都是早早就上班了,一般六点多就出发了。

"小叔,带我们去你上班那儿玩好不好?"另一位侄子叶东升问道。他是叶旭日的弟弟,今年十一岁,跟哥哥长得十分相似,不注意的话还以为是双胞胎,只是身高相对矮些,他穿着件陈旧的灰色背心,背心比较长,他特意塞进裤子里,但只塞了前面部分,而背后处却没塞好,长长地露出来,双脚穿着沾着粉尘的凉鞋,其中一只鞋的后跟带子已经断了。

叶志强笑了笑,说:"上班不能带孩子的哦。你们在这儿好好玩吧。"

叶东升有些沮丧。

"小叔,那你带我们去公园玩好不好?""带我们去超市玩。"侄女叶大雅和叶小雅相继发话,她们俩是哥哥叶志彬的女儿,分别只有十岁和六岁,她们均穿着花格子的 T 恤,相对而言穿得比较齐整,因为天热加上玩耍,两个人稚嫩的脸蛋显得红扑扑的,留着的长发因流汗已经湿了一片,前额的几绺跟额头黏在一起。

叶志强觉得孩子们真可爱,自己真的想带他们出去玩,可是得上班啊,没办法,只好哄哄他们:"今天小叔得上班哦,改天吧,周末了就带你们出去玩。"要出门时,他又叮嘱道:"你们爸妈没在家,可不许走远,就在这里玩就好,知道不?"他担心孩子乱跑,毕竟这里不是老家,他们人生地不熟的。

"知道了。"大家口头上这样应着。其实心里挺闷的。他们原以为城市生活十分美好,住的玩的肯定很好很好,可以住漂亮宽敞的房子,可以玩很多的游戏,但没料到来这里后,现实并不是像想象的那么美好,一者房子丑得要命,而且小,比老家的房子小多了,住进一家人后,显得十分拥挤,床铺不够还得打地铺睡地板,几乎没有剩下空余之地;二者天气特热,比老家的山村热多了,在老家还可以去河里游泳，但在这里没法去泳池游泳，又不敢去大江里游；三者原以为可以到公园、游乐场玩，但父母要上班，压根就没空陪他们出去玩，大部分时间只好待在出租屋内，父母还一直叮嘱不要乱跑，免得被人拐走了。

在狭窄的出租屋玩了一阵子后，大家觉得没什么可玩了，开始感到有些无聊。这时，叶旭日来到窗前看着外面的景观，憧憬着窗外的广阔世界，突然一个主意袭上心来，转过身来向其他几位招招手，叫他们围拢过来，然后问："在这里憋死了，你们想不想出去玩？"他年纪最大，经历相对较多点儿，点子多且在农村时养成胆大无顾虑的特性，能起到老大的角色。

"想。"大家异口同声地回答，兴致浓厚，早想出去好好玩啦。弟弟叶东升马上问："哥，去哪儿玩？"

叶旭日绘声绘色地说："那个地方有高楼、有好车、有大操场，我们这次玩法比较特别，就不知道你们敢不敢去。"

"哥，你就说吧，我有胆。"弟弟叶东升拍拍胸脯说道。

"我也有胆。"叶大雅指了指自己的胸脯处附和着，她虽然是个女孩子，但脾气性格有点儿像男孩子，平时胆子挺大，在老家时还经常跟男生叫板，跟同龄男生摔跤经常不处下风。

只有叶小雅因为年纪小，不太懂这些事，所以没有发表意见，只是巴巴地望着哥哥姐姐们。

于是，叶旭日把主意跟大伙嘀咕了一阵，他认真地说，其他人认真地听着。话音刚落，弟弟就开心地笑着赞同："好，这个想法好，哥，我敢，快走吧。"一副迫不及待的样子。然后叶旭日问叶大雅怎么样，她也斩钉截铁地说："好！"

"好！那我们现在就走。"叶旭日欣喜道，想象着玩耍所能带来的快乐，因天热而带来的烦躁立即消失了。不过，扫了一眼小雅后，想到了个问题，便对她说："小雅，你还小，要不你不要出去，在屋子待着就好，我们很快就回来。"

叶小雅不乐意地摇摇头，现在好不容易有机会出去，她才不乐意无聊地待在屋子里呢，她撒娇道："不要不要，我要跟你们出去。"

大家考虑了下，把小雅一个人丢在屋里也不放心，便决定带出去。

随后，几人翻起屋里的箱子，找起所要的工具。因为父母平时干活就准备了相关工具，所以很快就找齐了。四个孩子出了门，把门关上，便下楼出发了。

只见叶旭日手里拿着个尖头的螺丝刀和锤子,叶东升拿着个锯片,叶大雅也拿着螺丝刀,而叶小雅则空着手。

他们要去一个酒店玩自认为很有意义的游戏,即要给一位叫赖金贵的老板搞搞恶作剧。

为何会想到干这件事呢?这得从去年发生的讨薪棘手事说起。

叶旭日的父亲叶进乾和叶大雅的父亲叶志彬去年为赖金贵公司新建的酒店大楼搞装修,包括内部墙体粉刷、家具油漆和外墙装饰等。他们召集一些同行的乡亲认认真真、夜以继日地工作,通过半年多的辛勤付出,终于赶在年底完成了工程,让一座毛坯楼变成华丽气派的大楼,为城市增添了一道亮丽的风景。原本说好工程完工就付清全部工程款,但没料到,到公司向老板讨要工钱时,老板总是找各种理由推脱,比如公司资金紧张、装修质量不够好、等酒店有收入了就付、再等等,等等。而叶进乾和叶志彬为了此工程已经垫进不少工钱和伙食费,眼看要过年了,如果拿不到工程款,怎么给工友发工钱?他万分焦急啊,在年底那段时间,天天待在酒店讨薪,好说歹说,终于获得了三四成的工程款,叶进乾和叶志彬各自只留千把元钱,其余的绝大部分都发给工友,勉强打发大家先回家过年,而他们俩因无钱则未回家,让儿女、父母们盼得眼巴巴的,最终以失望收场。

今年年初,酒店已经开业经营,叶进乾等人也已到其他工地打工,但仍时不时地前往赖金贵公司讨薪,不过总是失望而归。近来,叶进乾和叶志彬想到老是把孩子放在农村里不是很好,既不利于孩子的有效教育和健康成长,也容易造成两代隔阂,便把孩子接到珠州来,打算在珠州找学校读书,但这需要一笔不小的开支。于是,他们决定把薪资讨回来供孩子入学,只是每次带着希望出门,却每次都空手而归。

要获得应有的工钱,简直比登天还难啊!叶进乾和叶志彬简直失去了信心,他们也想过求助政府或法律,可是人家老板只是说再过几天,并非说不给,似乎让人看到还有希望。而且他们还担心,一旦走官方或司法渠道,老板可能翻了脸,绝了情,不仅原先的合作关系断绝了,还很可能导致老板更不情愿付款了,甚至进行暗中报复。一想到这些,叶进乾和叶志彬便觉得毛骨悚然,还是想多磨磨嘴皮子、走走脚板子讨薪,不到万不得已不走司法渠道。

　　有一天晚上,叶志彬夫妇带着孩子在叶进乾的出租房玩,他们在几张陈旧的塑料椅上坐了下来,然后用最简单的茶具泡起从家乡带来的八仙茶,边喝边聊,聊着聊着不自觉地又聊到讨薪的事,大家绞尽脑汁地想新办法,可是不知该采取何种方法好,十分茫然。在一旁玩的叶旭日等人听着大人们的谈话,知道大人的难处,也想分忧,可是又没有能力,只好跟着发愁。

　　突然,屋子走进一位面善、衣着朴素的年轻人,他就是叶志强,是叶志彬的亲弟弟,叶进乾的堂弟。叶志强对哥哥们的遭遇也了解些,听到大家在谈讨薪话题后,突然想起今天看到的一则信息,便说道:"我看了今天的报纸,说有个地方的农民工为了讨薪,带上了孩子,让孩子在广场当着市民的面举讨薪标牌,后来媒体报道,扩大了影响,政府出面,果然讨到欠薪。"

　　堂哥叶进乾听后似醍醐灌顶,眼前一亮,说:"这招不错呀!我们也有孩子。"他看了看一旁在玩的几个孩子。

　　"对呀!我们也可以照搬呀!"叶志彬跟着说。

　　叶志强此时想到了个问题,提醒道:"不过,这得慎用,让孩子过早介入成人社会,不太好吧。"

　　"这……也是。"叶进乾暂不提采取该措施了,有意谈别的话题。

　　叶志强走后,叶进乾放开了,发话道:"志彬,我觉得刚才志强说的不错,你觉得呢?"

　　叶志彬说:"我也知道对小孩有一定影响,在没办法的情况下,不失为一个办法,可以试试。"

　　叶进乾又问问自己的妻子邱丽群以及弟妹许绿瑟的意见,她们均说方法好是好,但是让孩子在大庭广众下举牌怕影响太大,也可能给孩子的心灵带来影响,她们不太赞同。

　　叶进乾觉得她们说的有道理,想想后说:"要不不要到广场举牌,我们就带上孩子去酒店央求老板,打孩子要读书的牌,博得老板同情。你们看这样行不?"

　　"这行。"众人几乎异口同声地附和。

　　这时,叶进乾向儿子叶旭日招招手,让他过来,然后问他愿不愿意帮帮大人,向老板要回工钱。叶旭日不假思索地说好,自从来珠州市后,他对父母的辛苦看在眼里,自己已渐渐长大了,对世事已懂了一些,也想为父母出点儿力、分点儿忧。紧接着,其他几个孩子也纷纷说:"我也愿意、我也愿意"。这让大人们十分高兴和感动。

第二天,叶进乾和叶志彬带着四个孩子出门了,原本邱丽群和许绿瑟也说要跟着去,但叶进乾总觉得妇人用不上,还是免了,况且他们的电动车载不了太多人,各自载两个孩子已经算超载了,只好让妇人留在家里。

今天天气一改往日的晴朗,显得有些阴沉,太阳被密密的灰云所阻挡,阳光不再毒辣辣地暴晒人间,而且还起了风,吹得路边的树木哗啦啦直响。不过,叶进乾等人倒十分喜欢这样的天气,觉得一扫往日的闷热,变得十分凉爽,十分之好,只希望不要下雨影响出行就行。

叶东升等孩子坐在父亲的电动车上,睁大眼睛好奇地看着城市的风景,包括一栋栋要仰视才能看到顶的高楼,装修漂亮、商品琳琅满目的店铺,路上奔驰的豪华汽车等。在平时,父母难得有时间带他们出去玩,现今终于能够载着他们"逛街",虽然只是坐属于禁开的电动车,虽然是超载,虽然此次目的并非为了游览,但他们的心情仍旧十分激动。

一路上并没有遇到交警,且他们有时会抄小路避开拥堵路段,所以能够比较顺利地到达目的地。

下车后,叶旭日立即看了看屹立在眼前的酒店,只见该酒店有十多层楼高,在墙体上赫然写着"金尊大酒店"几个红色大字,从外部看,酒店气势巍峨,装修高档,墙体贴着整洁的白色瓷砖,每一格窗户都镶着淡蓝色的玻璃幕墙。还能看到一楼大堂是那么的富丽堂皇,二楼的宴客厅是那么的典雅高贵,不少人正坐在椅子上悠闲地吃着东西。叶进乾对孩子说,这栋这么漂亮的楼是父亲、叔叔等人装修的,还有酒店内每个房间、每面墙壁都是他们装修的,孩子们听了感到十分自豪,但知道拿不到工钱心里又十分遗憾。

叶进乾和叶志彬把电动车停在酒店门前的一个停车场,让孩子下了车,并架起脚架,上了锁,免得被偷了,然后带着孩子们往酒店大门走去,意欲找老板。

在酒店门口,当每一位顾客进入时,保安都会说声欢迎光临,鞠个躬,并做着"有请"的手势,显得无比热情。但是,当叶进乾和叶志彬带着孩子走到门口时，两位保安的态度来了个一百八十度的大转变，他们眼睛一亮，脸色顿变，热情顿消，怒色顿时弥漫，迅速地挪动脚步，用庞大的身躯挡住去路，还伸出手横着道，尽量让阻挡面扩大。他们已经见过叶进乾许多次了，打过许多次的交道，一看到他来就立即能知晓他的来意。其中一位身高达一米八几的保安口气生硬地说道："老叶，是不是又来找老板？实在对不起，老板不在。"

叶进乾掏出双喜牌香烟，向保安发了过去，然后说道："我是有很重要的事要找老板，麻烦你们通融下，让我们进去下。"

保安看看对方发的烟不过一包才十块钱，连接都没接，态度坚决地说："不行。即使老板在你也不能进去，你进去的话，我们的饭碗就保不住了，我们也是打工的，你就不要再为难我们了。"然后做了个"请出去"的手势。

叶志彬听得来了火气，插话道："既然你们也是打工的，你就要知道打工人的苦，你们老板不给我们工钱，我们这些打工的饭都没得吃了。"然后指了下带来的几个孩子，说："没有钱，让我们怎么养这些孩子。你们也是有家室的人，你们应该理解。"

"这……"其中一个保安被说得不好意思起来，态度缓和了些，顿了顿后说："你等等，我去汇报下。"这让叶进乾等人看到一丝希望。随后，保安朝保卫室走去，向领导打了电话请示。不过很快，叶进乾就发现了不对劲。那位保安走出保卫室后，又变了个脸色，严肃而焦躁，而且还有另外几个保安走出保卫室，一并朝酒店门口赶了过来，其中年长些的保安队长以命令的口吻喝道："赶快把他们赶出去。快！快！"

面对这一切，叶进乾有点儿摸不着头脑，变化也太快了，难道保安刚才耍他了？其实非也。原来，刚才保安打电话到老板办公室征求意见时，被上司骂长猪脑子了，这事还用得着请示吗？赶紧把那些人赶走。保安唯唯诺诺地答应，立即执行命令，召集人员赶人。

就这样，叶进乾及几个孩子被赶出了大堂。几个孩子看到几个身材魁梧的保安气势汹汹地推推搡搡，着实被吓着了，尤其是叶小雅，吓得还哭了起来。叶进乾本想揍揍保安出气，但被叶志彬拉住了，他想此次动武肯定斗不过人家，毕竟自己只有两个大人，其他都是小孩，难以敌众，只好沉住气，后退几步。几位保安见他们出了大堂、下了台阶、退到操场，且小孩子又哭了起来，挺可怜的,便就此作罢,没有再怎么样。

叶进乾等人回到停车场,站在自己的电动车旁,考虑着要不要就此放弃而回家呢?"志彬,你说怎么办?"

叶志彬说:"我们不是还有一招嘛。"

"哪一招?"

"哥,你忘啦?"他向几个孩子使了使眼色,又掏出钥匙把电动车后座的箱子打开,指了指几张准备好的海报。

这下,叶进乾明白了,拍拍脑门说:"对哦。还有几个娃呢。"

此时,叶旭日昂首挺胸,摆出一副十分大义凛然的样子,说道:"爸、叔,我们回去跟他拼了。他们太横了,我们要教训教训他们。"

叶志彬笑了笑说:"你刚才不怕?"

叶旭日拍拍胸脯道:"当然不怕。"

"那就好,我们不跟他们硬来,硬的不行我们就来个软的,你现在照样能帮你爸和叔的忙。来拿着这个。"叶志彬把几张海报发给几个孩子,海报是从挂历上剪取的,在空白处写了些虽不漂亮但还算工整的大字。叶旭日读了读,上面写着:"我要读书,请给我们工钱读书"、"我要吃饭、要买文具,需要钱,快付给我们工钱"、"快给我们血汗钱,让我们有活路"等。

叶进乾交代:"等下你们对着路人举起这些牌,让大家看清,好吗?"

"好!"几个孩子十分听话地回道。

于是叶进乾和叶志彬带着孩子来到停车场入口处的外边,让孩子们对着路人举起海报。几个孩子把海报高高地、端端正正地举起,果然效果显现了,没过一小会儿,就聚集了不少路人围观,并嘀咕地说着感言,有人同情地说这些孩子真是可怜,也有人愤怒地说老板真黑心,也有人说让孩子来讨薪真是社会的悲哀,等等。不过,记者是没有的。

这聚集的人一增多,酒店保安很快就发现了蹊跷,立即就走了过来看个究竟,看了看人,还是刚才那几个人,再看看海报上写的字,顿时吓了一大跳。这影响大的话,事情就严重了。

保安十分紧张,要驱赶吧,可是现场围了这么多人,万一闹起来不是很好。想想还是先请示领导吧。于是,保安立即跑去向上司报告,上司又向老板赖金贵报告,说明了情况。不料,赖金贵一点儿仁慈心都没有,依旧把保安臭骂一顿,并命令保安采取强硬措施,立即驱散讨薪人员。

没多久,几个粗壮的保安大步流星地跑了过来,挥着棍棒对聚集的人群喝道:"看什么看,快走开。"又有保安抢孩子手上的海报,因孩子们猝不及防,他们很轻易地就抢了过去,还撕成几片,并扔到地上猛踩几下,弄得小孩又哭起来。只有叶旭日例外,当保安要抢他的海报时,叶旭日迅速把海报收了起来,揽入怀里,用双手护着,并喊道:"你们抢什么抢,这是我的,你们这些恶人快走开。"

保安恶狠狠地说:"妈的,嘴巴够硬的。快拿出来!"

"不拿。"叶旭日依旧紧紧地护着。

既然软的不行,那就来硬的。几个保安伸出大手生拉硬扯,这时,叶旭日对准其中一个保安的手,嘴巴张开一口咬住那人的手。保安顿时"哎哟"起来。其他人见状,赶紧帮忙,有拉扯叶旭日的,也有捏他鼻子的,让他的鼻子无法呼吸,叶旭日只好张开嘴巴呼吸,最终让那只手从口中脱离而出。海报很快也被抢走,并被撕成碎片,如雪花般散落了一地,让人心痛不已。

与此同时,叶进乾和叶志彬也跟保安做着斗争,不断阻止他们抢海报,说道:"你们干吗?小孩举牌关你们什么事?又不是在你们酒店里面。"

"你!这也是酒店的地盘,你们分明是跟我们老板作对。"

"我们要回我们的工钱,这怎么就叫'作对'了?"

"废话少说,你们赶快走远,我们就不再计较,否则小心挨揍。"保安有意挥了挥警棍。

一看就知道,这警棍的威力肯定不小。叶进乾担心他们要起威风后什么都干得出来,怕的是连累了小孩子,要不受惊吓,要不受伤,影响不好。于是,叶进乾选择了暂时的屈服,跟保安说:"好,我们走,你们别动手。"然后离开此地,推起电动车载上孩子开走了。保安们看着他们开走了,便回到自己的岗位,围观的人群也渐渐散了。

叶志彬真没想到,举海报这招竟然这么快就失败了,海报这么轻易被撕碎,压根就没引起老板或记者或有关部门的注意。不过,他仍旧不甘休,没有讨到薪资,心里十分不甘,不想就此放弃。走了一段路后,他对叶进乾说:"哥,我们这样走回去还是一场空。我想还是再争取下。"

"嗯,那你有什么方法?"

"我们要讨薪,关键得找到赖金贵,既然我们进不去酒店,我们何不在酒店外面等赖金贵出来,他肯定是要下班的嘛,我们半路截住他。"

叶进乾想想也是,点头道:"行,那就试试吧。"

于是,几人又返回去。不过,他们这次并没有走进酒店广场,而是在外围就停下车来。此时,保安已经不在此地,加上距离较远,保安发现不到他们,不用担心被赶。

叶进乾双眼扫了扫停车场,看到了想要看到的车,便指着那里对大家说:"你们看到车棚的那辆车没?"叶旭日顺着他的指引往停车场蓝色的车棚看去,果然看到一辆银色的豪华汽车,霸气十足,惊呼:"哇,那车真好看! 爸,是什么车呀?"

"宝马。"

"宝马? 哪里有马?"叶旭日一脸狐疑。

叶进乾摸摸儿子的头,说:"是宝马牌轿车,不是马。小子多学点儿吧。"

"呵呵。"大家不由笑了起来。叶旭日也腼腆地笑了,自己长期待在大山深处,对车没有研究,这下见丑了。不过他记下了宝马车的模样,相信今后不会再弄错。

叶进乾继续说道:"那就是赖金贵王八蛋开的。等这辆车开出来,我们就拦着。"

"行。"

于是,大家一直关注着那辆宝马车,等呀等,等呀等,等得天空的云越来越多,等得疾风呼呼地吹起来,树叶哗啦啦地飘落,好像雨都要降临了。这时,叶志彬有点儿泄气了,说要不然算了,免得下了雨,把孩子淋感冒就不好了。叶进乾想想也是,有点儿不情愿地说好,准备收工回去。

正当叶进乾掏出钥匙要启动电动车时,叶旭日顺便扭头看了看停车场,发现那里有了异动,只见有个中等身材、穿着白色衬衫、戴着领带、腰上别着手机的人大腹便便地朝那辆宝马车走去,他忙说:"爸、叔,你们看,那儿有人了。"

叶进乾和叶志彬迅疾看过去,几乎异口同声地说:"妈的,终于来了,这个死胖子就是赖金贵。"

他们赶忙把电动车架了起来，并做好拦截准备。

没多久，宝马车缓缓地驶了出来。这车还真不赖，越近越让人感到大气，特长特宽特大特靓特帅，听那发动机声音，小小的，据说好车都这样。

等宝马车即将驶到路口时，叶进乾和叶志彬带着小孩突然冲了过去，挡住了去路，宝马车来了个急刹车，幸免撞上人。随即，驾驶人赖金贵从车窗探出头来，不管三七二十一，一露脸就是破口大骂："你们眼睛瞎了是不是？不怕老子把你们撞死吗？"

叶志彬让几个孩子继续站在原地挡住路，而他和叶进乾来到车窗前，说："赖老板，我们是有事找你，在这儿一直等候着你呢。等得好辛苦呢。"

赖金贵立即认出对方是谁了，只见两个人皮肤黝黑，穿的衣服皱巴巴的，土里土气的，叶进乾的头发和衣服还沾着白色的涂料，穿的拖鞋也沾了涂料。说实话，他从心底里就瞧不起眼前这俩人，心里很想叫他们"乡巴佬"，快滚，但脸上还是挤出一丝生硬的笑意，装着蛮客气的样子说道："原来是你们，有什么事吗？"他是明知故问。

叶进乾说："还不是为了工钱的事。老板你看看，我们要养这么多个孩子，还要供孩子读书，可是没钱啊，你还是行行好，把工钱给了我们吧。"他指了指一旁的孩子，以此打出乞怜牌。

"这个……这我知道。只是，近来酒店生意一直不好，我欠了不少债，一时没钱嘛，这样吧，等资金有了，立即打你电话，优先让你们拿去，好不好？"赖金贵眼神游离，连看都不看对方。

叶进乾和叶志彬一听就知道赖金贵是忽悠人，简直是耍小孩子，明明生意十分火，明明自己还开着豪车，怎么会没钱呢？要等到他有了资金才给钱，那得等到猴年马月呀？"赖老板，你每次都这样说，每次都没给，你要知道我们现在可真没办法了，连饭都没得吃了，你就把工钱给了我们吧。"

"你这人怎么这么啰唆？我说话算话，下次就给你。我还有事，得先走了。"赖金贵有点儿不耐烦，要开动车驶离。

叶进乾和叶志彬急了，生怕他就这么离去。叶进乾手快，立即把车门拉开，并抓住赖金贵的手臂，一用力，把他拉下了车，然后一脸严肃地说道："赖老板,你可不要把我们逼急了……"

　　赖金贵想到了什么,心跳不由加速,吓唬似地责问道:"你们要干吗? 是不是要绑架我? 我告诉你们啊,绑架可是犯法的,到时候别说拿不到工钱,你们还会坐牢,你们可别来这一套。"

　　被他一说,叶进乾还真想像电影里那样,把赖金贵抓起来揍一顿,灭灭他的威风,好好出出气,然后逼他早点儿交出钱。但此时此刻,他没这个胆量,他明白对方说的没错啊,硬来的话是不行,不仅可能惹怒了对方,更不会给工钱,还可能犯了法,被判刑关押,赔了夫人又折兵。这种案例他可是见过的,在前两年,他的一个朋友讨要工钱不成,便把人家的电视机、电冰箱搬走抵债,不料对方报警,后来,朋友被抓起来,说是入室抢劫,真真切切被判了两年刑。这是前车之鉴啊!

　　就在叶进乾犹豫之际,赖金贵抓住了这一点儿机会,忽地挣脱开来,然后撒腿就朝酒店处跑去,跑的姿势很像一只肥鸭,大腹便便,左右摇摆,边跑边朝保安大喊:"保安,你们快过来抓人。"

　　保安见老板似乎被人追,大吃一惊,神经紧绷,蜂拥赶过来执行命令。

　　随后,叶进乾等人被保安们牢牢地摁住,而赖金贵得意地哼了几声,嚣张地走进车内,开起宝马车,一溜烟消失在车海中。见老板走了,保安才放开了叶进乾等,并说了些恐吓的话语,如下次敢再放肆就不客气、打断腿,等等。

　　这下,叶进乾没有办法了,即使怨恨也没有用,即使吐苦水也没人听,只好垂头丧气地打道回府了。

　　叶旭日、叶东升看着父亲和叔叔这么狼狈,心里十分不好受。看着老板和保安这么嚣张,十分怨恨,真想好好教训他们,只可惜一时没有那么大的能耐。

　　正当要回去的时候,突然苍穹划过一道耀眼的闪电,随即一个惊雷响彻云霄,紧接着大雨如注倾盆直下。这雨像是老天流的泪,又像是要猛烈地洗刷这个城市……

第二章　人小鬼大

讨薪失败后,叶进乾和叶志彬信心大减,有好长一段时间都没去找赖金贵,为了生计,只好在另一个工地专心干活赚钱。几个孩子大部分时间留在出租屋里玩耍,不过,他们觉得在这出租屋活动空间小,玩耍节目少,实在太郁闷了。此外,叶旭日是个容易记恨的人,对于上次讨薪的遭遇,他怀恨在心,很想找个机会给那个长得像猪一样的赖金贵一点儿颜色看看。现在正缺节目呢,何不趁此出去找机会整整他。几个人一合计,很快就达成一致意见。

叶旭日带着其他几人往金尊酒店的方向走去,路上不时地被街道的繁华热闹所吸引,尤其是看到商家搭着舞台搞促销活动啦,看到人流汹涌的大商场啦,特想留下来看个够、玩个够。不过,叶旭日心里明白这次出去的意图,因此没有被这些迷住,而是劝着另外几人快点儿走,还说干完回来再好好看、好好玩。作为大哥,他也挺关心弟弟妹妹们的。遇到过马路时,他会牵着他们的手或护着他们的身子,确保平安走过去;遇到他们走得慢时,自己就等一等,鼓励他们加油,甚至还背了小雅一段路;小雅说口渴了,他还掏钱买矿泉水给她喝,因为钱不够,只能买一瓶,自己口渴却忍着。此外,他有时忘了该走哪个方向,便向路人咨询,最终,凭着上次去过酒店的印象,历经半个多小时后,他们来到了熟悉而陌生的金尊酒店外的广场。

"到了,终于到了。"叶旭日喜道。他用手擦了一把汗,汗水不少,满手掌湿漉漉的,随手将汗水甩到地上,很快地上的汗水便干了,而他脸上的汗水又冒了出来。说实话,在大热天走这么远的路,还真够累人的,想想在农村时,自己也常常在大热天跑到外面玩,可没觉得这么热,而现在感觉城市比农村热多了,天上有太阳向下喷发着火气,地上的柏油路似乎也在向上冒着热气,真是热上加热。

叶旭日拉着其他几位来到树荫下乘凉,他有意考考小雅,问道:"小雅,你说你来过这里没?"

叶小雅脸色通红,几绺头发被汗水浸湿而贴在额头上,但一点儿看不出她的疲态,而是神气十足,因为对外面的世界充满好奇,她回答:"来过。"

"不错,记忆还挺好的嘛!你说这儿漂亮不漂亮?"

叶小雅语气缓慢地说:"漂亮,伯伯说这座楼是爸爸、伯伯他们建的,爸爸、伯伯真厉害。"说完鼓了下掌。

叶旭日纠正道:"那当然。不过不全对,是我爸和你爸他们装修的,没建。"

叶东升不忘来的目的,开始关注起停车棚的车,瞪大眼睛一辆辆看过去后,突然一阵喜,忙说:"哥,你看,那车,什么马的,在那儿呢。"

大家齐刷刷地看过去,异口同声道:"是哦。"

接着,叶东升说:"哥,那我们过去吧,把车给那个了。"然后就要走过去。

叶旭日一把拉住他,说:"等等,你没看过《地雷战》《地道战》《铁道游击队》打鬼子的影片吗?得先侦察下,看看地形,看看有没人。"

"对哦。"叶东升点点头,十分佩服哥哥想得周到。

他们生怕被保安认出来,又像上次那样被挡住去路,徒劳一场,因此有意躲进绿化带里,这样能起到比较好的隐蔽作用。然后扫视起酒店四周,发现这里虽然有保安,但保安有的在酒店大堂里,有的躲进保卫室吹空调,昏昏欲睡的,整个停车场没有一个人,自然而然的,车棚也没有人。看来现在来的时机真不错。

叶旭日开始安排任务,说道:"阿升,你拿好工具跟我一起过去。大雅,你在这儿看着小雅,不要乱走,好不好?"

"不好不好,我也要过去。我会干的,我力气大,能扎破轮胎。"叶大雅边说边用手比画着相应的动作。

叶旭日劝说道:"小雅要你看啊。除此之外,你还得在这儿放哨,看看有没人发现我们,如果看见有人来了,你得告诉我们,所以,你也有很重要的任务嘛。"

被这么一说，叶大雅服从了，点点头道："好吧，那我发现了人，怎么告诉你们？"

叶旭日交代着："你也不用喊，直接吹口哨，就算是暗号，我就知道了。"

"好的。"

随后，叶旭日兄弟俩带着工具朝着宝马车走过去。其间距离不算远，约二三十米的样子。宝马车所在的停车棚外侧是一堵围墙，围墙边种着一排的杜果树以及花草，为了尽量不被保安发现，兄弟俩不直接从广场走过去，而是沿着围墙边走，凭借树木和绿化带作遮挡。其间，他们还不时猫着腰，边走边看有没有异常情况，所幸一切安好，没一会儿，他们就到了停车棚的宝马车前。叶旭日先好好看看宝马车，车子刚经过清洗，干干净净的，银白色的车身散发出一种豪气的光泽，车身是那么霸气，车子的流线型是那么的自然圆润，车盖是那么的宽大平滑，再透过玻璃看看内饰，那皮质座椅是那么的高档整洁，那摆设的物品是那么的诱人。

叶东升看了之后不由地喃喃道："这车真漂亮，如果爸爸能买一辆让我们开开就好了。"

叶旭日嗤笑道："切，你还真会做梦，爸爸都没钱呢，还买什么车。废话少说了，快动手吧。有本事的话，拆个轮子回去，估计能卖不少钱。"

叶东升说："哪拆得了？扳手都没拿。"

"我开玩笑的啦。快按原先说的做。我们先扎车胎，到时候让那肥猪头开不了车，我们等着看好戏，哈……"叶旭日笑道，他不由幻想着，到时候赖金贵来开车，突然发现车子动弹不得，下车一看，没气了，然后气得"汪汪"大叫……

"哥，别笑了，小心被人听见。"弟弟叶东升提醒道。

弟弟提醒的是，叶旭日赶紧闭嘴，抓紧时间干所要干的事。

兄弟俩蹲了下来，从袋子里拿出工具，先是拿出一把尖头的螺丝刀，然后紧握把手，朝着车子的轮胎扎去，不料，这轮胎贼好，扎了下后，只凹了一点点儿，却无法深入，放手后，轮胎很快就恢复过来，连试几次均如此。

"真他妈的硬！"叶旭日泄愤道。

"哥，我有带铁钉，敲进去。"

"好。"

于是，叶旭日拿起一颗铁钉，用左手抓着，将其贴在轮胎壁上，然后用锤子用力锤，这下果然奏效了，铁钉很快就往里钉进去。钉到一定程度后，他们又把铁钉拔出来，随即，轮胎里的气便缓缓地冒出来了，轮胎不断地变瘪，像无精打采的熊一样。兄弟俩见此情景，无比高兴，同时又带着紧张和恐惧，下意识地朝四周看看，幸好一切平静。

随后，兄弟俩又连续放了其他几个轮胎的气。这样还不罢休，叶旭日还拿起尖头螺丝刀，在车盖上画起王八来。王八还没画完，缺一个尾巴呢，这时，他们突然听到了一阵口哨声急促响起。这口哨声是叶大雅吹的，相当于警报声。兄弟俩不由地警惕起来，一看外面，果然有几位保安走出来，他们紧张起来，嘀咕道："大事不好。"

三十六计走为上计。他们连工具都来不及收拾，立即拔腿就跑，连吃奶的劲都使上了，呼呼地似要飞起来一般，看样子比飞人博尔特的速度还快。

不过，刚一跑到广场，就被保安发现了，他们立即大喊："站住，站住……"然后追了过来，别的保安也纷纷冲过来抓人。

叶旭日兄弟俩先跑到叶大雅、叶小雅处，大喊一声："保安来了，快跑！"

叶大雅和叶小雅面带惊恐，但现在也顾不了那么多了，跟着哥哥撒腿就跑。

几个人很快就跑到街道上，速度够快的，很快就跑了一大段路。但叶小雅人小，相对跑得慢点儿，叶旭日只好拉着她跑，速度不由减慢。扭头一看，哎哟，保安竟然不罢休，不依不饶地跟着跑到大街上来了，而且有四五个人，手上均握着警棍，气势吓人。

大家现在只有一个念头："跑！越快越好。"

大街路太直，隐蔽性不好，还得找机会拐个地方。跑着跑着，终于看到岔道，他们立即选择拐弯，向小街道跑去，再跑着跑着，又冲进一个农贸市场，过了农贸市场，再跑一段路，又进入一条街道，再拐进一条巷子，此时叶旭日扭头一看，终于没看到保安的身影，便停下脚步，气喘吁吁地说："停……停……没人了。"此时，几人均喘着粗气，汗流浃背的，双腿发软，也不顾干不干净，就在路边的几个砖头上坐了下来，好好歇息下。

刚歇一会儿，突然叶东升发现了什么，喊了声："你们看那儿，有警察。"

其他人赶忙看过去,只见在巷子外驶来一辆警车,且就在巷子口处停了下来。

叶大雅此时显得异常害怕,几乎成了惊弓之鸟,忙问:"哥,会不会是抓我们的?"

叶东升说:"不会是保安报警了吧?"

叶旭日也有些害怕,有种风声鹤唳的感觉,他站起身来,说:"不清楚,快跑吧。"

"好,跑。"

于是几个人又撒腿跑起来,跑呀跑,跑呀跑,不知不觉来到了一个挺大的广场,看看广场四周,并没有让他们生畏的警察或保安,倒是广场设置了不少椅子,且有绿树遮蔽。叶旭日几人便找了一把没人的长椅,坐了下来,用手扇着风,也能感觉到凉快,虽然只有那么一点点儿风。

天热加一路奔跑,体内水分消耗特大,现今几个人感到异常口渴。想买水吧,可是摸摸口袋,一分钱都没有。这时,叶旭日看到隔壁座位有几人只喝了一点点的矿泉水就丢下瓶子走了,他赶紧过去拿了过来,也不在乎卫生不卫生,就咕噜噜地喝起来,好好地解了渴,其他几人见状,也跟着喝起来。

解了渴后,几个人才发现了一个颇大的问题,此地是什么地方呢?要怎么回去呢?他们已经迷路了。怎么办?他们开始犯难了。

第三章　寻人寻得慌

金尊酒店里。

老板的宝马座驾被人恶搞了,肇事者没有抓着,保安们自然战战兢兢。虽然怕挨批,但没法瞒报,还得向主管部门——行政部汇报,行政部经理获悉后,立即向老板赖金贵汇报情况。坐在大班椅上、吹着空调昏昏欲睡的赖金贵得知后,忽地蹦了起来,几乎不敢相信自己的耳朵,大大地张开嘴巴惊讶道:"什么?"

随后,赖金贵急不可耐地下楼,迅速地赶往停车处,行政部人员和保安等人战栗地跟随其后。

赖金贵一看自己的爱车,只见车子的四个轮胎的气已放完,呈干瘪状,像是在哭诉。仔细查看,胎壁上有两三个钉孔大小的被扎过的痕迹。眼看自己花一百多万买来的至爱宝马车受了伤,他哭丧着脸,十分痛惜地喊了一声"哎哟"。接着他又走向车头,发现车盖上赫然画着只王八,怒火急剧燃烧,头发直竖,青筋暴绽,脸色由白变青,由青变黑,愤然地骂道:"妈的,哪个王八蛋这么大胆?"但肇事者没在,发火无意义,只好找出气筒,对着几个低着头的保安举起手指,朝着他们发泄道:"我养你们这些人有什么用? 啊! 这么多保安,竟然保不住我的车,你们到底是干什么吃的?"

几个保安大气不敢出,将头埋得更低,任凭他骂,心底却想说:"你一个月才给我们一千多块,也太抠了,被人搞了活该。"

赖金贵又问保安队长:"你看见是谁干的没?"

保安队长说:"我看见有两个男孩子在干,广场入口也有两个女孩子像在放哨,不过他们跑得太快了,我没看清是谁。"

"什么？还是孩子？你们也太丢人了，竟然连几个孩子都抓不住，干什么吃的？"赖金贵又再次责备起来，搞得保安不敢正眼看他。接着他思索了下，又问："你们报警了没？"

保安低声回答："还没有。"

突然，赖金贵如猛虎一般嘶吼道："那还不赶快报警？难道我的车被人白搞啦？啊？"

手下差点儿被赖金贵的怒吼吓破胆，赶忙唯唯诺诺地应着："是，是。"

于是手下立即打电话报警，没多久警察便来了，着手展开调查。

……

叶旭日几人继续在广场歇息，并讨论接下来该怎么办。

叶东升问哥哥："哥，你知道爸爸的BP机号码不？给爸打一个。"那时候比较流行BP机，而手机还没普及，价格比较贵，话费也贵，像叶进乾这样的普通打工者为了省钱不敢买。

叶旭日挠挠头后，说："我都不知道，都没打过。再说我们没钱。"

叶东升又问叶大雅知道她爸的号码不，她更是不懂，平时连电话都没接触过，老家和出租房均没有装电话，想接触都没条件。突然，叶大雅说："要不然我们找警察吧，我看电视说警察会帮人。"

叶东升说："对哦。警察是帮人的。"

不过，叶旭日很快就否定了："那怎么行？我们干了坏事，警察会抓我们的。我听说警察都是相联的，我们干了坏事，他们各个警察都知道。我可不想去送死。"

"是哦。"其他几人想想也是。

叶旭日又继续冥思苦想，过了一会儿，他想到了个主意，说："要不这样，我们先玩玩，等下沿着我们来的路往回走，我想应该可以回到出租屋。"

"嗯。"大家十分认同。

于是大家又在广场四周逛了逛，然后看到一家大型卖场，出于好奇便怯生生地走进去玩，一走进里面，就能感受到空调吹出的冷气，无比凉爽、无比舒适，这里跟屋外相比简直是一个天一个地，太爽了！随后，几人在卖场里转呀转，试着搭上从未上过的扶手电梯，感觉妙极了，搭一次不过瘾，于是又返回来连续搭了好几次。然后几人又进入货架区参观，看着琳琅满目的商品，非常喜欢，特别是看到诸如玩具车、玩具枪、布娃娃等，非常想买些回去，甚至叶大雅和叶小雅直接抱起个熊猫宝宝，看看旁边没外人便说要带走，但叶旭日有些基本常识，说要交钱的，要不然出不了大门，会被抓起来的，如此她们才不情愿地放回原处，她们多渴望自己或者父母拥有许多钱，能买上自己喜欢的东西。

　　逛了许久，感觉时间差不多了，几人才离开了商场，一看外面，此时太阳已经西下，天空布满如鱼鳞般的漂亮红霞，气温相对没那么高了，他们决定回家，便凭着有些模糊的印象，顺着来时的路往回走，想先走到砸车时的酒店，然后就不怕认不得回家的路了。起初一段路，印象还是比较深，但是原先来的时候穿过一些巷子和市场，比较复杂，走着走着，就感觉不对劲了，因为走进了死胡同，只好退出来，接着，再怎么走，就是对不上路，此时天色渐暗，几个人不由慌了起来。怎么办？怎么办？

　　……

　　叶志彬的老婆许绿瑟下班后回到城中村。她今年三十一岁，已经是三个孩子的妈，但三个孩子都是女孩，其中叶大雅和叶小雅留着自己养，还有一个让别人抱养。在她老家根深蒂固着一个观念，即要生男孩才能传宗接代，才能起到养儿防老的作用，所以她还想继续生，希望生个男孩。现今她已怀有约四个月的身孕，但她并没有在家歇息，为了多攒点儿钱养家糊口，也为以后生小孩、养小孩积攒点儿钱，她便去了家玩具工厂做些活儿，月收入有一千余元。

　　现今她已下班，便回到家里，准备做饭和照顾孩子。可是，当她打开出租屋的门后，发现不对劲，若在平日，两个女儿一般在屋内或走廊玩耍，无比热闹，但现今屋内空荡荡的，女儿不见踪影。她又想到，可能女儿去伯伯叶进乾家找旭日、东升他们玩了。于是，她便踱步来到叶进乾租的房。但发现该出租屋大门紧闭，压根一个人都没有。她不禁有些纳闷了，不过没有急着继续寻找，心想孩子可能跟大人出去了，或者就在周边玩一玩，晚一点儿就回来。眼看天色已晚，准备一家人的晚餐要紧，于是她先回到出租屋洗米做饭。

　　过了一阵子，老公叶志彬回来了，他穿着条有许多汗渍的背心，臂膀以及头发沾着不少白灰，神情略显疲惫，一进屋就拿起热水瓶倒水，然后咕噜咕噜喝了一大碗。许绿瑟问道："志彬，大雅小雅跟你去工地没有？"

叶志彬顿了下,回道:"没有啊。在工地哪方便带小孩。她们不是在家玩吗?"

许绿瑟微微紧张了些,说:"我回来时没看到她们啊。会不会跟进乾伯他们了?"

叶志彬说:"我堂哥和嫂子今天都跟我在一块儿上班呢。"

"啊!"许绿瑟不免担心起来。"那她们会去哪儿了?"

叶志彬安慰道:"不用担心,应该出去玩了。我出去找找看。"

"嗯。"

随后,叶志彬来到叶进乾的租房,进屋后,看到哥嫂均在忙着做饭,一人在洗锅,一人帮忙洗菜。叶志彬扫视四周,并没有看到叶旭日兄弟俩,问道:"哥,嫂,做饭啦,你们看到大雅小雅没呢? 怎么旭日、东升也没在?"

"他们没在家啊,我还以为去你那儿玩了,怎么没有吗?"邱丽群惊讶道。

"没有啊! 我正找她们呢。"叶志彬揪心起来。

"那奇怪了,会去哪里玩呢?"邱丽群喃喃道。"难道去外面玩了? 天都晚了也该回来了啊。不行,进乾,你还是跟志彬一起去找找看吧。看看会不会去飞阳、自群等老乡那儿玩,或者会不会去附近逛了?"

"好的。"

于是,叶进乾和叶志彬一起出门,先是去了另一个堂兄弟叶飞阳家看,但没有,接着又去叫叶自群的老乡那儿看,也没有,还去了其他老乡家,照样没有。

他们还打电话问叶志强,叶志强说早上的时候还看到他们在出租屋玩,还叮嘱别乱跑呢,至于去哪里,他也不知道。

随后,他们又在城中村一带寻找,包括去村里一棵大榕树下的操场看,虽然这里人流不少,聚集着一群孩子嬉戏玩耍,但没有自己要找的孩子;还去附近一家小学的球场找,但球场门已经关闭,场内空无一人;还去超市及村里的主要道路寻找,依旧没有。

怪了! 会去哪儿了呢? 叶进乾和叶志彬不禁纳闷。渐渐地,他们的心不由慌了起来。

随后,他们一脸沉闷地回到了出租屋。饭已做好,但大家没顾上吃,而是聚在一块儿召开小型的会议。

许绿瑟神色焦急,喃喃道:"到底会去哪儿了呢?"

邱丽群跟着说:"就是,平时都在家里玩得好好的。不会是被人……拐了吧?"她本不想说出后面几个字,那是很坏的事情,但最终还是轻轻地吐出这三个字。

叶进乾听了有些火,瞪老婆一眼,说:"净说不吉利的话,要拐也是拐一个孩子,哪有四个孩子一起被拐的?"

邱丽群顶嘴道:"那你说去哪儿了? 我原本就说我留在家里照看孩子,偏偏是你要我去工地干活,这下可好了,孩子不见了。还怪我,哼!"她一直对去工地干活心存不满,嫌脏嫌累嫌不够体面,更嫌没赚多少钱,因此平时就有些怨言,不过,叶进乾老说在家闲着不好,能帮多少是多少,能赚多少是多少,她只好跟着他去干活了。

叶进乾愤慨道:"你这是说的什么话,我不是希望能多赚点儿钱过上好日子。"

叶志彬和许绿瑟见他们俩火药味浓起来,赶忙劝和,说:"好啦好啦,现在不是争论的时候,还是想办法找人吧。"

如此,叶进乾夫妻的情绪才缓和下来。

在公司上班的叶志强知道这个消息后,便匆匆赶到哥哥住处来。紧接着,另一个堂兄叶飞阳也来了。另外,叶自群等老乡获悉后也赶了过来。本不大的出租屋顿时显得十分拥挤。

此时差不多到了晚上八点,孩子们还没回来,大家真是心急如焚。

叶志强发话道:"时间不可等。这样子吧,大家分头出去找,按东南西北四个方向找找,主要找广场、公园、游戏厅、电影院这些地方。嫂子你留在家里等候,如果孩子回来了,就打 BP 机通知下大家。晚上九点半大家回来聚集,如果还没找到,那就报警求助警察了。大家觉得怎么样?"

"好。"大家听着挺有道理,觉得叶志强不愧是大学生,且有公司上班经验,想事周全,办事比较老练。

做了分工之后,大家便分头出去找了。不过,因为珠州市实在太大,比较繁华的市区面积就有数百平方公里,大家又没有买轿车,走不了太远的路,只能在附近一带搜寻,犹如大海捞针一般,效果不佳。

晚上九点半后,大家相继回来,均是没有带回佳音的,一个个脸上写着失望。在家里守候的许绿瑟同样没有看到孩子回来,急得都要哭了,真害怕孩子走失了,或者被人拐了,那就惨兮兮了。一想到这里,就头疼,突然身子晃了晃,差点儿跌倒。

"报警吧。"大家不约而同地想到这条路。

"那就报吧。"

于是,大家出门前往警局报警。

在麦地村外围有一条十分宽阔的道路,叫珠州大道,区公安局就坐落在路边。公安局大楼有十层,沿着楼体挂着许多的彩灯,彩灯不断从红色变为绿色又变为蓝色,色彩鲜艳,变换有序,极具美感。不过,叶志彬等人现在根本没心情欣赏如此美景,而是行色匆匆地直奔大院,再奔进宽敞明亮的值班室。有两个警察正在办公椅上坐着,看着屏幕、点着鼠标。

"警察同志,我们要报警。"叶进乾上前对警察说。

"是什么事?"一位中年警察站起来问道。

"几个孩子不见了,一直找不到,急死人了。"叶进乾说。

"对的,急死人了,不知道去哪里了。""警察同志,你们帮忙找找,我们到处找都找不到……"其他人你一言我一语地纷纷附和着,人人显得焦躁不安,恨不得让警察立马出动帮忙把孩子找到,场面变得有些喧闹。

警察示意大家在椅子上坐下来,并保持冷静,然后拿出本子和笔,说道:"你们别急,先做个笔录,你们把详情说出来。"

……

做完笔录后,值班民警又叫来其他几位民警商量起什么来。突然,有位年约半百的民警说道:"今天沙太街道派出所接到报案,说有个叫金尊酒店的地方发生了个案件,是几个孩子作的案,作案后几个孩子跑了……"

叶进乾听到民警说什么金尊酒店,立即想到了什么,问:"警察同志,你刚才说金尊酒店?四个孩子?"

"是的。怎么了?你想说什么?"警察问。

叶进乾说:"我前几天带孩子去过金尊酒店。不知这几个孩子是不是我们家的。能不能帮忙查查?"

"请你们放心,这是我们的职责。"

随后,民警联系了沙太街道派出所的民警,共同开展调查,还调来了酒店的监控视频让叶进乾等人辨认。他们一看,眼睛一亮,喜上心来,因为视频里有两个男孩在跑,接着又有两个女孩跟着跑,虽然视频不是很清晰,但大家对孩子的个头、形貌、衣着以及跑步姿态太熟悉了,很容易就能判断这几个孩子就是旭日、东升、大雅和小雅。大家惊喜道:"对,警察同志,他们就是我们的孩子。请问他们现在在哪儿呢?"

"你们真的能确认?"

"是的。千真万确。"

"那好。不过,几个孩子后来跑掉了,酒店人员和我们都不知道孩子在哪里。还需要再寻找。我可要先告诉你们,你们的孩子做了坏事,把人家老板的宝马车轮胎给钉破了,还在车上划痕,人家都报案了呢。你们知道吗?"

大家听了诧异不已,并否定道:"不会吧? 我们孩子是乖孩子,你们没搞错吧?"

警察说:"具体情况我们正在调查中,具体日后再说。先找孩子要紧。"

"对,对,警察同志,有没什么办法帮我们找到孩子?"

"方法是多种多样的,请你们保持冷静,我们会安排各警点协助巡查,我们会尽力的。"警察劝慰道。

叶进乾等人不知道警察们到底肯不肯尽力,也不敢问到底该采取什么方法好,自己又说不上来,只好在一旁干等着,只是等得坐立不安。叶进乾想,如果自己有权力,那就把全城的摄像头调出来看,叫全城的警察去搜寻。可是,自己的案件对于其他大案件来说可是算小的,警察会如此高度重视吗?

叶志强在一边明显看出亲戚们的焦躁,突然他计上心来,说道:"对了,要不然我们联系下广播电台,播放寻人启事,征集线索,让市民知道的话致电。如何?"

众人回道:"这是好主意啊,只是你知道怎么联系广播电台吗? 要怎么办?"

叶志强说:"放心,我有朋友在电台上班。"

警察也支持该做法,说那就跟电台联系下吧,特意交代得把孩子的数量和相貌特征、衣着向公众交代清楚。

随后,叶志强联系了电台的朋友,朋友乐于帮忙,很快,寻人启事的消息便在广播播出了。

不过,当天晚上,仍旧没有接到任何消息,叶志彬等人焦躁不安,许绿瑟伤心地抽泣起来,生怕有什么闪失,还想起电视新闻曾报道人贩子专拐外来务工子弟的消息,一想到这便不寒而栗。夜已深,城市渐渐安静下来,但叶志彬等人的心情无法平静下来。这晚,对他们而言注定是个无眠夜,度夜如度年一般。

深夜时分,突然天空爆响一阵惊雷,震得人发颤。过一会儿,天空便下起大雨来,大雨如注,没多久就让路面积起不浅的水来。

对于家长和亲人而言,这场雨简直有屋漏偏逢连夜雨的意味,这让他们更加揪心,不知道孩子们有没有找到地方躲雨,不知道是不是被淋湿了,会不会感冒……

好在这是场雷阵雨,下了约莫半个小时后就停了。

再煎熬了一个多小时,天空露出鱼肚白,天要亮了。天亮了是不是意味着他们所期待的曙光也会来呢?

不过,第一天仍无进展,虽然有人爆料说看到了几个孩子,可是实地查看后,压根就不是自己家的孩子。家长们坐不住了,发动更多的老乡到处找,可是仍不见孩子的踪迹。时间一分一秒地溜走,每一分一秒都令人煎熬。这天,太阳依旧毒辣,天空没有几朵云彩,阳光直照大地,搞得搜寻的人全身冒汗,口干舌燥,头疼发晕,两腿酸麻,但仍不知疲倦地继续搜寻,只为了找回孩子。他们会去哪里呢?

时间来到了第二天傍晚,突然,公安局接到群众报案,说有人偷了他们的鸡,正好被他们发现,人赃俱获,请警察赶快前往现场。

几位警察开着警车赶往事发现场,地点在珠州市云白山东北坡的山脚下。警察到了之后,发现这里是一个废弃物丢弃场,各种锈迹斑斑的破汽车、残缺断腿的破家具以及残砖断瓦等横七竖八躺在这里。地面肮脏不已,并长着各种杂草,经太阳晒后显得有点儿蔫,这里没有树木,与不远处满眼苍翠的云白山不可相媲美。在一处比较开阔的空地上,摆放着一个外壳生锈的货车车厢,一个皮肤黝黑、穿着汗衫的中年男子和一个戴着草帽、身材发胖的中年妇女分别守着车厢的两头,像猫守着老鼠一般。他们见警察来了之后,男子说道:"警察同志,你们可来了,小偷在里面呢。"

警察走近前,问道:"究竟怎么回事?"

男子说:"我和老婆常年在旁边养鸡。"他指了下另外一侧,那里是个露天养鸡场,只见有不少的鸡在空地里觅食。"这两天我们发现鸡少了,一看,原来是这几个兔崽子偷的,你们看,他们还在车厢里偷杀我们的鸡,还烤着吃了呢。"

"噢?"警察感觉有点儿奇怪,弯下腰钻进车厢一看,只见有两个男孩、两个女孩挤在一块儿,眼神充满恐惧,在他们的一旁,有一个已经被灭了的篝火,上面架着一只半熟的鸡。

突然,警察想到关联的案子,这两天同事们不是在寻找几个孩子吗? 眼前的孩子恰好是四个,且两男两女,难道就是所要寻找的?

"小朋友们,你们不用害怕,快出来吧?"警察温和地说。

几个孩子没有动,均直愣愣地盯着警察。他们心里害怕啊!

警察又招招手,说:"快出来吧,里面多热啊,快出来吧!"

其中一个女孩子动了动身,意欲要钻出去,但是立即又被其他孩子拉住,轻声道:"小雅,不要出去,出去就被抓了,要坐牢的,那就惨了。"

突然,警察"哈哈"笑了起来,然后说:"你们放心,叔叔是好人,是来救你们的,你们不会坐牢的,快出来吧!"

"真的?"孩子以怀疑的口气问道。

"真的。"

不过,外面的养鸡男子听了之后,十分不解,说道:"警察同志,你们怎么说救他们,这不对吧? 他们分明偷了我们的鸡,你们得抓他们,惩罚他们。"

警察问:"你们丢了几只鸡?"

"两只。"

"总共多少钱?"

"我们这可是土鸡,得要一百块。"

警察从口袋里掏出一百块钱,递给男子,说:"给你鸡的钱,你们回去,可以了吧?"

27

"这……行。"男子接起钱,然后招呼他老婆,走了。

接着,警察对车厢里的孩子们说:"他们走了,这下你们可以出来了吧?"

几个孩子这下放心了,于是纷纷爬了出来。大的男孩说道:"警察叔叔,我们其实不想偷鸡,只是因为肚子太饿,饿得发慌才偷一只来吃。"

"哦,你说说你叫什么名字?"

"叫……叫叶旭日,他叫东升,还有大雅、小雅。"

"是不是云山省的? 你们爸爸是不是做装修的?"

"是的,警察叔叔,你们怎么知道?"孩子们十分惊奇,警察叔叔真是神通广大,令人佩服。

"知道。你们父母正在焦急地找你们呢,找不到你们,都到公安局报案了。你们父母可想死你们了,你们怎么不回家? 还躲在这里。跟叔叔说说怎么回事?"

"我们不是不想回家,是迷路了,没地方去,后来找到了这里,看到有旧车厢可以避雨和睡觉,就先住这里。"叶旭日说。

警察"哦"了一声:"这样,迷路的话,可以找警察,叔叔会带你们回去的嘛!懂吗?"

"现在懂了。之前我们做了件坏事,把人家汽车的气给放了,我们怕被你们抓了,所以……"叶旭日不好意思地坦白着。

"这样,先跟我们回警局吧,我立即通知你们爸妈来接你们。"警察招了下手说道。另一个警察要抱叶小雅,但她却有些害怕地推开了他,而跟哥哥姐姐们紧靠在一起。

"警察叔叔,你们还会关我们吗?"叶旭日等依旧带着不安问道。

警察看着眼前几个又可怜又可爱又调皮又能干的孩子,心中五味杂陈,摸了摸孩子的头,脸上露出和善的笑容以示好,说道:"傻孩子,不会啦,先回去吧!"

几个孩子放心了。随后,他们跟着上了警车,探着头十分好奇地观察着车内的装置和装饰,还特别关注警察警帽上的警徽和衣服的肩章等。警察启动车后,一踩油门,朝警局的方向疾驰而去。他们又一路好奇地看着路边的风景。

第四章　拿到工钱

　　几个孩子到警局后,警察通知了孩子的家属,约莫过了半个小时,叶进乾夫妇、叶志彬夫妇等人特意打了赶了过来。

　　一见到孩子,父母们异常激动,孩子也是如此,兴奋地喊道:"妈妈,爸爸。"然后扑向父母的怀抱,紧紧相拥,场面十分感人,亲情和关爱在此充分体现。

　　拥抱之后,父母们看了又看孩子,有没有受伤,有没变瘦变黑,又关切至深地问这问那,一连串的问题,如这两天去哪儿了? 怎么过的? 受苦了没? 饿肚子了没? 等等。孩子们告诉父母,他们迷路后一直不知道怎么回去,又没有电话,一直在大街上逛呀逛,逛得脚很酸,口干舌燥,又饥又饿,他们走着走着,走到山脚下,发现有泉水,便咕噜噜地喝起来,还发现附近有旧车厢,里面挺宽敞的,便在里面歇息,渐渐夜深了,他们开始也怕怕的,但因为有伴,大家聊聊天,后来就不怎么怕,渐渐睡着了,还自豪地说他们胆子很大,会自己找地方住、找食品吃呢⋯⋯说得大人们又是心疼又是感动。

　　叶进乾等人对警察的关心也表示感谢,向他们深深鞠躬。警察连忙说不用,这是应该的,并嘱咐他们今后要好好照看孩子,免得到外面走失了。叶进乾等人连连点头说是,是该好好从本次事件中总结教训,让孩子过得更好更平安。

　　随后,他们准备回去了。正当走出门口时,恰好一辆银色的轿车驶进警局,从车上下来一个人。叶进乾一看,正是赖金贵。此时,他来干吗呢?

　　赖金贵看到叶进乾、叶志彬以及几个孩子,先是吃了一惊,接着又露出一丝得意的笑容,等察觉他们好像要离开这里时,又担心他们真的走掉。从之前录像调取可以确认,他的车就是被眼下几个孩子整的,搞得自己现今没宝马可开,只得乘坐旧的普通车,很不舒服。现今好不容易逮到"凶手",务必要好好地提出索赔条件,以挽回自己损失的利益,甚至获得更大的利益。于是,他拦了下人群,又快步奔向警察,掏出中华烟递过去,说道:"警察同志,我叫赖金贵,是金尊酒店的老板,现正为我轿车的案件来的,现在破了对吧? 他们不能走,他们这几个就是嫌疑人,不,是确定的。"

警察微微想了下,说:"那到办公室里来吧。"

叶进乾见到赖金贵后,心情复杂,因为自家孩子整了他的车,所以想避开他;但同时,因为对方一直没给他工钱,又想趁机再跟他讨讨。此时真不知该回去好呢,还是留下来好呢? 想了想后他问警察:"警察同志,那我们可以回去了吧?"

警察说:"家长和孩子都进来吧。"

叶进乾愣了下,说道:"这……那好吧。"

随后大家进入一个办公室。

坐定后,警察温和地问孩子:"小朋友,你们老实说,你们是不是破坏了金尊酒店的一辆车?"

"这……"孩子们不敢回答,却看看父母,看他们的反应。

赖金贵插话道:"不是确定了吗? 监控里记录得一清二楚。"警察瞪他一眼,啐道:"你先闭嘴。"

警察继续好声好气地对孩子说:"你们要诚实,说出来没事,叔叔是帮忙解决问题的。"

叶进乾和叶志彬并没看到录像,只是耳听,不知道孩子究竟是不是做了坏事,此时没谱。"我孩子一向都很乖,应该不会吧?"

赖金贵愤愤然道:"哪里不会? 分明就是,有录像可以证明呢。"然后又对警察说:"警察同志,你调录像吧。"说毕,哼了哼,摆出一副得意相。

警察又示意他闭嘴,然后问孩子:"孩子们,你们说说为什么要破坏车辆?"

叶旭日说:"叔叔,其实我们也没怎么破坏,就放了气,画了个画,其他我们都没做。本来我们也不敢,只是他一直不给我爸我叔工钱,上次还恶狠狠地赶我们,所以我才……"他不好意思地低下了头,表示认识到了错误,但能够把该说的话说出来,而且还经过适当加工,他心里明显感觉到舒坦。

"哦,什么工钱?"警察听后十分机警。

叶进乾见状,忙解释道:"对,他一直拖欠我们工钱,始终不给……"他把做工和欠薪、讨薪的前因后果说了一下。

警察听毕,扭头问赖金贵:"赖老板,是不是有这回事?"

"这……"赖金贵为难了下,但他混社会已经几十年,什么场面都见过,可谓久经考验,很快就接上了话,说:"我又不是不给钱,只是手头一时没钱嘛,生意一直不好做嘛,还要交这个税那个税,为国家做贡献,也不容易啊,你也要理解下。现在我的车坏了,不能开了,我修车都没钱,修个车至少要十万元。"

"什么?! 十万元!"所有人惊叹道。

赖金贵说:"当然,我那是宝马车,进口的,一百多万买的。"

叶旭日鼓起勇气,说:"你这不是抢劫吗? 我们就放放气,画个画,又没搞坏车的发动机,在我们老家修个自行车轮胎,才五毛钱呢。"

赖金贵瞪瞪眼,怒道:"你这兔崽子说什么话。自行车能跟我的宝马比吗? 如果真的搞坏发动机,你赔五十万都不够。"

此时,邱丽群站了出来,语气缓和地说道:"赖老板,我们是打工人,一年没赚多少钱,别说赔你十万,现在就连一百元都拿不出来,你看看我们多艰难,要啥没啥,你是老板,我们孩子是有做错的地方,我赔个不是,你就大人不计小人过,以后让你行好运,发大财。孩子接下来还要读书,要交学费,你就把该给的工钱给了吧,要不然我们连锅都揭不开了,没法在城里待,只好重新回老家种田了。"

赖金贵一听,觉得对方虽然话里仍离不开钱字,但口气比其他人好多了,他不由多打量下眼前的妇人,只见对方身材苗条,虽然眼神显出疲惫之态,但脸蛋还是挺清秀的,五官十分端正;虽然一眼能看出有三十多岁的年纪,但风韵犹在;虽然穿着的粉红色T恤衫和黑色裤子十分普通,但如果加以包装,加上流行元素,那肯定十分漂亮。赖金贵被对方的魅力打动了,立即转变态度,不敢顶撞,而是"这……这……"地支吾着。

警察听了双方的辩论,心里已经有了一杆秤,清咳一下,发话道:"赖老板,我可要说几句良心话。你可不是没钱,宝马都买得起了,还哭什么穷。

孩子做了坏事,是有不对的地方,过激了些,孩子的家长有责任,但是根源也在于你嘛,谁叫你拖欠人家的工钱。现在,我也不希望你们把事情闹大,成了仇家,这于事无补。最好呢,你们还是调解下。依我说,宝马车损伤就损伤了,你就积点儿德,自己去修就是。还有,工钱给人家吧,你要知道,现在农民工欠薪问题可不是小事,闹不好被媒体知道报道了,你声誉会受影响,生意或许就做不成了。再闹大,就会演变为司法案件,搞不好既要赔钱还要坐牢呢。我说得没错吧?"

"没错。"叶进乾等人异口同声地说。

邱丽群温文尔雅地继续说:"赖老板,我孩子做了错事,我现在向你道歉,你就不要计较,把工钱给我们吧。"随后,她走上前鞠了一躬。赖金贵感动起来,连忙扶她站直,说不用这样。同时,也让他占了点儿便宜,碰到了她的身体,随之又用色眯眯的眼睛特意多看了她几眼,包括鼓鼓的胸部,惹得他差点儿就要流口水。在一瞬间,他潜意识里想,真可惜一朵鲜花插在牛粪上,这么好的女子嫁给了一个穷人,如果自己能够泡上,那该多么美妙。

赖金贵很快释然了,说:"既然这样,那我听警察同志的话,车我自己修,工钱我给了,我叫我公司财务人员来对账,叶进乾你也回去拿账单。以后呢,我们还可以继续合作,有需要的话,叶进乾你可以继续来我们公司做,嫂子需要工作也可以来我们酒店做,工资我照付,如何?"

见事情有了转机,叶进乾和邱丽群欣喜道:"好的,那先谢谢赖老板了。"

警察也露出灿烂的笑容,为民解了忧,他也由衷高兴啊,说道:"这就对了嘛!"

随后,赖金贵叫财务人员拿来账单,叶进乾也回去拿,拿到之后,核算好数目,然后由财务人员将工钱递到叶进乾的手中。

就这样,一直悬而未决的工钱终于拿到手了,大家甭提有多高兴了,每个人都笑逐颜开,就像过大年和中彩票一样,长时间以来的委屈和辛酸一下子烟消云散。回住处之后,叶进乾主动请客,邀请好几位老乡去他家吃饭,邱丽群和许绿瑟共同做饭,做出了不少的佳肴,但价格成本相对外面的饭店要便宜得多,大家聚在一起好好地吃,饮酒干杯庆贺,其乐融融。

在接下来的几天,叶进乾和叶志彬相继把欠发的工钱给发了,工友们拿到钱自然也十分开心。支付完工资后,叶进乾手头还剩一笔钱,这些都是自己长期辛苦努力换来的钱,十分不容易。有了这些钱,接下来的日子就会好过些了,可以好好改善一下生活,可以寄一部分给远在老家的父母。另外,他们还打算拿出一部分钱供孩子们在城里读书。

第五章　想在城里读书

原先,孩子们都在遥远的老家上学,但这存在不少的弊端,一者老家教育条件较差,孩子受教育水平较低,成绩十分差,常常惨不忍睹,不及格那是家常便饭,考一二十分甚至个位数的人也不在少数;二者孩子留守老家,父母照看不到,这不利于孩子成长,孩子们经常吊儿郎当的,整天玩耍,就是不认真读书,甚至干坏事,但父母却管教不到。基于此,叶进乾很想让两个孩子在城里读书,以便更好地培养孩子。

一天晚上,叶进乾和邱丽群带着孩子去叶志彬家玩,发现另一个堂弟叶飞阳已在坐了。叶志彬见客人来了,赶忙搬塑料椅招呼着坐,并重新泡茶招待。几个孩子则在一边玩起扑克牌来。十几平方米的出租屋顿时显得十分热闹和拥挤。

寒暄一阵后,叶进乾想了解下叶志彬关于孩子读书的看法,便问道:"志彬,现在都八月份了,很快就要开学了,有没有打算让大雅、小雅留在珠州读书?"

叶志彬说:"想自然是想,在城里读书质量好多了,大雅之前在老家读二年级,根本就没读到什么东西,成绩差得要命。小雅也要上一年级了,我也不是很想让她在老家读,否则一起步基础就不好。如果在城里读书,学校好,抓得严,成绩肯定比较好。"

"那是。我和你嫂子也这么想,让旭日和东升在城里读。"叶进乾说道,然后又转向几个正在玩耍的孩子,招招手让他们过来,问道:"你们想不想留在城里念书啊?"

"想!"几个孩子天真无邪、异口同声地回道。平时老待在农村,对城里的一切都感觉新鲜,认为比农村强多了,还可以跟父母在一起,所以十分情愿在城里读书。

这时邱丽群插话道:"你们几个调皮的孩子,如果真的要留在城里念书,可得认真点儿,不能逃课,也不能打架,更不能像上次那样连对爸妈说一声都没有,就把人家的车给整了,你们可知道,闯了这祸后爸妈当时是多么害怕。"

"嘻嘻。"叶旭日和叶东升竟然有些得意地笑起来。

"你们还笑!"邱丽群哭笑不得地瞪大眼睛吓唬。

两个孩子立即闭上嘴,装乖起来,随后又说:"妈,我们一定听你的话,好好读书。"

许绿瑟语重心长地说:"你们要知道,城里人读书很厉害的,如果你们不用功,就会跟不上。学校老师也很严的,你们没完成作业的话,老师要罚的。知道不?"

"啊? 要怎么罚啊?"叶大雅疑惑地问道。

许绿瑟说:"留在学校继续做作业,没完成不让回家。如果再差,不让你读书了,开除。"

叶大雅吓了一跳:"啊,这么严格……那我认真做就是了。爸妈,你们可要教我做作业哦,我们在老家的时候,我做作业不懂,问爷爷奶奶,他们也不懂,我也没有办法,只好没做完。"其实,这也是大实话。

许绿瑟说:"放心,爸妈会辅导你的,只要你们肯读。"

接着,邱丽群也对两个儿子叮嘱着:"你们两个听到没有,给我乖一点儿,要认真读书,只有认真读书,考上大学,以后才有出息,可以去公司做管理,可以赚大钱,可以去政府做官,不用像你爸这样天天打工,穷得要死。"

叶进乾听了有些不满,这不是旁敲侧击地数落自己吗? 虽然经常被老婆这么说,但当着这么多亲戚的面也这样说,他有些不爽。他知道老婆长得漂亮,口齿伶俐,要求挺高的,当初自己苦苦追求才虏获她的芳心,但是老婆其实文化程度并不高,初中没毕业呢,而且已结婚多年了,上了年纪了,还要求什么呢? 再说他感觉自己条件也不差,个头大,力气大,长相出众,自己还会揽工程,当个小包工头,收入比那些纯打工的要好许多,因此他回道:"丽群你这说啥话？让孩子读大学我赞成，但我没那么差吧？"

"哼。"邱丽群翻了个白眼，然后不看老公，不继续发表意见，算点到为止。

叶志彬和许绿瑟笑而不语，觉得这样的事不好评论，帮谁说好话都可能吃力不讨好。

不过，叶飞阳控制不住，开始打抱不平，说道："嫂子，我哥不错的啦，你要知道他当年可是我们村的大帅哥，不知迷倒多少美女呢。现在他的能力挺强的嘛，比我强多了。如果我是你啊，我肯定爱死他了。"

"哈哈。"众人大笑。邱丽群虽然表面上也笑了笑，但心里十分不舒服，真想重重地数落叶飞阳："那你嫁给他得了。"只是不好说出口，憋了会儿，她还是嘀嘀道："他还不是打工的，虽然揽了点儿工程，表面上很风光，貌似赚了点儿钱，但其实老是被人欠钱，又不敢去催，拖呀拖，拖得我们常常要喝西北风。还有，你说得也太夸张了，什么迷倒美女？他哪有那个魅力？"

叶飞阳见机问道："你不是被我哥的魅力迷住了吗？"

"那是被他的花言巧语给迷惑了。"

"哈哈。"大家又大笑。然后叶飞阳又说："嫂子，我哥会让你享福的啦，依我看，我哥有能力的，以后会在城里买大房子给你住，买好车让你开，穿名牌，披金戴银，应有尽有。"

"会吗？"邱丽群特意看起老公的脸蛋来，似乎一点儿都看不出发财的相。而叶进乾也只是笑着，心里有些苦涩，有些无奈，这些年坎坎坷坷地在外打工，确实不容易，没能让老婆过上几天好日子，虽然堂弟说得那么美，但他自己对前程其实并没有信心，十分茫然，只当堂弟在说玩笑话。

叶进乾对堂弟说："谢谢飞阳的美言啦，如果能像你所说的那样，那就好了。"接着话题一转："飞阳，你近来怎么样？载客好不好赚钱？我说，如果经济还可以的话，把淑香和孩子也接过来一起住。"原来，叶飞阳在珠州以开摩托载客为生，而他的老婆王淑香和几个孩子均留在老家，过着分居的生活，每年才相聚一次，就连这次暑假，老婆和孩子也没来珠州相聚。

叶飞阳皱了皱眉头，深深地叹息一声，说道："钱不好赚啊，老婆孩子来的话我哪里养得起，唉，珠州已经限制摩托车，交警老抓，我只能在中午和晚上开出去载客，还怕被抓。"随即发起牢骚，愤然道："我真搞不懂干吗要限制穷人买得起的摩托,而不限制那些轿车,凭啥要腾出路来给汽车通行。"

"这你就不用抱怨了,我们一个外来工哪管得了那么多,抱怨又有什么用。淑香和孩子没来的话,你也要多多联系,有钱就寄点儿回去,自己尽量节约点,烟少抽点儿,酒少喝点儿。"叶进乾劝导着。平时叶飞阳爱喝酒爱抽烟,还喜欢赌博,开支不小。作为堂哥,他要管管。

"嗯。"叶飞阳轻轻点下头。至于能不能做到,只有他知道。

叶志彬接着又泡起茶来,大家又喝了起来,虽然这茶不是名茶,一斤只不过三十多元,但大家喝得津津有味,这茶是从老家带来的,众人习惯了此味,喝着宜口舒心。喝毕,叶志彬突然想到一个问题,便问道:"哥,你找什么学校问了没有?肯不肯让像我们这样的农民工的子女读书?"

"还没问。我想应该肯吧。电视新闻上不是说要放开限制让农民工子女读书吗?"叶进乾不敢确定。

叶飞阳平时载客接触的人多,消息灵通点儿,说:"电视说的不一定准。我听说学校门槛挺高,关键得要钞票。"

"是吗?一般要多少?"叶进乾和叶志彬问。

"这得看什么学校,公家的重点学校肯定贵,私立农民工学校便宜。具体我就不是很清楚了。你们还是抓紧时间问问。我还听说如果学校招生名额满了,就不收了,钱再多都不行。所以得抓紧。"叶飞阳提醒道。

叶进乾等人听了以后都绷起了神经,提高了对这事的重视程度,看来是得抓紧时间,得投入精力去关注。大城市里虽然学校多,但是学生也多,学位势必紧张,得好好争取,免得孩子读不成书了。再忙再苦,也不能耽误了孩子的教育。

第二天,叶进乾和叶志彬放下了活儿,赶往区内一所知名度颇高的实验小学分校,之所以选择这所学校,主要是因为该学校在本区内,距离不算太远,且挂着实验小学的名头,学校质量肯定过关,但是又怕进不了实验小学这样超牛的学校,那就退而求其次,选它的分校,如果能进的话也不错。

该学校位于山脚下,是近年刚建的。在外面看,学校挺漂亮的。学校大门十分宏伟,宽大无比,一个巨大的拱门赫然屹立,如长虹卧波一般。校园内的几栋大楼都是新装饰的,融汇了欧式风格,十分气派。校园绿树如荫,鸟语花香,左侧处还建了个塑胶的操场,在当时可谓十分先进。叶进乾心想,如果孩子能在这样的学校读书,那该多好啊!

现今正值暑假,偌大的学校空无一人,静悄悄的,大门的铁栅栏紧闭着。叶进乾和叶志彬扫视了下,看到门卫室有人,便走了过去。

门卫是一个四十几岁的中年人,见有民工模样的人来,一脸严肃、口气硬邦邦地问道:"你们找谁?"

叶进乾掏出烟来,递上一支,对方接了,态度立即变好。叶进乾一脸笑意,和气地问道:"您好,我是学生家长,孩子要入学,我想咨询下学校读书报名情况,请问学校有工作人员在吗?"

门卫说:"是孩子读书啊。"然后打量了下叶进乾和叶志彬俩人的外表衣着,并看了看他们骑着来的陈旧电动车,问道:"我看你们是农民工吧?"

"是的。"叶进乾有点儿奇怪,干吗问这个,难道读书跟身份有关。

门卫说:"我也是外地来的,那我就实话跟你们说吧,你们就别想了。我在这里工作,想把孩子弄进来读书都没法,只好在老家读。"

叶进乾半信半疑,不知其意,问道:"这是为什么?"

门卫说:"这学校不是普通外来工孩子能进得去的,能读这学校的人,要不是当权人的孩子,要不是有钱人的孩子,最起码也得在附近买房落户,你能做到不? 还有很抱歉地告诉你,学校学位早就被抢光了,还是去别的学校看看吧。"

"不会吧? 真的假的?"叶志彬也心存疑惑。

门卫一本正经地说:"骗你干吗? 这可是实验小学分校,说白了就是贵族学校,你随便问问人是不是这样,我说的绝对没错。好了,不要浪费口舌,去找找比较次一点儿的学校吧,或许还有希望。"

话都说到这份上了,叶进乾不再执着,扭头就走,只是心里有点儿不爽。正是应了那句话,希望越大,失望越大,那就看看别的普通点的学校吧。

在他们所居住的麦地村,有个麦地小学。虽然学校没有实验小学大气漂亮,只有两栋已建多年的、三四层高的楼房而已,操场还是泥土的,但叶进乾和叶志彬想,如果能在这学校读书那也比回老家读书强,起码也是城市的公办小学,师资质量肯定过得去,而且离出租房比较近,十分方便。于是,他们便匆匆地朝着麦地小学走去。

到地方一看,学校的大门敞开着,操场上停了些车,有轿车也有摩托车,校内还有些人走来走去,估计学校有人上班。

叶进乾要走进大门时,一位年近花甲的门卫走出来问道:"你们有什么事?"

叶进乾掏出烟恭敬地递上去,说:"我们想替孩子报名,请问学校有人上班吗?"

"哦,报名啊,有老师上班。在那栋楼的二楼。"门卫指着前面一栋楼说道。

"谢谢!"叶进乾俩人十分高兴,终于能报名了,看来有戏了。

叶进乾和叶志彬来到楼房的二楼,发现在一间写着教务处的办公室前,排着好长的队伍,约有二十来人,从办公室一直排到外面的走廊,估计也是来替孩子报名的。他们走上前问了问其中一人,报名是不是在此,那人说是。于是,叶进乾和叶志彬站在末尾排起队来。同时他们踮起脚,伸长脖子往里看看是什么个情况,只见前面报名的人有的十分情愿地交了一沓钱,工作人员接过钱后数呀数。叶进乾立即感到不妙,难道这里也得交钱?而且数额不少。他扭过头,轻声地对堂弟说:"你看看,好像得交钱,怎么办?"叶志彬也踮起脚朝前看了看,果然如此,愤慨道:"妈的,看来还是离不开钱。"他话说得大声了点儿,引得前面位置的两位扭头过来,其中一位穿着笔挺的人带着异样的眼光看着叶进乾兄弟俩,并带着轻蔑的语气说:"你们不知道要交赞助费?"

"赞助费?什么意思?"

"你们这都不懂,农民工吧?真是孤陋寡闻。赞助费就是赞助学校建设的啦,没赞助费,想进学校没门。"

"啊,这个……"听到要赞助费,叶进乾心凉了一截;听到被人说孤陋寡闻,心里挺不是滋味的,真想回骂他几句,但又担心影响不好,只好忍了忍气。甚至想现在干脆撤了算了,可是一想到孩子读书,又不情愿走。叶志彬说:"等下问问看吧。"

等呀等,熬呀熬,终于轮到自己了。

办公桌内坐着两位老师,一男一女,均约莫四十多岁的样子,男的穿着崭新的、白色的短袖衬衫,女的穿着职业套装,均中规中矩的。叶进乾又掏出烟递了过去,可是对方摆摆手,说不抽烟,叶进乾只好将烟收了回来。

"是来报名的吧?"老师问。

"是的,我和我堂弟,共有四个孩子,我两个,他两个,都要读书,请问可以不?"叶进乾问。他特意说出孩子的数量,是因为觉得要读书的人多,或许学校更容易接受,就像买东西时,如果买的量多,店主更乐意服务并适当打折。

不过,叶进乾失算了,只听见女老师说道:"哎哟,还这么多,你们真行啊!"话里的意思是说你们真会生孩子,城里人一个就够呛,你们还两个。"不过我们这儿报名的人很多,学位资源又有限。先不说这个,我问问你们,你们孩子原先在哪里就学的?是城市的学校还是农村的?成绩如何?"

"是在云山省一个农村的学校,成绩还过得去。"叶进乾恭敬地回道,并有意说孩子成绩还过得去,心想把孩子成绩说得好点儿,或许就比较容易被接纳。

老师又问:"孩子要读几年级了?"

"大的要读五年级了,还有一个要读三年级,另外还有两个我堂弟的孩子,一个读三年级,另一个读一年级。"

"哦,这样。"老师顿了下,若有所思,心想农村来的基础肯定比较差,学习成绩跟不上,老师需投入的精力多,要改观难度高,难免拖了学校成绩,不是很好。只是不敢说出口。

"怎么样?老师。"

老师说道:"这比较麻烦点儿。不过,我们会尽量安排,你们能不能多捐点儿资金支持学校建设和发展?让学生有更好的学习环境和条件。"

话说得很好听。但是明白人都知道这意味着什么,不就是要赞助费吗?叶进乾勉强挤出笑容,和气地问:"那要多少呢?"

老师说:"我看你们是外来工,不容易,给你们优惠点儿,每人一万五就好。"

"啊!"叶进乾大吃了一惊。原本还以为每人三五千就能搞定,没想到一开口就这么多,两个孩子的话就要三万,这可要多少个日日夜夜才能赚到啊。但他还不想就此作罢,于是说着好话乞求道:"我们是打工的,不容易,赚钱难,钱不够,能不能少点儿?"

　　另一位老师说："我知道你们不容易,这已经是很优惠的了。要不你们回去考虑下,本周内来报名还来得及,太晚的话我们就不敢保证有学位了。报名的人实在太多,先这样吧,下一位。"

　　下一位已经挤了上来。叶进乾和叶志彬只好悻悻地离开,走出一段路后,愤愤然地骂道:"妈的,抢劫啊!"

　　叶志彬说:"就是啊!哥,你发现没有,我看到那些交钱的,连发票收据都没有呢,肯定是被学校自己吞了。"

　　"有发票收据就被人告了,肯定不敢开的啦。"

　　离开了麦地小学后,他们还不甘心,依旧抱着或许有学校不用交赞助费的想法,又去了周边一带的学校,并不局限在本村,然而结果令人大失所望,所咨询的学校全部要赞助费,而且不止一万五千元。

　　他们十分沮丧,回来路上全身没什么劲,没有心情欣赏繁华的街道和漂亮的楼房,只顾埋着头边走边抽闷烟,抽完一支后,也不管卫生问题,就狠狠地把烟头扔到地上,再狠狠地踩上一脚,似乎这样可以解解气。

　　之后叶进乾回到了出租屋。因今天歇工,所以协助装修的妻子邱丽群也留在家里,顺便照顾下孩子。两个儿子以及串门而来的叶大雅、叶小雅正在走廊嬉戏玩耍,他们见叶进乾回来,纷纷打招呼,然后继续玩,压根不知道读书的艰难。邱丽群见老公垂头丧气的,就感觉到结果不妙,问道:"怎么样了?"

　　叶进乾叹息一声,然后喝了几口水,又掏出烟点了一支,说:"难,实验小学分校名额早满了,麦地小学要赞助费,每人一万五,妈的。"

　　"什么?一万五!读个小学还得一万五。"邱丽群也吃了一惊。

　　"就是。手头钱不够。"叶进乾吐了口烟说道。

　　突然,邱丽群来了个大转变,从吃惊转为抱怨:"一个大男人,在外面干了这么多年,连三万块都没有,真是没用。"

　　叶进乾听了就窝火,可是自己也承认自己没用,赚不了多少钱,连供孩子读书都没能力,真窝囊。这次,他没有顶撞妻子,而是生猛地连抽几口烟,然后又大口地喝了口水。今天,他已抽了三包烟,远超平时每天一包烟的水平。

　　就在这时,叶志彬和许绿瑟以及叶志强来了。叶志彬和许绿瑟主要是来接孩子回去,顺便讨论下关于孩子教育的问题,而叶志强则刚下班回来,恰好在出租屋楼外碰见他们，便一起进来。

"坐。"叶进乾和邱丽群搬出椅子示意大家坐。叶进乾搬出茶盘准备泡茶，但叶志彬等人说不喝了，等下就要吃饭了，聊几句就好。

许绿瑟说道："志彬跟我说了学校情况，我们没钱，原来要读个书这么难，我想如果这样的话，还是回老家去读算了，省钱，你们怎么看呢？"

"没办法的话只能这样了。唉。"叶进乾叹息一声。

邱丽群说："省钱是省钱，可是让孩子回老家读书，我很不放心。"

叶志强听了后，问究竟怎么回事，哥哥便把咨询学校并要赞助费的事说了一下。叶志强听后说："我看报纸报道，收赞助费是违法的，可以向教育局举报。"

"举报？！有用吗？"叶进乾说，"他们根本就没开收据，而且不提赞助费，只是说以捐资的形式。"邱丽群跟着说："到处都这样收，举报是没用的，况且即便举报了学校，那学校还能收我们的孩子吗？即便收了，那以后会怎么对待我们的孩子，估计没法读了。"其他几人觉得有理，应道："这倒是。"

事情确实如此，这是大环境问题，或者是教育资源稀缺的问题，叶志强也没什么好办法。突然，他想到还有个主意，便说："我听说还有些私立的农民工学校，门槛比较低，主要是农民工孩子就读的，虽然教学质量不能跟公立的比，但总比回老家读书强。"

叶进乾喜上眉梢，重新树立起信心，说："对哦。哪里有这样的学校？明天我就去问问。""对，去问问。"

"在梅花路那儿就有一家，这家比较大，好像叫春晖农民工子弟学校。还有水头路那儿也有一家，那家比较小，只有半栋楼，因为跟别的公司共用一栋楼，好像叫立人学校。"

……

第二天，叶进乾吃完早餐迎着朝阳兴致勃勃地出发了。等到了春晖农民工子弟学校时，发现学校建筑十分一般，只有两栋楼，其中一栋还是活动板房，另一栋是只有三层楼的古旧楼房，中间有个整平泥土而成的简单操场。不过，叶进乾还是能接受这样的条件，只要学校肯招生，只要孩子不回大山深处读书就好。当他走近大门时，感到不妙，只见大门紧闭，门卫室一个人都没有。这究竟是怎么回事？

　　这时,有个大嫂路过这里,叶进乾忙问道:"大嫂你好,请问你知道这学校的情况吗? 怎么没人?"

　　大嫂说:"被取缔了,听说学校条件没达标,教学楼成了危楼,现在地震又多,不安全,关了。"

　　"啊!"

　　……

　　之后,叶进乾又来到立人学校,这里的条件照样很普通,面积小,教学楼的确只有半栋,且连个像样的操场都没有。不过,门卫室倒有一个已进花甲之年的老头。叶进乾走近问道:"大叔您好,请问学校还招生吗?"

　　老头说:"没有,关了。"

　　"怎么关了?"

　　"老板搞农民工教育搞得破产,实在没钱再投资了,只好关了,现在已经在清理了,我也要搬走了。"

　　"哦,那学生怎么办? 去哪儿?"

　　"该去哪儿就去哪儿。自己看着办。"

　　叶进乾悻悻地离开了。

第六章 被炒鱿鱼

　　今天一大早,叶志强便起了床,洗漱完毕立即出门,在一家小店简单吃点儿早餐,稀饭加油条和花生米,然后匆匆赶往公交站。此时,公交站已站了不少人,有的在查看公交线路,有的心急地眺望着公路前方,希望自己要搭的车早点儿到来,有的还边等边吃包子、喝豆浆。这些人基本跟叶志强一样,是这个城市的打工族,要挤公车前往公司上班。

　　约莫等了五分钟,叶志强看到了自己要搭的 16 路公交车来了,他想这次挺幸运的嘛,没等多久车就来了,于是他赶紧走到路边招手,但是让他诧异的是,司机竟然摆摆手,压根就没有停的意思,惹得叶志强恼怒不已,等车子开过去时,他才明白司机为何如此,原来车上塞得满满的人,连车门处都贴着人,肯定是无法再上人了,既然情有可原,他只好释怀了。继续等呀等,前方车老是不来,真是急死人了,他不时地看表,真怕来不及而迟到,要知道迟到得扣钱的,还会挨批。等了约莫十五分钟,终于看到 16 路公交车来了,叶志强又大力挥手,心想再挤也得挤上去。这次,车终于停靠了,车上的人也很多,肯定是没有座位,但拥挤程度没有刚才那辆夸张,起码有个站的位置,哪怕很小。

　　叶志强离上班的地方大概有十公里路,如果平时交通畅通,半个小时就到了。可是这次到了市区时,发现公路上的车真的好多好多,密密麻麻的,导致车辆走得异常缓慢,简直如蜗牛移动一般,尤其到一些十字路口时,等到绿灯亮就达七八分钟,恨不得让司机直接闯红灯得了。时间不断推移,看看手表,指针已经指到八点五分,叶志强真是焦急万分,公司上班时间为八点半,真怕不能按时到达。

挪呀挪,度刻如度日一般,好不容易终于到站下了车,一看手表,已经是八点二十三分,叶志强赶紧跑步赶往公司所在的写字楼,到了大堂,刚好看到大家进入电梯,于是以飞的速度在电梯要关门的一刹那间冲了进去,此时他已经气喘吁吁,但还庆幸自己及时,要不等下一班电梯的话,估计又要好几分钟。出了电梯后,一看表,离上班还有两分钟,叶志强大步流星地赶向公司门口,伸出手指在打卡机上按指纹,此时刚好八点半,真是太巧了,再晚一点点就算迟到啦。

叶志强走进宽敞明亮的公司,跟同事打了招呼,然后找到自己的座位坐下。该公司是个分公司,是通信公司合作商,业务主要为提供咨询服务、编辑通信类杂志、举办活动等。公司规模不算大,员工只有三十多人,办公面积约两百平方米。他的身后有个专区,是副总经理坐的。副总经理叫吴胜,分管叶志强所在的编辑部以及人事、行政等事务。他个子不高,有点儿胖,四十余岁,头发掉得厉害,头顶贼亮贼亮的。此时吴胜已经坐在位置上,想必挺早来的,见叶志强来了之后,他问:"志强没迟到吧?"

叶志强明白经理的话里有话,好像巴不得他迟到被扣钱,然后趁机批评一番,不过他不敢挑明,委婉地回答:"吴副总早上好,刚刚好,没迟到呢。"

"哦,刚刚好啊,那下次还是早点儿。"

"嗯。"叶志强本想说其实他已经很早起床了,只是交通太拥挤,实在没辙,但想想后还是没说。

公司各办公室是通透的,各区间只用玻璃隔挡。叶志强扫视了下其他的办公室,突然发现行政文员张小红还没到。张小红年轻貌美,叶志强对她颇有好感,平日跟她私交不错,算是好朋友了。平日她均是早早到的,可最近几天常迟到,叶志强不由纳闷,同时也担心她被上司批评。

就在这时,一个清纯美丽的女子气喘吁吁地闯了进来,并赶紧打卡,然后看了下办公室里面,发现许多人正看着她,似乎在说:"哇,美女迟到了,小心挨批啊。"她因此十分不好意思,红着脸,低着头快步走到自己的位置。叶志强想上去跟她聊聊,但此时不太敢。令人感到意外的是,吴胜也没有说什么话,现场很快回归原先状况,十分安静,似乎一切太平。

上班一个多小时后,吴胜似乎按捺不住孤寂,开始张开嘴巴发话。他这个人有个习惯,话特别多,老爱找同事聊天,但是他人品不是很好,说的话要不伤人,要不就是自吹自擂,要不就是不知所云,令同事们生厌,嫌啰唆,爱理不理的。但是吴胜却不管别人的感受,执迷不改自己的缺点,依旧我行我素。这不,他又要打开话匣子了,先咳嗽了下,然后说道:"唉,今年业务真不好做。"

大家没有当回事,没人应他。其实,谁都知道现在市场竞争激烈,每次招标都有好多家公司竞标,大打价格战,杀得相当惨烈,还不一定能中标,不好做是自然的,不用吴胜说大家都知道。

吴胜见没人理他,便开始点名,突然他叫一位叫陈涛的同事,问问对市场的看法,陈涛应付式地回了句:"市场是不好做。"

吴胜依旧没有关上话匣子,又说道:"前几天参加了总公司开的会,老板分析了现在的市场形势,说接下来可能会进行人事调整。"公司总部在北京,这里的公司为珠州分公司。

听到要人事调整,叶志强心里咯噔一下,但很快就觉得没什么吧,他想,调整就调整,不会跟自己有关,自己兢兢业业,做出不少贡献,应该不用担心被淘汰。

或许是吴胜经常说的话不可信,所以这次大家仍旧没有多大在意,也没有人应和,该干吗还是干吗。吴胜这下似乎识趣了,闭上嘴巴不再发话。

之后,叶志强登录 QQ 聊天工具,因为在公司对外联系常用该工具,所以不算违规。他快速查找到张小红的号码,然后发信息给她,先是发杯"咖啡",不料对方回道:"肚子饿,喝咖啡不好。"

叶志强明白了,问道:"怎么早上没吃?"

"是的。"

"最近怎么了? 还迟到。"叶志强跟她比较熟,平时就常聊天,便直言不讳地问着。

"睡过头了。"张小红回道。

叶志强半信半疑,但没有追问。

两天后。

这天早上,实在不走运,叶志强路上不但遇到堵车,而且所乘的公交车竟然还抛锚,搞得他得转另外一辆车,浪费了不少时间,赶到公司时,电梯迟迟不来，只得爬楼梯到位于十五层高的公司，到公司时发现已迟到了十分钟，这一迟到，代价惨重，不但要被扣罚十块钱考勤费，而且连本月两百元的满勤奖也泡汤了，真是太悲催了！

当他走进办公室时，发现屋内氛围不太对劲，只见张小红站在吴胜面前，带着无奈和悲愤的表情说道："吴副总，你说为什么要辞退我？我到底错在哪里了？"

听了这话，叶志强大惊，心悬到嗓子眼，不禁为张小红捏一把汗。即便是普通同事被辞退，他都会惊讶，更何况是关系不错、爱慕有加的张小红。辞退！为何突然会被辞退？天！实在是太令人震惊了。

吴胜说道："我在电子邮件里不是说清楚了吗？"原来，他还先行准备了邮件，并发给了张小红。

张小红依旧难以接受，一向温柔的她此时提高了嗓门，怒道："你在邮件里说我迟到，是，我承认我最近迟到了几次，我迟到是有原因的，都向你解释过了，你也说过没事。再说，迟到几次就能辞退一名员工吗？我迟到都被公司扣钱了，而且我每次都晚点下班补回去，我能够确保按时完成工作。你还要怎么样？"

吴胜皱皱眉头，一时有些为难。"这……唉……"

张小红突然哽咽起来，降低了音量，求情道："吴副总，我是喜欢这份工作的，我保证我能够努力工作，我今后一定不迟到，你就不要辞退我了，行吗？"然后向吴胜鞠躬。叶志强发现，她眼泪都流出来了，真是令人动容。他想都这样了，吴胜应该会放她一马吧。

但是吴胜没有心软，而是保持原先的立场，说："我也没办法。实话告诉你吧，也不是仅迟到的原因，而是公司效益不是很好，上头要求人事调整。我也是受雇的，只能执行命令。没办法。"

原来如此，所谓的人事调整就是裁员。

张小红听了更气了，顶撞道："既然要裁员，那也不能裁我吧？我哪里得罪你了，让你这么狠心。再说，真要辞退我的话，起码得提前通知我吧，你突然辞退我，让我接下来怎么办？"

吴胜似乎有些隐情不方便直说，只好支吾着："这……也不是只针对你。

公司会给你补半个月工资,你好好去找工作。"

说来说去,还是要辞退她啊!而且只补半个月工资,都没有按正常法律法规来办。

此时,叶志强再看不下去了,鼓起勇气,走近前帮忙说好话:"吴副总,小红人挺好的,你就关照下,让她留下吧!"

吴胜吃了一惊,怒视了下叶志强,哼了哼,好像在说:"哼,你管什么屁事,滚一边去。"但不敢直接这样说,只是说:"你不懂,做你的事。"

叶志强继续说道:"吴副总,你再考虑考虑,小红岗位这么重要,没有她的话公司行政工作怎么开展。再说大家彼此相处这么久了,怎么能随便就辞退人呢?"

不过,此话一点儿作用都没有,吴胜好像铁了心要辞退小红。在他眼里,认为行政工作跟业务工作相比简直可有可无,要裁就得先裁这种岗位的人员。

既然没有挽留的余地,张小红认命了,说:"好,走就走,我就不怕找不到地方。不过,得按合同法来,得补偿我两个月工资。"

"这……"吴胜以为给她补半个月就不错了,哪有可能补两个月?在他眼里合同法不算什么,他说了才算。不过,他是那种欺软怕硬的人,觉得张小红比料想的凶多了,并不好惹,怕把事情闹大了,因此考虑之后同意补一个月工资。张小红想想算了,便接受了。

随后,张小红在她的座位快速地收拾自己的东西,然后装到一个纸箱里。叶志强看着她那个样子,心里十分难受,既想过去帮忙,又想跟她说些安慰的话,但碍于众多同事在场,他不太敢。没几分钟,张小红就收拾完毕了,然后快速地离开办公室,连回头看一眼都没有,或许是因为感到没面子,或许是因为憎恨,懒得看。

看着她这样,叶志强心里十分不好受,一个这么好的女孩,就这么离开了公司,真令人舍不得。记得当初他来公司面试时,首先接待他的就是张小红,当时看到她美丽的外貌,感受到她的温柔善良和热情,无形中就产生了一种好感。张小红对人十分友好,没有架子,叶志强遇到问题向她咨询时,她总是十分乐意回答,有什么需要也乐于帮忙,让人如沐春风一般。张小红还十分好学,她只有中专文凭,便用自己业余时间进行自考专科,工作之余还会主动向他请教编辑、公文、文案等知识,对于这么好学的女孩,叶志强当然是乐意传授。

叶志强想,她就这么孤单地离去,作为朋友的他竟然不付诸任何行动,是不是显得太不够哥们儿了?如此想之后,他不管同事们的眼光,自己起了身,快速走了过去,在电梯口时,他赶上张小红。

"小红。"叶志强本有很多话要跟她说,但又怕伤了她的心,最终只打了个招呼。

张小红见到叶志强走出来,不知何事,便问道:"嗯,你怎么出来了?"

叶志强说:"我送送你。"

张小红如在寒夜里看到篝火一般,心里顿时暖起来,话说困难时见真情,看来志强这人够朋友。不过,她怕影响了他,回答道:"不用了,还是回去上班吧,不要影响了工作。"

叶志强不以为然道:"管他呢。小红,我真舍不得你走。"

张小红十分感动和欣慰:"谢谢你的关心。没办法。"

这时,电梯来了,小红走进电梯,叶志强帮忙搬纸箱,本想送她到楼下,但张小红执意说不用,叶志强只好作罢,说道:"那再见了,有空联系。"

"嗯。谢谢,拜拜。"张小红挥了挥手,嘴角露出一丝微笑,十分迷人。

"拜拜。"

走了,张小红就这样走了,但愿她能够早点儿找到更好的工作。

叶志强回到办公室,只见吴胜目不转睛地看着他,从走进门口一直看到他坐下,似乎带着不满的情绪,却不敢直言。叶志强当作啥都没看见,只顾埋头继续干活。

再过十天,叶志强三个月的试用期就要结束,按照惯例一般可以转正,转正后工资会多一些,目前只有两千一百元,据说转正后能达两千五六百元。没来这家公司前,叶志强在另外一家国有企业上班,属于劳务派遣工,薪水不到两千元,为了寻求更好的待遇和正式工的身份,他后来辞职了,另寻公司,但找工作时着实不好找,找了足足一个多月,才终于找到目前这家公司,虽然工资没有达到自己要三千元以上的期望值,但怕再耗时日不好,积蓄都会花光,只好先就业了,心想只要自己认真做,待得久一点儿,做得久了工资自然会上涨。他十分希望能够顺利转正,在提高收入的同时也让自己工作稳定点儿,不要继续在茫茫的求职大海中苦苦地寻找工作。

然而,在过了几天之后,叶志强却遭受突如其来的挫折。

那天是星期二,他同样早早起床上班,然而这天路特别堵,好像前方出了车祸,导致叶志强到达公司时,已经迟到了近十分钟。他十分不好意思地走进办公室,并顺便看了下吴胜。恰好吴胜看了过来,眼神有些怪,嘴上像要发话,但又没说出来,然后转移目光,盯着电脑屏幕。

叶志强打开电脑,登录 QQ。刚一登录,就看到有人发信息来,一看,竟然是吴胜的,有点儿惊讶,以为要批他迟到,点开一看,还好没有什么特别,只写着:"你打开邮箱,发了个邮件给你。"

"好的。"叶志强回道。

叶志强打开邮箱一看,顿时如遭晴天霹雳一般震惊不已,然后呆呆地坐着愣了半天。天,怎么会这样?真不敢相信眼前的一切,难道邮件发错对象了,但瞪大眼睛看,邮件确确实实是发给他的。

原来,这封邮件是封辞退通知书,告知叶志强试用期考核没有通过,今天就要办理离职手续,公司会发完本月工资(没有多补一个月),然后假惺惺地感谢他近来所付出的努力,假惺惺地说实在抱歉,假惺惺地祝好……

真没想到自己竟然会被辞退!平时辛勤努力付诸东流,本想能够顺利转正,现今竟然落了这么个结果。他难以接受,也想不通何故。他本想走向吴胜的位置,大声质问他。但最终他忍住了,选择了发 QQ 给吴胜。

"吴副总,我哪里做得不好?为什么要辞退我?"

"实在抱歉,考核后发现你迟到比较多。"

叶志强想,自己迟到并不多,入职后也就两三次,况且迟到不至于辞退吧。他想吴胜肯定是拿这个当借口,并抓住他今天迟到的机会发出通知,要不然干吗要等到今天通知,而不是未迟到的昨天、前天。他不服气,责问道:"我迟到多吗?包括今天,我不过迟到两三次。我承认迟到不对,我也不找迟到的理由。但不至于要辞退吧?我工作那么努力,经常加班加点,从不索要加班费,你也知道。还有,我是喜欢这份工作的,我能够做好,吴副总,你就通融下,好吗?"

过了许久,吴胜才回道:"是,我知道你很努力。其实也不是因为迟到,而是公司效益不好,老板说要人事调整,我也没办法。"原来如此。这才是真正的原因。

叶志强仍不甘休,问道:"那要人事调整也不至于要调整我吧?"

吴胜回复道:"也不是针对你。请谅解。你办手续吧。"

就在这时,另一个部门一位叫陈勇民的同事走了过来,他跟叶志强同一天入职,大本文凭,个子高大,胆子也大。他径直走到吴胜办公桌前,突然握起拳头,重重地捶了下办公桌,"嘭"的巨响起来,还导致桌面的纸笔掉落到地板上。

陈勇民指着吴胜的额头,大声责问道:"吴胜,你是不是欺负人?你他妈的是不是趁我要转正就裁我?你要通过这方式低薪剥削人是不是?"

见对方气势逼人,吴胜未免有些害怕,他本来就是欺软怕硬的人,于是好声好气地说:"哪里话?没这么回事,你消消气,有事好好谈。"

"那你说为什么要辞退我?"

"这……是公司效益问题。我也是没办法。"

"你放屁。"陈勇民握紧拳头,做出要揍吴胜的样子。此时因为事件升级,已经引得诸多同事围观,有许多人上前来劝和,并拉着陈勇民离开。陈勇民最终还是忍住了。对于有这样的上司和企业文化,他对公司没有感情了,不想在这儿干了,没前途,走就走,不过他提出一个条件,说走人可以,但要补一个月工资。吴胜答应了。如此一来,叶志强也受了"益",也补了一个月工资。

之后,叶志强也开始收拾东西。心情异常难受,感觉很没面子,很想哭,又很想揍人发泄。但他毕竟善良,最终忍住了。陈勇民知晓叶志强也在辞退行列,均是天涯沦落人。在他们办好手续、搬着东西下楼后,两个人在一楼大堂说了近一个小时的知心话,互相诉苦,发泄对公司的不满。

随后,陈勇民搭车回去了。而叶志强慢慢地在大街上踱着步,心里酸楚酸楚的,像迷失了方向一般,这个城市很繁华,可是却没有自己的一席之地,明明自己努力工作,却要在转正期间被辞退。接下来该怎么办?他真怕又要到拥挤的人才市场艰难地找工作。他不知道如何面对亲人、老乡,混了这么多年不仅没什么成绩,反而被人炒鱿鱼,太丢人了,真是无颜以对。他一时不想搭车回出租屋,因为那里有亲人、老乡,不好意思让他们知道。他也不敢将这消息告诉给女友。他的女友在老家工作,虽然相距甚远,但他跟她电话联系密切,但是现今,他很怕女友知道自己的窘况、无能,他想还是先不告知为好。

第七章　伤离别

走着走着,突然,他的黑白手机响了。这部手机是当初为了方便找工作而去二手市场买的,当时手机不普及,比较贵,这部其实挺旧的,但仍花掉他五百元钱。他一看是条短信息,是张小红发来的,写着:"我刚听同事说,你也被辞退了? 不会吧? 你现在在哪里呢?"

叶志强想现今跟她可谓同是天涯沦落人,有她的问候,算是得到难得的安慰,苦闷似要枯萎的心顿时像得到甘露滋润一般欣慰起来。他回道:"是的,悲哀,我也没想到会这样。现在大街上晃荡呢。你找到工作了吗? 现在在哪儿?"

"还没。现在出租屋。来坐坐不?"张小红问。

对方竟然主动邀请,叶志强欣喜不已,突然间好像拉近了跟张小红的距离,成了很知心的朋友。被辞退后,他也很想有个方式排遣心里的苦闷,现在正好有机会跟同病相怜的张小红见面聊聊,可以变忧愁为开心,那就去吧。于是他说好,并问张小红住哪儿。张小红如实告知,说住在一个叫鹅坦掌的地方,还说到公交站后给她打电话,她出来接。叶志强说好。

叶志强搭上公交车,前往鹅坦掌。现今正值上班时间,公交车上人不多,路上的车辆比上班高峰期也少了不少,没多久他就到达了站点。如果上班时间也能如此,那该多好,就不用怕迟到,也不会因此被当成辞退的原因。

叶志强到达公交站的时候,发现张小红已经在等候了,可见她是多么的热情好客。叶志强见到她,笑着向她打个招呼,她露出灿烂的笑容表示欢迎。她一笑,便露出深深的酒窝,可谓"迎面一笑百媚生,酒窝深深迷人眼"。今天,她穿着紧身的白色 T 恤衫,胸部显得十分饱满,值得一提的是,T 恤衫画着唐老鸭的卡通画,十分可爱。她穿着的裤子是那种红色的休闲运动裤,穿的鞋子是那种扎着漂亮花朵的休闲凉鞋。这些虽不是名牌,却是简约而不简单,显得她纯朴、可爱。

随后,张小红带领叶志强走过人行天桥,到马路对面后再走进一条路面不宽、人流密集的小街,两边建筑老旧,一看就知道这里也属于城中村,是平民住的地方。俩人边走边聊着天,张小红说:"志强,上次你帮我说好话,我还没来得及感谢你呢,现在补上哦,真的十分感谢,那时突然被辞退,好无助,你帮我说了好话,我很感动。"

叶志强欣慰道:"是吗? 我觉得你工作挺出色的,为你说好话是应该的,不用谢啦。真搞不懂你这么优秀、这么好的人,他竟然还要辞退。"

"我被辞退比较好理解,主要是我文凭不高,能力不够,又迟到几次,还顶撞过他几次。对于你被辞退,我倒是十分意外,不知道会不会是你上次帮我说好话,让吴胜记恨在心,所以报复来的?"

"应该不是。说是公司效益不好,我又快转正了,趁此时裁员,可以节省成本支出。"一说到这里,他就十分愤恨。

"这倒是哦。公司太不行了,一点儿良心都没有。在这样的公司不干更好,要工作也要去别的更好的公司。"

"嗯。那你有没什么意向呢?"

张小红说:"想找个工资高点儿的,比较有潜力的,不想做行政了,工资低,想做做比较能锻炼人、有前途点儿的。"然后带着有些神秘的口气说:"跟你说,我晚上还在上班呢,属于兼职,一个月也能赚千来块。"

"是吗? 什么时候兼职的?"

"有两个月了。就是因为晚上兼职,搞得太累,第二天起不来,所以才迟到。"张小红嘟囔着嘴说道,还带着些许遗憾之气。

"原来这样。你兼什么职呢?"

"就是去酒楼做服务员。在我们公司下班后,我就去酒楼,主要做传菜,晚上做三个小时,有五十元工资。怎么样?"

叶志强并不觉得做服务员比较低级,而认为只要是自己劳动付出,无所谓贵贱,"那也好。不过要注意休息。我觉得你还是抓紧时间找找工作,如果工作稳定了,可以把兼职辞掉,免得太辛苦。"

"嗯,这我知道。"

走着走着,又拐过一条巷子,张小红指着旁边的一座楼,说已经到了。叶志强看了看该栋楼,跟他住得差不多,属于典型的民房,由于建设时没经统一设计规划,所以楼与楼之间间距极小,墙体没怎么装修,比较不美观,楼道窄而暗。

"小红你住几楼? 是自己住吗?"在爬楼梯时,叶志强问。

"在三楼。不是我自己住哦。"

"你跟人合租?"

"也不是。等下你就知道啰。"张小红微笑道。

叶志强听后觉得怪怪的,不免猜疑难道她跟男朋友同住? 这样的话,自己去了会不会有什么不良的影响啊?

很快就到了三楼。张小红敲了敲已经掉色的木门,说:"妈,开门。"

"你妈也在?"叶志强诧异地问。

张小红点下头道:"嗯。就我和我妈住。"

"哦。"

过一会儿,门开了,一位年近花甲、略驼着背、脸部瘦削的妇人出现在眼前。该妇人就是张小红的母亲。她发现女儿带了个男孩子回来,先是吃了一惊,然后说:"小红,这位是谁?"她想问是不是男朋友。

张小红边进屋边介绍:"妈,这位是我同事,叫叶志强。"

她母亲意味深长地"哦"了一声。原本她还以为是女儿的男朋友呢。

屋内并不宽敞,属于单间,至多十五六平方米。但是收拾得挺干净的,地板貌似刚拖过,各种东西摆置得井然有序。女人的房间就是不一样,不像叶志强宿舍乱乱的。

张小红烧水泡茶。大家坐了下来聊天。

叶志强问:"小红,你妈什么时候来的? 我怎么都不知道。"

张小红说:"来一个多月了。原本在湖南老家住,就是个留守老人。但是家里又没什么亲人,我又远,照顾不到。我妈本来身体就不好,有一次上厕所突然晕倒,可是家里一个人都没有,幸好邻居听到声响,砸破门后才发现,赶紧送医院。因为这事，我就想把我妈接到这里，起码我能照顾到。"以前张小红还说过，她是个独生女，父亲已经去世。

"那是。"叶志强更加体会到张小红不容易，所以才会找兼职赚钱，所以才会迟到，他也佩服她的毅力和孝心。同时，他不由地想起自己的父母。"我爸妈也在老家呢。我做得不到位，基本上一年才回去看他们一次，又没能力接他们过来一起住。"

小红母亲说："现在不是有电话吗？那你得多打打电话，跟老人聊聊天，有时间还是回去多看看。老人啊，现在就怕孤单，没人说话。"

"嗯。我会的。"

水开了，张小红麻利地泡着茶，然后端一杯给叶志强，而他则主动把这一杯让给她妈妈先喝，引得老人十分高兴。

喝了杯茶后，张小红问叶志强："那接下来有什么打算？"

叶志强有些无奈地说："继续找工作啰。其实，我也有些迷茫，不知道该干哪行好，想考公务员又考不上，进国企又没那个背景，做销售自己不是那块料，交际和口才不行，虽然擅长文字，可是做文案工资不高。"

张小红安慰道："你也不用太悲观啦。你其实是有能力的，只是缺少一个平台，我想你会出人头地的。我倒有个想法，暂时不用那么急找工作，现在好不容易有个不上班的机会，何不回家去看看父母。我听同事说你有个女朋友在老家教书是吧？那也得回去看看哦。"

"呵呵，这倒是。是得回去看看。谢谢你的建议。"

坐了一阵子后，叶志强要离开了，张小红盛情地邀他留下来吃饭。叶志强只好留了下来，有幸吃到张小红亲自做的饭菜，美味而可口，在衣来伸手饭来张口的当下，一个年轻的女孩子能做出这么好的饭菜，实属不易，令人钦佩。叶志强甚至暗想，如果能够娶到这么勤快又漂亮的女孩，那该多幸福啊。不过，他只敢偷偷地想，不敢付出行动去追求她，因为他心中的主要位置被在老家教书的女友刘芸占据着。不过，在吃饭时，他跟张小红坐在一起，真有种情侣的意味，有种小家的感觉。甚至在她母亲眼里，他们的关系如此亲近，导致在叶志强离开之后，母亲还盘问女儿刚才的男生是不是男朋友，但女儿撒娇地说不是啦，只是朋友，算好朋友。

离开张小红出租房后，叶志强没地方去，只好回到自己的出租屋。

回到麦地村时，已经是中午一点多。今天天气依然炎热，太阳毒辣辣地照耀着，城中村的小巷上行人稀少，但在树底下、在临街店铺内的人倒不少，有的在拿着扇子扇着风，有的在卜棋，有的在打牌，有的在聊天，十分悠然。因为被辞退，叶志强有点儿怕碰到认识的人，自己隐隐觉得脸面无光，生怕被人问这问那，总想早点儿回到自己的出租房，关上门才安心。不过，当他走到出租屋的楼道时，还是碰到了哥哥叶志彬。

"志强怎么回来了？下午不上班吗？"

"我……下午不上班。"叶志强支吾道。

"怎么不上班？"

"我……辞……辞职了。"他不敢说被辞退，而是换了个说法，辞职意味着主动炒老板，比较体面点儿。

哥哥愣了下，他知道弟弟找工作找得很辛苦，难得终于有了份工作，怎么突然辞职了？岂不是太可惜了？不过，他看到弟弟脸上写着难色，于是不直接问，而是叫他进屋喝茶。

叶志强跟着哥哥进入他的出租屋。屋内叶大雅等几个孩子在玩耍，嫂子许绿瑟也在家。屋内有一个风扇开着最高挡位，哗啦啦地吹着风，即便如此，屋内仍如蒸笼一般的热，椅子是热的，就连床上的凉席也是热的。

叶志强见了嫂子，问道："嫂子，你也没上班？"

嫂子说："跟老板请假了，暂时不去上了，肚子大了上班不是很方便。你怎么也不上？"

"我……我失业了。"叶志强现在不隐瞒了，直接将前因后果告诉给哥嫂。说完了，倒觉得轻松许多。

"原来这样，你们公司真是的。"许绿瑟感慨道。

哥哥帮忙泡了杯茶，并安慰道："工资有给就算了，还是找份更好的吧。不用怕。"

叶志强喝了杯茶，觉得清爽不已，喝毕说："哥，嫂，我想回家看看。"

突然，叶志彬顿悟似地拍了下大腿，说："那你就回去吧，顺便带你嫂子还有几个孩子一起回去。"

"怎么孩子也要回去?"叶志强虽然想到了原因,但还是有意问着。

哥哥说:"在这儿入不了学,还是回老家读书吧,没办法。你进乾哥的孩子也要回去,到时一起回。让你嫂子也回去,可以在家照看孩子。"

"嗯。那我问问进乾哥,问问他们的意思,再定个回去的时间。"

"行。"

……

经过与堂哥、堂嫂等人商量,大家一致决定于八月中旬回家,这样可以赶在开学前到家。

几个孩子知道要回老家,尤其是叶旭日、叶东升要与父母离别,十分不舍,心情落寞,就连平时活泼调皮的叶旭日都变得安静了,甚至会偷偷地落泪。其实,他们非常希望留在城里读书,跟父母在一起,而不要长期分离,但他们也知道这不是他们能决定的,一切显得那么不由自主。

要离别的那天,天气有些阴沉,空中飘着不少的乌云。他们带着大大小小的行李,有旅游包,有编织袋,还有书包,前往珠州长途汽车站。车站里异常热闹,站里的喇叭不断叫喊着某某车辆即将出发请旅客检票的话语,送别的人与离别的人诉说着或关心或不舍的话语。

检票还没开始。大家先坐在椅子上等候,邱丽群看了又看儿子,似乎永远看不够,百般叮嘱着:"旭日、东升,回去得听爷爷奶奶的话哦,要认真读书哦,要乖乖的哦。"

"嗯。"半晌,叶旭日哽咽道:"爸,妈,你们能不能一起回去?"

邱丽群抚摸了下儿子的脸蛋,说:"傻孩子,爸妈要赚钱呢,有钱才能养你们还有爷爷奶奶啊。"

叶东升突然哭了出来,说:"妈,我不想回去,我要留在你身边。"

邱丽群也流出了眼泪,但是不敢当着儿子的面,而是转了过去,擦了下眼泪,才转过头说:"你们留在这里没书读不好,要回去读书。妈妈会经常给你们打电话的,也会回去看你们的。"然后又嘱咐叶志强,说多照顾照顾孩子,又嘱咐许绿瑟,说在家时多帮忙照顾下。他们说好。

叶进乾又来到一旁的小卖店,虽然商品价格很贵,但他依旧舍得,买了些梅子干、瓜子、饼干等孩子喜欢吃的东西,然后塞到包里,告诉孩子们路上吃。

孩子们异常懂事地说好。

多情自古伤离别,叶志强看在眼里,此时竟无语凝噎,他不由想起自己,每年与父母和女友离别时,是多么的不舍与难受,只觉得假期太短太短了,如果能够长相厮守,那该多好。

叶大雅和叶小雅因为母亲陪着回去,心情相对较好,但她们也不舍得这个城市,觉得还没玩够,好多地方都没去过呢,同时,她们也舍不得爸爸,叶大雅问道:"爸,你要回去吗?"这已经是她第三次这样问了。

"爸下次就回去。"叶志彬回道。

"下次是什么时候?"叶大雅又问。

叶志彬一时回答不出来,真要下次的话,一般得等到过年,可是离过年还很久,这样回答的话女儿肯定不满意,于是他换了个说法:"很快就回。你要好好读书,爸回去的时候看你的成绩。"

叶大雅平时读书并不认真,但此时却十分懂事地说道:"嗯。"

汽车来了,要检票了。大家拎起大大小小的包,依次检票,然后登上回老家的大巴。该大巴是辆卧铺车,因为要走十几个小时的路,从珠州到云山的车基本是卧铺车,以便供客人睡觉。汽车十分高档,内部装饰豪华,空间宽大,还有空调排出令人舒适的冷气。若在以往,平时难得坐车的孩子们非常渴望坐车,对车充满好奇,恨不得天天能坐一坐,但现今,他们几乎没有这样的意愿,恨不得下车不坐了。送别的叶进乾等人也跟着上车,帮孩子们找好位置,嘱咐不要乱走动,要乖乖的,作为父母,他们想多待一会儿,一直陪着孩子们,但是汽车很快就要出发,司机交代非乘客得下车了。叶进乾、邱丽群、叶志彬只好下了车。

汽车缓缓启动。孩子们趴在车窗边,跟父母们挥手,高呼再见。同样,父母也挥舞着双手,迈着步子,喊道:"旭日东升、大雅小雅再见,要乖乖哦。"但因为隔着玻璃,车内的人压根就听不见,只能看到他们张着嘴巴,从表情领会内容。

汽车越走越远,已经看不到父母了。叶旭日、叶东升坐回位置,突然眼泪哗啦啦地就流了出来,埋着头,用衣袖擦着泪。叶志强和许绿瑟发现了,连忙安慰,并拿出东西让他们吃,大家说说话让情绪好起来。

再见了,珠州;再见了,父母。

第八章　终回故乡

汽车逐渐驶出城市,在高速公路上飞驰着。车上的电视播放着黄飞鸿的影片,场面热烈,打斗精彩。几个孩子聚精会神地观看,看到幽默情节时不由自主地爆发出阵阵欢笑声,由此大大缓解了离别时的伤感。

叶志强也在看着影片。突然,坐在旁边一排的嫂子许绿瑟扭过头来,问道:"小叔,这次回去,你有没有跟刘芸说?"许绿瑟知道叶志强交了个叫刘芸的女朋友,以前刘芸经常来他们家,所以许绿瑟等家人都认识她。

叶志强说:"还没。我打算突然找她,就像从天降临一样,给她个惊喜。"

许绿瑟笑了笑:"是吗?还这样。平时要多多联系,找个机会把婚结了。"

"嗯,也想结啊,只是条件不是很成熟。钱还没怎么赚到。"这是叶志强的一个大顾虑。他觉得物质是基础,有了物质才结婚的话比较合理。

许绿瑟却说:"结婚也不一定要多少钱,你哥娶我时,他也没什么钱。没钱就简单办。我说,城里赚钱也不容易,要不然你也回家跟刘芸一起教书,就可以住在一起,不用一人一地的,要相见都难。"

被嫂子这么一说,叶志强像醍醐灌顶一般,觉得十分有道理。在以前,他很排斥留在大山深处工作,觉得工资低,因此想在大城市发展,以为大城市机会多,赚钱容易。但几年下来,发现在大城市并不容易混,大城市人才济济,竞争激烈,即便自己赚了点儿钱,但因为消费高,往往所剩无几,更不敢奢望买那一平方米要万元以上的房子,连个卫生间都买不起。想好好工作慢慢升职谋发展,却突然遭遇解雇,被浇了盆冷水一般,着实悲哀。有了这样的经历后,他的观念出现微妙的转变,不由觉得在农村发展其实也可以。"嗯,是个好主意。

有工作的话也不错,不过,我没教师资格证,具体再看看吧。"

"嗯。"

汽车继续前行,有些人渐渐入睡,有些人看着电视。叶志强闭了阵眼睛,却难以入睡,思绪万千,想着老家的父母,想着女友,也想着同事,有些激动,又有些伤感,激动是因为很快就可以见到亲人了,伤感的是此次并没有衣锦还乡,而是狼狈地被辞退还乡。

突然,他想起了张小红,觉得应该跟她告知下,她有手机,联系方便,于是发了个短信给她:"小红好!在干吗呢?我回家啰,正在车上。"

没多久张小红就回了过来:"刚去一家公司面试回来。你回家啦,祝你一路顺风哦,好好跟嫂子恩爱恩爱哦。哈!"

"呵呵,谢谢。面试什么公司呢?怎么样?"

"一家房地产售楼处,不过要行业工作经验,我没有这种经验。应聘的人又多,还要五官端正,气质佳,晕死。说是让我等候通知,估计没有了。没事,我会继续的。"

"呵呵,我觉得你很符合嘛,气质够佳,真正的美女,祝你好运!"

"过奖,谢谢!"

汽车继续前行,叶志强重新闭上眼睛睡觉,这次终于睡着了,睡得很香,还做了个美梦,梦见自己回到家乡后,跟女友一起创业,赚了大钱,盖起别墅,买了车,又结了婚,生了娃,过上甜甜美美的生活。等他醒来时,才知道一切只是个梦,而且有些荒唐,女友明明有稳定的工作,哪可能会下海创业呢?连普通楼房都买不起,还奢望盖别墅?当然他知道这毕竟是梦。

经过一个晚上的奔驰,不知不觉,汽车已经驶进叶志强所在的县——清安县。此时正是清晨,红红的太阳从东方升起,挂在空中十分漂亮,大地笼罩在柔和的晨光中,道路旁的榕树昂着头,尽力接受晨光的沐浴。在成片的田地里,已有些勤劳的农民赶大早在忙碌着。

每每进入家乡地域时,叶志强都会瞪大眼睛透过车窗看家乡的变化,此次照样如此,因为他关心家乡。他发现,沿路一带的山地已被夷为平地,有的已经建起了工厂,看起来规模蛮大的。虽然工厂数目没有像沿海发达地区那么多,但这照样给他带来了莫大的惊喜,这起码说明家乡已悄然发生变化。当年他毕业时不想回家乡工作的一个原因,就是嫌家乡工业一片空白,没什么前景,工业少,财政收入也低,工资也低,现今终于有了变化,让人看到了希望。

他村子所在的乡镇离县城还有八十多公里,属于全县最偏僻的山区乡镇。从县城拐进乡镇后,道路一下子窄了许多,由于建了多年,路面变得凹凸不平,汽车因此颠簸得厉害,搞得乘客纷纷醒了过来。汽车越往前方走,越深入山高林茂的山区地带,越要不断地盘山绕行。公路的一侧是陡峭的山壁,一侧是高达数十米的河谷,虽然风景不错,但人往下看去,立马会心惊胆战,太险了!此外,汽车绕呀绕呀,搞得人没多久就开始头晕了,甚至有人开始呕吐。

一路峰回路转,穿过层峦叠嶂的大山,煎熬之后,一个宁静的山村终于呈现在眼前,这就是叶志强所在的村庄,叫秀美村。这里是他从小到大生活过的故乡,有着养育之恩的故乡,是饱含深情的故乡。终于到故乡了,叶志强心情有些复杂,一方面对这里的山、这里的河、这里的田、这里的路、这里的房都是那么的熟悉,觉得无比的亲切;另一方面,不知怎的,心里又隐隐有种近乡情更怯的味道,或许是因为平时回得太少了,或许是因为自己混得差没什么成绩,或许是因为为家乡做的贡献太少了。

到村庄路口时,他朝司机喊了下停车,便和嫂子、孩子带着行李下了车。

这个村庄在全镇而言并不算大,约莫上百户人口,户籍人数不过四五百人。村庄的房子沿着山坡错落有致而建,从山谷一直延伸到半山腰。以前房子基本为瓦房,但现在已有些有钱人家盖起了钢筋水泥的房子,有的已经装修了,挺漂亮的。村子的山坡上种植了不少的果树及其他树木,满眼翠绿,鸟儿叽叽喳喳聚在树上异常热闹而欢快地聊着天,好不惬意!而在山谷的平坦处,则开辟为农田,种植了不少的庄稼,现今连片的绿油油的水稻正苗壮成长,随风摆动。叶志强站在路边,朝稻田放眼望去,感到美不胜收、心旷神怡,不禁喊一声:好一派田园风光!经历过城市的喧嚣后,他现今更深地感受到家乡的美好,觉得这里空气清新,这里安静宁谧,非常宜居。而在以前则不是这样,总觉得家乡太偏僻太穷,什么都没有,自己都不想留在这儿住,总想逃出大山。

叶志强顺便问了下跟在一边的侄子:"要到家啦!旭日,你觉得是城里好呢,还是我们村子好呢?"

叶旭日不假思索地说:"城里好。"接着,叶东升及叶大雅也应和着说城里好。

叶志强愣了下,问:"为什么?"

孩子们七嘴八舌地说起理由:

"城里有高楼。"

"城里有很多汽车。"

"城里很热闹。"

"城里有商场、有电梯。"

"城里有好多好玩的。家里没有。"

……

叶志强和许绿瑟听了笑了笑,心情却是十分复杂。

走着走着,他们突然看到一张熟悉的面孔。此人已进入花甲之年,不少头发已发白,道道皱纹也已悄然爬到脸上,简直如松树皮一般粗糙,皮肤由于长期被太阳晒,简直跟木炭一样黝黑。此时,他正猫着腰在水稻田里拔草。

"爸。"叶志强大声喊道。有种欣喜,又有种伤感,欣喜的是终于看见老爸了,伤感的是长期劳作的老爸又老了,年纪这么大了还要辛苦劳作,如果是城里人,早退休了。

"爷爷。"紧跟着,叶大雅和叶小雅也叫喊着。叶旭日和叶东升则叫着三叔公。叶志强的父亲叫叶金谷,他有三兄弟,自己排行第三,而叶旭日的爷爷排行老大,所以叶旭日叫他三叔公。

叶金谷直起腰杆,扭过头来看来人,看到了儿子、孙女等,咧着嘴开心地笑了:"你们回来啦!"

"嗯。爸,别干活了,先回家吧。"

"好嘞,好嘞。"叶金谷连忙走出水稻田,在旁边的小水沟洗了洗手和脚,然后扛着锄头跟大家一起回家。

叶金谷先看了看许绿瑟腆着的肚子,问道:"绿瑟,查过没有,是不是孙子?"

许绿瑟回道:"没查呢,医院不让查。"

"哦。"叶金谷不好意思再问。但是叶志强猜得出父亲的心思,无非是重男轻女的思想在作祟,一心想要孙子,于是说道:"爸,政府早宣传了,生男生女一个样。"

叶金谷不好表态，只是笑了笑。当然他对孙女也是十分疼爱的，看着眼前的叶大雅叶小雅，满心欢喜，还伸出手要牵孙女叶小雅的手，不料，叶小雅看了看爷爷刚劳作的手有点儿脏和湿，不让爷爷牵，有意缩起了手，这让叶金谷心里一酸，笑容顿消。许绿瑟看在眼里，怒斥了下女儿，说："你怎么这样？爷爷关心你呢。"

叶小雅胆怯地说："爷爷手里有泥巴。"

叶金谷看了看自己的手，确实没洗干净，勉强挤出笑容，大度道："别骂，没事没事。"

走了段泥土路的村道后，一行人先到了叶旭日的家。他的家就在路边，由两间瓦房组成，外墙壁的白灰已斑驳脱落，房子显得有些破旧。屋子前面的小坪子种着一棵大柿子树，树枝遒劲挺拔，树叶大而绿，给房屋增添不少的魅力。此时，叶旭日的爷爷叶金薯和奶奶王亚汤看到了来人，已经走出屋子，两个人个子均不高，都是瘦瘦的，估计叶金薯只有九十几斤重，王亚汤只有七十多斤重，而且叶金薯头发已经白了一大片，显得有些苍老，他们笑嘻嘻道："你们回来啦！"

叶志强等人赶忙打招呼。叶旭日叶东升则高兴地叫爷爷奶奶。叶金薯问孙子："你爸妈怎么没回来？"他好久没见到儿子了，怪想念的，真希望他们也能回家一趟。

"爸妈要干活赚钱。"叶旭日果断回道，然后把行李搬到屋内。

"哦。"叶金薯有些失落地轻声应了下。

叶志强关心地问道："大伯、大婶，身体怎么样？"

叶金薯说："还好。"王亚汤毫不客气地揭着老底："经常喝酒，还抽烟，身体变差了，还说好，说也不听。"

叶志强知道大伯喜欢喝酒，几乎每餐不离酒，劝说道："大伯，少喝点儿酒，少抽点儿烟，最好戒了，身体要紧。"

叶金薯浑然没有戒的意思，只是呵呵一笑，然后转移话题："呵呵。志强，你怎么回家了？没上班吗？"

叶志强被这么一问，心里有些虚，也有些愧疚，不敢说真实原因，忙回道：

"公司放几天假,好久没回家,就回来看看。"

"哦,这样好,就该回来看看。进屋喝杯茶吧。"

这时,叶志强突然想起件事,于是走进屋内,告诉大伯,堂哥给他们寄钱了,托他带了两千元呢。然后从口袋里掏出钱,数了数后递给大伯。大伯接过钱后,也数了数,甭提有多高兴了,脸上绽放出灿烂的笑容。这说明儿子并没有忘了两个老的,还说儿子行,能赚到钱。这点儿钱可能在有钱人看来不算多,但对于老人而言可是笔不小的数目,可以花许久了。

因为回家心切,叶志强来不及喝茶,便告辞了,同时叫叶旭日和叶东升要乖点儿,听爷爷奶奶的话。他们说好。

再走几十米鹅卵石铺就的路,便到了叶志强自己的家。他的家也是瓦房,由两间相连而成,并跟十来间邻居的房子组成一条巷子。巷子的路约有四五米宽,一群孩子正在追逐打闹,他们见叶大雅和叶小雅回来了,纷纷凑上前来打招呼,眼神里带着羡慕,似乎在说:"哇,你们从城里回来啦,见过大世面啊!"

叶志强家的房子建的年月已久,加上做饭时就在屋内做,致使墙壁、天花板都熏得黑黑的,现在虽然是大白天,但屋内光线并不好,显得有些暗。家里的地板是用一种善于吸水的红砖铺成的,当年花了不少钱,原本可算高档的了,但现今因为人踩得多、鸡鸭也经常走来走去、卫生打理不好,红砖因此结了层污垢,不怎么美观了。家里的家具都是比较简单的,一副已用了十余年的茶桌,一张木质沙发床,一张四方形的餐桌,几条脱漆的长凳,几张折叠椅和塑料椅,仅这些而已,总价值至多千来元。整个房子虽然比较普通,但面积不算小,一楼就有八十多平方米,算上用木板搭就的二楼,合起来就有一百五十平方米了,这面积可比在城里住的民房大多了,这也算是农村的一个亮点吧。

叶志强的母亲叫李亚虹,个子不高,显得有些胖,穿着一身朴素的衣服,是位地道的农村家庭主妇。她平时既要负责家务事,又要经常上山砍柴,够辛苦的。由于常晒太阳,皮肤也是黝黑的。她看见儿子、儿媳和孙女回家了,高兴极了,又是倒水给大家喝,又是关心地问这问那。她打量了下儿子,问怎么都长不胖,是不是太辛苦了,还是没得吃。叶志强知道母亲说到了点子上了,但他忙说不是的,自己本身就是胖不了的,胖不胖无所谓,只要身体健康就行。母亲说家里养了十几只鸡,等下就杀只炖给大家吃。叶大雅和叶小雅听到有鸡吃,连忙说好好好,笑眯眯的。随后,家人杀起鸡来,叶金谷操刀割鸡的脖子,孩子围着看,似乎不怕血,胆子蛮大的。叶志强没杀过鸡,觉得有点儿残忍,但也想帮帮忙,不过,他母亲却问道:"你回来去看了刘芸没有?"

"刚到家,还没时间去看呢。"叶志强回道。

母亲催促道:"那还不赶快去看她,晚点叫她一起来吃饭。"

"好吧。"

第九章　恩恩爱爱

叶志强从包里掏出一个用纸盒包装的东西，打算见到刘芸时送给她。叶大雅见小叔手里拿着包装精美的东西，好奇地问："小叔，是什么东西？"

叶志强笑了笑，说："不告诉你。"

"让我看看。"叶大雅伸出手来抢。叶志强连忙将盒子高举起来，不让她抢到。

叶小雅也凑了过来，说："小叔，是不是玩具？给我好不好？"

叶志强忍不住笑了起来，孩子就是孩子，真是天真，但他偏不给，说："不是玩具，要送给你未来的婶子的，哪能给你？以后再给你买玩具哦。"

两个女孩有些失望："噢，一定哦。"

之后，叶志强骑上一辆五成新的杂牌自行车，前往刘芸家。刘芸家在另外一个自然村，与叶志强所在的自然村仅有两公里的距离。叶志强骑着车沿着村道行驶，先是一路下坡，因为路太陡，自行车刹车又不是很灵，自行车跑得特别快，让人捏了一把汗，所幸没事，安全地到了比较平坦的镇级公路，再穿过横卧在静静流淌的河流上的石拱桥，又骑了几百米村道，就到了刘芸的家。

刘芸家位于一座山的脚下，此山因种植许多松树，所以被叫作松山，一年四季都是绿的。房子前面是一片绿油油的开阔的稻田，稻田前面是清澈见底的小河，总而言之，这里风景挺漂亮的。只是房子是简陋的瓦房，如果能在此盖个小别墅，那就太好了，但刘芸家并不富裕，父母都是农民，收入有限，她本人工资也不高，盖别墅暂时只是个梦想。

此时刘芸的母亲正在家，她叫王惠珍，个子较高，有些清瘦，留着短发，穿着件红黑条纹相间的短衫。叶志强客气地跟她打招呼："阿婶，您好，刘芸在吗？""阿婶"这个称呼在老家比较特殊，如果对方比自己的母亲年纪小，可以这样称呼，这是普通称呼；如果真的做了人家的女婿，也可以这样称呼，那时"阿婶"就有"阿妈"的意思。因此，叶志强觉得这样称呼对方十分合适。

王惠珍打量了叶志强好几秒，才认出来，并吃了一惊，问道："志强，原来是你啊？什么时候回来的？"

"刚回来。刘芸呢？"他始终关心着刘芸。

王惠珍说："她刚搬到平寨小学住，没回来，说是要加班，准备开学，具体我也不知道。"

叶志强愣了愣，以前刘芸都是在本村的小学上课的啊，于是问道："怎么去那儿了？"

"学区要调她。"

"哦，这样，那我去平寨小学找她。"他见女友心切啊！

"坐会儿喝杯茶。"王惠珍客套地说。

"回来再坐，我先走了。"于是叶志强踩起自行车，前往平寨小学迫不及待地要见女友。路上不时驶过汽车或者摩托车，但自行车不多，有的话要不是老头骑，要不就是学生骑，像叶志强这样的年轻人还骑自行车的，不多。

平寨小学离叶志强所在的秀美村约四公里远，平寨村坐落在比较开阔的盆地，地势比较平坦，这里经济比较好，镇的集市就设在该村，镇政府和各机关单位也设于此，该村可谓是全镇的政治经济文化中心。而平寨小学是全镇最好的小学，也是中心小学。叶志强想，女友能从本村的小学调到中心小学，这算提升了吧。

去平寨村的路虽然为全镇的主干道，但并不好走，这里正在修柏油路，但不知怎么搞的，修了三年都没修好，有些路段铺着石头，有的路段还是土的，在这样的路面上骑自行车，真担心轮胎会被石头划破，为了保险点儿，他只好小心翼翼地骑着，尽量走有土的地方。

足足骑了半个小时，终于到了平寨小学。

此时小学的大门没关，叶志强推着自行车进入，将车子停在门内的一棵树下，然后从车篮子里拿起盒子，走进校园。

　　这个学校在全镇各小学中确实算佼佼者,学校建有三栋挺漂亮的楼,修建了一个小型操场,操场上设有篮球场以及乒乓球桌等,四周还种了木棉、桉树、榕树等参天大树。这一切比叶志强村子所在的小学强多了,要知道他村的小学只有一栋仅一层的教学楼,操场小的要命,更没有体育设施和绿化。

　　现今正值暑假,校园空荡荡的不见人影,就连门卫都没有。他只好自己搜寻着教师宿舍的位置,突然,看到西侧的一栋楼上走出一个女孩子,她虽然不算高挑,身高不到一米六,但身材匀称,挺苗条的;虽然没有天仙之容貌,但一张脸蛋十分清秀,且透露出温柔善良之气;虽然没有刻意烫染或拉直头发,但长发十分自然飘逸;虽然没有穿名牌服饰,但穿着的粉红色连衣裙十分合身,看起来很清纯。这不就是熟悉的刘芸吗?

　　"刘芸!亲爱的!"叶志强喊道,一激动,也不管学校楼内是否有其他人,就叫起如此亲密的称呼了。

　　刘芸听到有人喊得如此亲密,先是有些纳闷,但感觉声音十分熟悉,定睛一看,原来是男友叶志强,又是惊讶又是高兴,赶忙小跑着迎上前来,满脸堆笑,如绽放的花儿一般,边跑边问:"志强,你怎么回来了?"

　　叶志强说:"回来看你呗,想你了呗。"

　　随后,俩人紧紧相拥。但刘芸突然意识到学校还有其他老师在加班呢,被人看见了不好,于是推开了,然后带叶志强到她宿舍,立即关上门。

　　宿舍约莫十平方米大,天花板挂着吊扇,正哗哗地扇着。宿舍一侧摆着张双层的铁床,但仅有一层铺着凉席,放着绣花的被单,散发出淡淡的清香,床边的前方放着张办公桌,桌面上放着一沓书、资料、笔记本、笔等,一旁还放着诸如脸盆等生活用品,总体而言,摆置有序、整洁干净。

　　"坐吧。"刘芸说。可是,宿舍只有一把椅子,叶志强只好坐在床上,刘芸也跟着坐了下来。

　　叶志强把带来的盒子递给刘芸,说:"芸,送给你的礼物。"

　　"送给我?是什么啊?"刘芸欣喜而好奇地问。

　　"你看看。"

　　刘芸接起了礼物,看了看盒子,只见外壳印刷着个精美的手机,她立马就明白了,惊喜道:"是手机啊!"然后迫不及待地打开来看,只见是一个红色外壳、知名品牌的折叠手机,十分小巧可爱,旁边还摆放着耳塞及说明书等。

"喜欢不?"叶志强问。

刘芸心花怒放道:"喜欢,这颜色这机型很好看。"她摸了又摸,看了又看,爱不释手。

"还是彩屏的呢!打开看看。"叶志强指导着她如何开机、如何使用。打开后,果然是彩屏的,当时彩屏手机算最时尚的了。他又说道:"有了手机,找你就方便了,我们随时都可以聊天。"

"嗯。买手机很贵吧?花了多少钱?"刘芸平时节省,不禁想到费用问题,她也知道男友不是多有钱。

"不贵,就千来块。"虽然这笔钱差不多占了他半个月的工资,但只要女友喜欢,叶志强毫不在乎,不敢说贵,即便是贵点儿也值得。

"那还真贵,抵我一个月工资了。"刘芸工资也不高,不过千来元,没办法,主要是所在的县经济并不发达,财政收入有限,僧多粥少,只能发低工资。但由此她更觉得礼物的贵重,并为男友能够如此破费而感动。突然,她凑上前用香唇亲了下男友。叶志强被这么一亲,心里美滋滋的。但他不满足,两个人长期分居,好久没跟女友好好恩爱了,于是他紧紧地拥抱起女友,亲吻起她来……

快活之后,他们整好衣服端坐起来,刘芸此时才开始烧水给男友喝,还打开门窗透透气,似乎还有意让人看看他们没干什么事,很规矩呢。

叶志强现在才开始跟刘芸聊天,了解些事情,问道:"芸,说说你怎么会调来平寨小学来了?"

刘芸说:"县里实行撤点并校政策呢,我们村的小学因为学生太少,被撤了,并到条件比较好的平寨小学来上课,我自然就来啦。这几天都在整理学生资料,以备开学。"

"啊!"叶志强大吃一惊,他以前就是在村里的秀美小学读书的,整整度过六年的小学时光,对该小学挺有感情的,记得小学操场是他和同学们劳动平整的,小学的树是他和同学们栽种的,怎么突然就被撤了呢?再说,许多孩子要去更远的小学读书多不方便,而在村里的小学上学不过十分钟路程,多方便啊。"跟你说,我这次回来,还带了我哥他们的孩子回来,就想在村里上学,方便点儿。如果要来这里上课的话,那么远,叫孩子们怎么上学?像我哥家的小雅,才六岁呢,怎么办?"

刘芸一脸无奈地说:"这……我也没办法。说实话吧,我一时也理解不了,我也希望在我们村学校教书。可上面说了,说撤点并校可以整合教育资源,让孩子享受更好的教育。孩子只能走远点儿的路啰,如果太小最好让家人送送。"

叶志强一时理解不了,愤慨道:"真不知他们是怎么想的。"不过事已至此,作为一个普通百姓又有什么办法,接受呗。想了想后,又说:"我哥几个孩子要上学的事,你也帮忙弄下。"

"真的想回来读书吗?!我觉得如果能在城里读书比较好,那里条件好,成绩肯定比较好,我们这里山沟沟的,条件再好也好不过城里的,而且父母外出打工没办法帮忙监督,学习风气不怎么样。你哥他们可要考虑清楚哦。"刘芸说。

"这……唉,原本想在城里读的,可是要交很多的赞助费,好几万呢,没钱根本就上不了,只好回来,条件差也没办法,苦就苦孩子了。我原以为能在村里的小学读书,没想到撤点并校,得走那么远的路。"

"嗯。不过,如果年纪比较大些的,可以骑自行车;如果不骑车,也可以抄小路,这样的话不到三公里。你知道吗?我听说别的乡镇,有的要走七八公里路呢。这样比较,我们还算好的了。"刘芸说。她所指的抄小路,是指秀美村到平寨村有条山路,虽然没像大路那么好走,但距离比较近,在未修公路前,先辈们就通过这条路来往。

聊完了撤点并校的事后,刘芸稍稍思索,总觉得男友此次回来有些突然,有点儿蹊跷,连个招呼都没提前打,她知道近期好像没有什么假期,男友说是为了见她才回来,但总觉得此原因不太让人信服。于是她问道:"志强你这次怎么突然回来了?"

叶志强有意笑了下,缓缓道:"回来嘛,就是因为想看看你呗,太思念你了嘛,至于突然嘛,本来是想提前给你打个电话,但想想,还是给你来个惊喜好。这样效果岂不是更好?对吧?"

"呵,就这些?"笑下后,刘芸两眼盯着对方追问着。

　　叶志强脑子一转,立马想到还有个理由,补充说:"还有嘛,那就是我哥孩子要回来读书,顺便送回来啰。"

　　"那你工作怎么办? 向公司请假了?"刘芸又问道。

　　被女友这么一问,叶志强心里咯噔一下,犯难了,该如实回答好呢? 还是编个理由? 如果如实回答自己失业了,会不会带来不好的后果? 想了下后,他选择了编理由,只是有些忐忑,心跳加速地回道:"我有年休假,请年休假的。"

　　"哦,这样。"刘芸信了。

　　这时叶志强想起吃饭的事,忙把父母杀鸡邀请她去吃饭的事说出来。不过,刘芸说还有工作要做,午饭就不回去吃了,改天再去。叶志强有点儿失望,不过他是长期在职场打拼的,知晓工作为重的道理,便接受了。随后,他仍嘘寒问暖地问这问那,比如在哪里吃饭,吃的怎么样等。刘芸告诉他学校有食堂,吃的还不错。如此叶志强便放心了。再待了阵子后,看看快到午饭时间了,他便先道别了。

第十章　忧虑

叶志强自个儿骑着车回家了,进屋时,父母没看到刘芸来,特意走出门口张望了下,确定她没跟来才回屋,然后问儿子:"刘芸怎么没来呢?"

"她工作忙。改天吧。"叶志强解释着原因。父母有些失望,但也没说什么。

全家人围坐在一桌,整整六个人,挺热闹的。吃饭期间,叶大雅和叶小雅因争位置和争碗筷的小矛盾不时斗嘴,引得作为奶奶的李亚虹十分生气,斥责道:"你们两个小丫头安静点儿好不好?"

叶大雅说:"小雅先抢我的。"

叶小雅也不甘示弱,顶嘴道:"是我先拿到的。"

许绿瑟也烦了,喝道:"你们闭嘴,快坐好,要不然出去。"

见母亲真的火了,叶大雅和叶小雅才安静下来。随后,叶志强讲起道理,还讲了孔融让梨的故事,让姐妹俩懂得不争、互让,俩女孩很快有悔意,乖乖吃饭了。

李亚虹和老公叶金谷面对小孩子的吵闹,虽然也有些心烦,但从心底里有着另外一种高兴,那就是现在家里的人多热闹,这样才好,而在前一段时间,儿子、儿媳、孙女统统外出,偌大的家里天天只有两个老人住,冷冷清清的,显得孤寂无比,两口子话语又不多,有时一天没说上几句话,有时干坐着看天花板看得发呆或者打瞌睡。那时,他们就期待着春节早点儿到来,儿子、儿媳等人纷纷回来,一家人团团圆圆的。现今,虽然大儿子没回来,但照样很热闹,有种过年时的气氛。如果大儿子叶志彬回来了,还有叶志强把刘芸娶回家来了,那可就大团圆了!

今年叶志强已经二十七岁了,在农村而言算是大龄青年,因为农村的男青年一般二十二三岁就结婚了。儿子年纪一大,作为父母的自然十分关心婚事。这不,母亲吃了几口饭后,便问道:"志强,跟刘芸提结婚的事了没?"

叶志强压根就没做好结婚的准备,主要是自己事业未成,没有什么物质基础,还想再打拼打拼几年,因此他回道:"没呢,还早。"

母亲反驳道:"不早了,年纪都这么大了。看你嫂子,二十一岁就嫁到我们家,现在孩子都几个了。"

叶志强哭笑不得,说:"这不能比。"许绿瑟听了也暗暗发笑。

母亲又问:"那你们打算什么时候成婚?"

叶志强思虑了下后说:"再看看吧,事业稳定了再说。"

母亲听了产生了抵触心理,语气生硬地说:"事业事业,那万一事业不如意呢,那就不要结婚啦?"

"那也不是,肯定会在三十岁前办的。"叶志强说,他想三十岁不算晚呢。

但母亲十分震惊,不由地放下饭碗,惊道:"三十岁! 天,那多老了。"

叶志强更是无语,在城里三十岁正年轻呢,怎么突然就被说成老了? 父亲和嫂子马上劝慰,既对叶志强说尽快,条件差不多就办,不一定看事业和年龄;又安慰志强他妈,说毕竟叶志强和刘芸都是读书的,不能跟普通农村人相比,还说对象都是定了的,谈好几年了的,结婚只是个形式,不用担心。由此现场才算平静下来。

吃完饭又喝了壶茶后,叶志强上床睡了个午觉,好好恢复体力和精力。下午三点多的时候,外面太阳还很大,空气还是热烘烘的,但父亲扛上锄头,将一瓶温开水吊在锄头把柄上,戴上一顶已经发黑的草帽,就要出门了。叶志强知道父亲年纪大了,怕他中暑,便叫他多休息会儿。但父亲勤劳惯了,执意要出门,说:"太阳没关系,走到山里就不热了,黄坑角的果园草很长了,要锄一锄。"

黄坑角是一个地名,以前叶志强经常跟父亲去那里干活,但自从工作后,就很少去了,也不知道那里怎么样了,现知道父亲要去,他便产生了兴趣,说:"那我也去。"

父亲说:"那么热,你去干吗? 在家里凉快。"刚才还说不热,现今对儿子反说热。母亲在一旁说道："志强，你常年待办公室，没晒过太阳，还是不要去好。"

叶志强听了这话，心里总感到不舒服，好似自己很弱似的，他说道："不怕啦，我平时也常晒太阳，不是说在公司上班就见不到太阳。"

随后，叶志强也扛起把锄头，跟着父亲出发了。没多久就走到田间小路，两旁或种着蔬菜或种着水稻，绿油油的，迎风招展。走了一段路，便来到村里的河流边，河水淙淙地流淌着，清澈见底，像明镜一般，这种清只有在这样的农村才能看到，在城里是不能的。常言道，水至清则无鱼，但在这里却不是这样，而是水至清竟有鱼，许多小鱼儿在这干净的水里快活地游着呢。叶志强卷起裤管，蹚进水里，顿时感到清凉无比，想想儿时，每年夏天，他都会邀请几个朋友来这里游泳嬉戏，无忧无虑，那时是多么快乐啊！

过河后再走两公里的山路，就到黄坑角了。此地是座矮山，其中一块约莫三四分大的区域，就是叶志强家的果园。这里种着许多的茶树，在茶树间又种了不少高大的柿子树，还有橄榄树。叶志强以前去过叫安溪的茶乡，那里可是清一色的茶树。由此比较，他发现一个问题，自家种的植物品种过杂了。再看看相邻的果园，也是什么都有，比如毛竹、橄榄、梅子等，简直就是大杂烩。样样都想赚钱，但样样都不突出。

就在这时，在另一片的果园里有动静，然后钻出一个人，叶志强一看，原来是堂侄叶东升，此时的他满头大汗，脸色通红，头发上还粘着茅草。"东升，你怎么也来了？什么时候来的？"

叶东升先打了下招呼，然后回答："我们来半个多钟头了，我和哥哥跟我爷爷来的。"

"你爷爷也来了啊！"叶志强兴奋起来，然后喊了声："大伯，大伯。"

接着，从果树里又钻出一个人，此人正是叶旭日，他笑眯眯地看着大家。然后，叶金薯也出现了，他头上冒着汗，脖上套着湿了的毛巾，穿着简朴的汗衫和短裤，他还问叶志强："志强，你怎么也来了？"

"来看看山。大伯，你怎么这么早就来了啊？热不热？"叶志强关心道。原本以为父亲要出发时就很早了，没想到大伯更早，他知道大伯身体不是很好，真为他担心。

"刚来。习惯了,这点太阳不热。"

"怎么还带孩子来?"叶志强问道。

大伯回道:"在家里不好玩,带他们来拔拔草,学着干点儿农活,农村的孩子肯定要懂点儿农活。"

"哦。"叶志强又问俩孩子累不累,他们傻笑地说老弯着腰,背很酸。叶志强说小孩子还酸什么背,很快就好了。他赞成孩子多锻炼,体会干活的滋味,多吃点儿苦,但又感到农村孩子的确不容易,不仅要干许多家务活,还要干农活,等等。

叶金谷拿出带来的水瓶子,问哥哥要不要喝水,但叶金薯说他有带,不用。两个老兄弟接着又聊起关于收成的事,如今年茶叶摘了多少,梅子摘了多少。叶金薯说茶叶摘得不多,梅子倒摘了不少,但价格不高。听到此,叶志强便问道:"茶叶和梅子一斤现在有多少钱呢?"

"茶叶做好后一斤能卖二十多元,梅子前些年不错,一斤有一块,这两年不行,才三四毛钱,有的人都懒得摘,烂在树上,还有柿子也差不多是这样,一斤一两毛,卖的钱抵不过摘的工钱。"

"价格怎么这么低?"叶志强惊讶地问。他知道同学家也有种青梅,属于大面积种植,一斤能卖两元,而茶叶就更高了,好几十甚至几百元呢。

叶金薯叹气道:"我们这种地方,大家种得不成规模,质量没人家好,来收购的人少。唉,现在大家都不爱种田了,没赚头,纷纷外出,只有我们留在老家的,才种点儿,其实没赚多少钱。你看那……"他指了指山脚处,那里是一片比较开阔的地。"人家都让它荒着呢。"

叶志强顺着手势看去,只见那里长满了杂草,荒芜着,他记得那原先还是一片稻田,但由于村里外出的人多,劳力不足,加上这田又比较偏,导致很多被抛荒。叶志强不由感到心酸,突然间一个念头闪出,如果能把这些田和山承包起来统一进行科学运作,种上比较有价值的农作物,那势必能产生更好的收入,或许能发家致富哩!他记起,电视上曾经报道某名牌大学毕业生回家养猪,还有硕士生回家种果树或种菜,虽然不怎么体面,甚至遭到非议,但最终照样赚到大钱,有的还成立了公司,做得很专业、规模很大。他想,自己在城里打拼那么辛苦,却没赚多少钱,何不换个路子选择在老家发展。不过,这暂时只是个念头,他不敢跟父母提这个想法,怕被批,被人讥笑说大学生白读书回家种田丢人之类的话。

这次干活干到六点多才回家。好久没干农活了,这次做了下,更体会干农活的艰辛,早出晚归,弄得汗流浃背,手酸腿酸,真累人。

吃完饭洗完澡后,父亲提醒儿子,说平时难得回家,现在回来了就要去亲戚家走走,探望探望。叶志强觉得在理,便出门了。他先来到二伯家。

他二伯名叫叶金牛,是堂哥叶飞阳的老爸,已经六十多岁了。叶志强到他家门口的时候,看见了没什么精神、头发和胡须发白的二伯,更令他惊讶的是,二伯并非在正屋住,而是在正屋前方的小屋住,该类小屋一般都是用来做厨房、猪舍、鸡舍的,空间小,只有一层,还是瓦房,而且旁边就是露天的排水沟,环境卫生自然不好。虽然房间内没有养鸡养鸭,表面看卫生还可以,但叶志强看见二伯在这样的房子住,仍旧蛮心酸的。"二伯,你什么时候住在这儿的?干吗不在正屋住?"

二伯咳嗽了下,说:"住大半年了,住这里不用爬楼梯,方便。"

叶志强想原因应该没有那么简单,想问是不是他堂嫂使的主意,但因为堂嫂在正屋里,他不方便问。随后,他转移问题,问问二伯吃饭问题怎么解决。二伯说是媳妇做的,做完就给他一份,也在小间吃。叶志强又问身体怎么样。二伯说身体不是很好。说话期间,二伯咳嗽了好几次,叶志强自然明白了,他还看到桌上放着低档的烟,便劝说道:"二伯,还是把烟戒了吧,吸烟有害健康。"二伯笑了笑,不表态。再聊了几句后,屋内叫王淑香的堂嫂发觉叶志强来了,便吆喝道:"阿叔回家来啦,进来喝茶吧。"

于是,叶志强走进正屋。正屋其实也是瓦房的,但设置成两层,空间相对比较开阔。屋内亮着一盏白炽灯,已经黑了一圈,且由于灯的瓦数不够,加上墙壁比较黑,所以灯光显得有些昏暗。

"嫂子。"叶志强打着招呼。同时,他发现还有一位三十多岁长得蛮漂亮的少妇在座,叶志强认得她,该少妇叫陈桃红,老公也外出打工。他跟她打了声招呼:"桃红好。"陈桃红微笑着问:"志强怎么回来了?"

"放假回来看看。桃红你都在家住吗?"

"嗯。"

"怎么不跟老公去城里呢?"

"孩子在家要读书呢,没法去。"

聊了几句后,陈桃红说有事,便先道别了。

堂嫂开始泡起茶,现在屋子没有其他人,她便放开了,问道:"阿叔,平时有没见到你哥?"她指的是叶飞阳。

叶志强回道:"有,经常见。"

王淑香压低声音,带着几分羞涩问道:"阿叔,你回来时,你堂哥托你寄钱回来没?"

叶志强心里咯噔一下,有些尴尬,因为堂哥压根就没托他,"没……没有。进乾哥倒是托我了。"

王淑香脸色顿时一变,愤愤然发起牢骚:"他这个没良心的,大半年了一分钱都没寄回来,家里上有老,下有小,叫我怎么养得了? 眼看又要开学了,怎么有钱供孩子读书? 阿叔,你告诉我,你堂哥到底有没有在赚钱? 还是赌博泡妞花光了钱? 不管家里了是不是?"

发火是真真切切的,这火乃是平时蕴结的诸多压抑的喷发,这下,叶志强更感到不安,忙安慰:"嫂子,你不要胡思乱想。堂哥在赚钱,或许过几天就寄回来。你还是打个电话跟他沟通下。"他想可能是夫妻俩沟通不够产生误会。

不料,嫂子说道:"平时他一个电话都不打回来,我打他 BP 机老不回我,气死人了,阿叔你如实告诉我,他是不是有别的女人了?"

她竟然还猜疑起外遇来,这可大大的不好,非常不利于家庭和谐。叶志强可不想堂嫂因猜疑把家庭纠纷闹大,他肯定地说:"没有,真的没有。堂哥赚钱是不多,但找别的女人是不敢,偶尔喝喝酒之类倒是有。"他知道叶飞阳爱逛红灯区,且爱赌博,很多钱都输在赌博上了,但是不敢说,只挑点儿小的毛病说下。他从心底里也责怪堂哥,家里这么不容易,本应该多照顾家庭。这时,他想到该帮帮嫂子,虽然他自己也不容易,但还是从口袋掏出两百元,递给堂嫂:"嫂子,这两百元先拿去供孩子交学费,如果不够时再跟我说。我见到堂哥的话,也会跟他说说。"

"这怎么可以?"王淑香虽然想要,因为家里着实需要钱,但嘴上还是说着婉拒的话,并把钱推回去。

"没事,收下吧。不用还的。"叶志强把钱硬塞给堂嫂,这下堂嫂接受了,并表示感谢,也说了麻烦跟叶飞阳做思想工作的话。

王淑香收下了钱后,脸上露出笑容,对叶志强充满感激,更加客气地泡茶请他喝,并开始关心起他来,笑嘻嘻地问道:"志强,这次回来是不是要把刘芸给娶回家了?"

叶志强会心一笑,回道:"还没准备呢。没那么快。"

"啊,还没准备啊!"堂嫂感到不可思议,"阿叔啊,我说心里话,能办就早点儿办,老是拖着不好。"

叶志强觉得堂嫂话里有话,问道:"怎么说?"

堂嫂说:"你们俩分居两地,现在又只是男女朋友关系,你知道这种关系不太稳定哦,你想想,既然你们没结婚,那别的人就有权利追求,刘芸有稳定工作,人又长得漂亮,那些男青年,流口水呢。如果结了婚,那才稳定呢。"

叶志强听了后心怦怦直跳,虽然堂嫂说的话似乎重了点儿,但也是很有道理,令他突然产生了危机感,他还听出了弦外之音,难道真的有人追求刘芸?"堂嫂,你是说有人追求刘芸?"

"这……"王淑香支吾了下后,说:"我知道有个在镇政府上班的干部时不时找刘芸,上次刚好被我碰见,不过,具体是不是追求她我就不是很清楚。我的意思是说,你要留点儿心眼,分居不是办法,最好是把婚结了,即便结不了,最好在一起住,要不然一人一地,谁知道怎么样,你说是不?"

叶志强听后震惊不已,呆若木鸡,如临大敌,半晌才缓过神来,点点头表示赞同,然后跟堂嫂道别下就匆匆离开了。走在路上时,他脑子思绪纷乱,一会儿想着刘芸不是那样的人,她跟那位干部不会是男女关系,因为今天他还跟她恩爱过一次呢,她是属于他的;但一会儿又觉得,堂嫂说的宁信其有,不可信其无,应该重视才对,没有结婚又没有在一起,稳定性确实难料,在别的更优秀的男人凌厉攻势下,变心也很可能,在当今社会,这样的情况太普遍了。这么想,叶志强感到透心凉,虽然天气很热。

随后,叶志强不再拜访别的亲戚了,而是直接回了家。父母问怎么这么快就回来。但叶志强不敢说感情的事,只说已经去了二伯家,还说二伯和堂嫂一家人过得太不容易了,并提起二伯住小间的事。母亲说二伯跟淑香不是很合得来,二伯老要挑淑香的毛病,后来是他自己提出要搬到小间住的,原本还要自己做饭,但后来经过劝说还是合在一起做。母亲还说,淑香也不容易,飞阳没赚多少钱,全靠淑香给人做泥水工养家糊口。叶志强回忆起来,堂嫂原本是个美女,皮肤白白的,但现在皮肤已经变黑了不少,这自然跟多干活紧密相关。他也生怕堂嫂跟堂哥感情会出现问题。但是如今,自己的事颇麻烦,还是先管自己要紧。

叶志强突然想到今天约刘芸来他家里,可是她婉拒了,难道有蹊跷?但他又尽量告诉自己不会的,他不愿出现这样的情况。他决定现在就去学校找她,要跟她在一起,免得真的被他人介入了。于是,他跟父母说了下,也不管外面天已黑,便骑上自行车前往平寨小学找女友。

第十一章　想留留不了

　　叶志强奋力踩着车,披星戴月快速地行驶着,速度起码是平时的两倍多。到学校的时候,学校静悄悄的,只有蟋蟀声不时鸣响。他朝女友宿舍看去,发现灯亮着,门敞开着,并没有其他男人,这下他放心了,然后尽量蹑手蹑脚地走进女友宿舍,伸手拍了下正伏案写东西的女友的肩膀。刘芸吓了一大跳,喊了一声:"哎呀!"扭头一看,原来是男友,这才转惊为喜,不过仍感到奇怪,问:"这么晚怎么还来?"

　　叶志强笑笑道:"想你呗。晚上还在忙?"

　　"不会。今天吃了鸡汤了没啊?"刘芸问道。

　　"吃了,还留一份给你呢。"

　　"是吗? 呵呵。"刘芸会心地笑着,还露出个迷人的酒窝。

　　寒暄一阵后,叶志强说:"晚上我不回去了,陪你睡好不好?"

　　刘芸很爽快地说:"在这儿睡当然可以。不过用词不对,不是陪我睡,应该是我陪你睡。"

　　"这有区别吗?"

　　"当然有。"

　　"哈哈。"叶志强笑了。然后把门窗关闭,抱着女友上床,无比的美妙,爽若当神仙。他想,女友这么愿意把身体给他,说明她是爱他的,说明堂嫂说的肯定是捕风捉影,不值得一提。他还期望今后要跟女友长相厮守,天天都过美好的日子,再不要分居分离。这个愿望会实现吗?

　　接下来的几天,叶志强要么在家里帮帮忙干点儿家务事或农活,要么拜访拜访亲戚,要么就去找刘芸或者约刘芸去他家玩或者到外面玩,日子过得充实而甜蜜。他甚至想,如果人生能够一直如此悠然自得,那就太妙了。

不过,这样的日子能持续多久还是个问号。若在以往,不管是外出读书时还是工作时,每次回家都只是快乐那么几天,但为了求学或谋生,不得不离开家乡而远赴他乡,总觉得时间太匆匆,都没有享受够美好的时光呢。以前,他对城市充满着梦想,认为只要在城市努力工作,就会得到自己想要的收获,所以十分乐意奔向城市,有那种十足的干劲,但经过几年打拼,自己越发感到失落,因为所期望的结果并没有得到,反而觉得在城里生活很疲惫,激情不再,人像机器一般上班下班回家,再上班下班回家,只是为了活而活,打拼的信心大大受挫。他现在琢磨着,能不能不再去城市,而换个地方,比如选择在农村里发展呢?一方面不必远走他乡,可以留在熟悉的故乡生活;另一方面可以跟女友相厮守,还可以陪伴父母,多好啊!

但这是人生的一个重大选择,必须慎重。这几天,他一直在反复琢磨该主意,且越来越坚定。但是他仍不敢跟家人和女友说,曾几次想说却担心被否决被讥笑而说不出口,只好憋在肚子里。

随着时间的推移,叶志强所谓的假期越来越久,久得令人产生怀疑。一次在跟女友约会时,女友便问:"志强,你回家都有八九天了吧?"

叶志强低声应道:"是的。"他有种不祥的预感。

刘芸继续问道:"你年休假这么久?什么时候去上班?"

叶志强心虚起来,暗呼不好,该继续编织谎言呢,还是如实告知呢?他想了想,如果一直撒谎,时间久了肯定会出现破绽,何不把自己的想法跟女友商量商量。思虑后,他选择了后者,他抓起刘芸的手并搭在自己的脸上,说:"芸,你打我吧,我之前向你说了谎话。"

刘芸看着男友如此真诚的样子,并未生气,而是脸带笑容问道:"什么谎啊?"

叶志强一脸沮丧地说:"其实……其实我根本没有年休假,这次回来,是因为被公司辞退了。"

"啊!"刘芸吃了一惊,倒退一步,一时无语凝噎。

叶志强发慌起来,赶紧把事情原委一五一十地告诉给女友。女友听后,认为被辞退并非男友的错，便原谅了，只是说道："既然公司这么不近人情，不干也罢，去城里再找一份就是。"

叶志强为难了，低着头喃喃道："这……"

"怎么了？"刘芸关心地问。

叶志强抬起头，道出心里话："我不想去珠州了，我想留在家里陪你。我不想离开你。"

刘芸听这话，知道男人爱自己，心里挺高兴的，但也知道爱情是要有物质基础的，说："傻瓜，人要吃饭的嘛，你一直陪着我，饭碗怎么办？"

叶志强信誓旦旦地说："我可以的，我想留在家乡做事，我有了主意，可以在家里搞农业……"

叶志强话还没说完，刘芸就以诧异的眼光看着男友，并提高声音分贝说道："什么?!你还想搞农业。你怎么会这样想？"她认为一个大学生搞农业，太大材小用了，而且太没面子了，有失身份，别人搞农业无所谓，但自己的男友搞农业她难以接受，她也是要面子的。但是，她不好直言心里话，而是比较委婉地说："志强，你可不能糊涂了，搞农业，我想算了吧，做这行赚不了几个钱。我知道你喜欢我，不想离开我，我何尝不喜欢我们能够一直在一起，但工作更重要，做人有得总有失。你还是重新考虑吧。"

叶志强心凉了一截，不过，他仍不死心，说着自己的理由："芸，你误会了，我说的搞农业不是像我爸那样简单的种点儿田，而是规模种植，承包大片的土地科学种植，我想只要做得好，照样赚钱。"

刘芸说："承包土地哪有那么容易？别人肯让你承包吗？要投入很大成本，你有那么多资金吗？还有你有技术吗？你不是学文学的吗？哪懂这些？万一没搞好，风险可是很大的，还不如外出打工。"

"这个……"叶志强无语了，自己确实考虑的还不够周到，自己的确没钱没技术，一切的一切，还是个未知数。思虑了下后，他又想到了个比较让人信服的理由，权当安慰女友，说："我有文凭，即便不做农业，也可以考公务员，还可以考教师，这总算有工作了吧，我想总比去城里老给人打工好。"

这下刘芸态度来了些变化，好多了。在她的眼里，如果能当公务员当然是好，有地位，又稳定，可她知道公务员并不好考，竞争的人太多；至于当老师，现在也要考试上岗,也有一定难度,而且男友连教师资格证都没有,这也得去考,即便考上,教师工资偏低,她也知晓。她说:"公务员和教师不好考,不是一时半会就能考上。真的要考的话,也不需要一直待在家里备考,肯定要边工作边考。在家里没什么工作,还是在城里工作好,如果真的考上了,再辞职回来,那我同意。"刘芸考虑的还是比较周全。

说来说去,终究还得去城里,至于以后能不能考上,叶志强其实没底。说真的,他已经考了好几次公务员了,可是屡战屡败,实在没有什么信心,不得不承认自己不是那块料。

时间又过了几天。叶志强仍没有外出,相反,他老是去田里或山里去,还常常扛着锄头,戴着草帽,带着水壶,穿着短衫短裤,肩批一条毛巾,一副农民样。在这之前,乡亲们看见他跟着父亲去山里,没觉得什么不好,但是看见的次数多了,乡亲们不由地觉得奇怪,渐渐异眼相看,甚至议论起来,这大学生不去城里工作,老来田里和山里做啥? 难道想当农民?

作为父亲的叶金谷,看着儿子回家许久了,却不见重新去城里的迹象,也纳闷起来。一次在田里干活时,有一位叫叶大牛的亲戚问起志强的事,问志强是不是也想当农民了,还问志强是不是哪里想不开出了问题。这让叶金谷颜面扫地,恨不得钻个洞藏起来。回到家后,他把农具扔到一边,连整理都不整理,也顾不上喝水,便把儿子叫到一边,问道:"志强,坐过来,爸有话跟你说。"

"嗯。"叶志强坐到一旁。

父亲脸一黑,生起气来,语气粗重地说:"志强,你到底怎么了? 这次回家都十多天了,你怎么还不去城里上班? 是不是也要当农民?"

原来是问这事。瞒是瞒不住,既然老爸问了,索性坦白了吧。叶志强怯生生地回答:"爸,我……我想不去城里了,想留在家里搞农业。"

"什么?! 你真的要当农民?"父亲从椅子上蹦了起来,高声惊叫。声音如撞击的洪钟一般大,引得家里其他几人均关注过来,连在玩耍的小孩也停住了玩,走近来看个究竟。

叶志强平和地解释道:"爸,你误会了,我想搞的农业不是普通的农业,当的农民不是普通的农民。我想承包山地种茶叶。"

"啊! 原来你真的这样想。"父亲接着哀叹一声,十分悲伤道:"志强呀志强,家里辛辛苦苦供你读书,为的是什么,不就是希望你能够走出大山,不再像爸这样天天种田,能够在城里找到好工作出人头地。可是你现在不去城里,反而待在家里种田,这让家人哪有颜面见人? 你看看家乡有几个青年人留在家里的,留下来的都是没有本事的,要么是傻的,像阿相那样;要么就是懒得要命的,像木昆那样,难道你要跟他们一样吗? 你有文凭有能力,不能学他们,年轻人就得到外面闯,留在家里没前途,知道吗?"

叶志强听着这些话,心里异常难受,尤其是听到"哪有颜面见人"这句,这难道真的就影响了父亲的脸面了吗? 为何观念会如此陈旧? 此外,他知道村里的阿相是精神出了问题的人;而叶木昆是好吃懒做的人,已是三十多了,但不愿外出打工干活,在家干农活又没赚多少钱,因此娶不上媳妇成了光棍。父亲竟然将自己跟这类人相比,太让人伤心了。

随后,母亲、嫂子也站出来说话,先是安慰父亲不要生气,然后跟叶志强说了一大堆理由,无非是不支持在家里搞种植,种什么都没前途,要有前途还得去城里发展。叶志强听后沉默了,不敢反驳,真的没想到家人的观念跟自己相差如此悬殊,传统观念如此根深蒂固,他不由退缩,思考着是否要改变自己原有的主意,重新去并不愿意去的城市。

第十二章 再一次离别

就在这天晚上,突然,堂嫂王淑香匆匆忙忙地跑进叶志强家,神情严峻,急道:"计生队的人下乡来查了,绿瑟,赶快躲起来,要是被发现就惨了。"

"怎么回事?"家里人一时不太相信。

于是,王淑香又重复了一遍,还特意说计生队的人已经到村了,这是她在公路时亲眼看到的,她想到许绿瑟有孕在身,所以快速赶回来报信。

家人听到这个消息后,均慌了神。就连平时调皮的叶大雅和叶小雅都怕得要命,紧紧拉着母亲。叶志强也一时不知如何是好,他多少了解计划生育政策,知道嫂子已超生,属于违规,还知道本地计生抓得挺严的,对违规的人要抓去流产,还可能被罚款和结扎。所以,他生怕嫂子被发现。

倒是志强的母亲李亚虹比较有主见,斩钉截铁地说:"还愣着干吗? 赶快到老房子里躲。"她所说的老房子在一座破落的土楼里,离聚居区有段距离,房子主要用于存储柴火,比较乱,只是在楼上打了张床铺,但家人很少去睡,连草席都没铺。

大家觉得有道理,赶紧行动,由叶金谷夫妇带许绿瑟前往老房子。而叶志强负责带叶大雅和叶小雅俩孩子玩。起初,俩孩子执意要跟母亲一起去,但李亚虹说不行,老房子条件太差,而且住不下,留在家里就好,并让叶志强带到二楼上玩,不要随意出家门,也不要大声说话,免得被计生的人听到。

这天晚上,计生队果然进村子巡查。所幸的是,他们没有去土楼那儿查,许绿瑟逃过一劫。

原以为计生队查一次、走个过场就消停了,但没料到,这次计生行动要延续一段时间,计生人员几乎天天到村子里巡查,已有些计生违规的妇女被抓去流产,消息很快传遍全村,搞得人心惶惶。许绿瑟和公婆觉得一直躲在老房子里不是长久的办法,每天都战战兢兢的,很怕被查到抓走,他们想儿媳肚子里怀的很可能就是男孩,能够起到传宗接代的作用,因此绝不让肚里的孩子有闪失。经过一番合计且跟城里的叶志彬联系后,大家决定不再在农村躲藏,而是去珠州市,到了那儿后,不用担心计生人员跟着去追查,自然就安全了。

叶金谷想到老在家里待的儿子,于是把他叫过来,说:"志强,你嫂子要去珠州躲躲,你还是带你嫂子一起去吧。"

虽然叶志强依旧不太愿意离开家,但在此时此景,出于一种责任,他没法拒绝,只好应道:"好吧。"

离开家乡的时间选在明天早上六点五十分,因为那时刚好有班车,且清晨时分搭车,计生工作人员还没上班呢,自然不用担心被抓。

很快就要离开家乡了,很快又要跟女友分开了,叶志强十分不情愿,舍不得女友,也舍不得家乡,但没有办法。他想利用不长的时间再跟女友说说话,便打个电话给她,说明了情况,告知明天要走,现在就去找她聊聊。刘芸知道后,说她就在村里,不用去找她,她自己马上过来。

很快,刘芸就骑着辆自行车来到叶志强的家里。知道男友要离开,她心情有些复杂,一方面希望男友到外面去闯,不要老待在山沟沟;另一方面同样十分不舍,因为一分开可能又要好几个月才能相见,又要独守空房,望穿秋水。"确定明天要走吗?"

"是的。"

"东西收拾了没?"

"收拾了。要不要一起走?"叶志强顺便问道。

刘芸微微一笑,说:"我哪能走,要上课呢。"

叶志强的家人知道刘芸来了,均围坐过来,十分热情地招待着,又是泡茶又是找出柿子干、花生等食品让刘芸吃,让她感受到浓浓的温情。

刘芸看到叶大雅和叶小雅,便招呼着她们走近来,掰花生给她们吃。两个孩子虽然跟她有些生疏,但还是靠近过来了。

刘芸问:"这次去珠州,就志强和嫂子俩吗?"

许绿瑟因为要收拾行李,此时也在家里,她应道:"是的。"

刘芸又问:"小孩留在家里?"

许绿瑟说:"是这样想的。珠州读书很贵,读不起,只好留在老家读。刘芸,孩子读书的事,还得麻烦你多关照着点儿。"

刘芸点点头道:"嗯,我会的,你放心吧。"

许绿瑟又对两个女儿说:"大雅小雅,以后要好好听刘老师的话,好好学习,不许调皮捣蛋,知道吗?"

不过,叶大雅却不关心这些,此时的她只想着母亲又要离开自己,难以得到母爱,因此心情十分难受。她不希望母亲离开自己,多希望母亲一直陪在身边啊,她问道:"妈,你明天是不是真的要去珠州? 能不能不去?"

许绿瑟说:"肯定要去。所以你更要听刘老师的话还有爷爷奶奶的话。"

叶大雅往母亲身上靠了靠,拉了拉她的手,双眼湿润,深情地说道:"妈,我也要跟你去珠州。"叶小雅嘟着嘴哽咽地跟着说道:"我也要去。"

许绿瑟瞪了她们一眼,怒斥道:"说什么呢,你们要在家读书,哪能跟我去?"

叶大雅依旧说:"我就要去。"

许绿瑟不知道孩子的心情,只以为是孩子调皮,便举起手做打人状,说:"再这样,我就要打了。"

刘芸见状忙拉起孩子到自己身边,安慰起来:"听你妈的话,在家好好读书,你妈很快就会回来看你们的……"

当天晚上睡觉时,几个人都失眠了,叶志强失眠了,平时睡眠质量超好的两个孩子也迟迟不入睡,叶金谷夫妇也失眠了。这个晚上,注定是个失眠夜。

第二天早上,大人们早早起床,早早做饭,洗脸刷牙,早点儿吃完准备搭车。原本许绿瑟想让孩子好好睡觉,然后静悄悄地离开,不打扰她们。但不料,原先喜欢赖床的两个孩子,也在六点钟就十分自觉地爬起床了,还一直跟着母亲转,想跟母亲多待会儿,生怕母亲离去,搞得许绿瑟心情十分复杂,说实话,她也舍不得孩子,但又没法带她们走,真是无奈。

之后,叶志强一家人以及刘芸等人前往公路边等车。今天大雾弥漫,轻纱一般的迷雾笼罩着整个乡村,白茫茫一片了,村子的建筑和树木若隐若现,前方的道路也是迷蒙一片，让人担心汽车是否会来。好在汽车还是准时来了，汽车的发动机声响彻周围，亮着的大灯尽力冲破迷雾的阻拦，照着道路小心翼翼前来。车停下之后，叶志强跟家人和女友说了再见，登上汽车，挥手道别。叶大雅和叶小雅见母亲和叔叔上车了，缠着也要跟着上车，脚已踩上了车台阶了，手抓着门柱。叶金谷夫妇见状强行拽住她俩，但叶大雅姐妹抓着车门柱死活不放松，搞得司机都不敢关门开车。许绿瑟只好好言相劝："听话，跟爷爷奶奶回去。"

"不，我要跟你。"叶大雅嚷道。

"我也要跟你。"叶小雅附和着。

见此情景，许绿瑟没办法，只好来硬的，用力掰她们的手，加上爷爷奶奶用力往回拉，终于她们脱离了汽车。司机见状顿时把门关上，驶动起来。

"哇……"姐妹俩大哭起来，奋力挣脱爷爷奶奶的手，跟着汽车往前跑去，但汽车越跑越快，她们哪能跟得上？感觉自己跟不上后，两个女孩不顾地面肮脏，索性一屁股坐到地上，脚踢着地，手擦着眼睛，哇哇大哭，令人动容。许绿瑟看着渐渐远去的女儿，落下了心酸的眼泪，可是又有什么办法呢。

经过一阵安抚后，叶大雅姐妹被爷爷奶奶带回家，许久后才停住了哭泣，但像变了个人似的，不像往日蹦蹦跳跳的，而是默默地坐在门槛上发呆，心情异常难受，爷爷奶奶叫，她们也不理，她们觉得正是爷爷奶奶的强拉，才导致她们没能爬上车，因此心里有气。直至同伴们邀请她们去玩耍，她们才跟着玩起来，渐渐地从伤心中恢复过来。

经过一路奔波，叶志强和嫂子回到了珠州，住进了昔日的出租屋。老乡们知道他们回来，纷纷来坐，问问家乡和家人的情况，叶志强一一告知。叶飞阳也来了，叶志强知道堂嫂王淑香在老家过得并不容易，旁敲侧击地提醒堂哥多寄点儿钱回去，叶飞阳说有钱会寄，潜台词好像表示只是没钱没法寄。

接下来叶志强又开始求职。经过这段时间的失业和回家，原有的几千元积蓄在回家阶段差不多快花光了，不工作不行。于是，他又开始朝人才市场奔跑，可是找工作总是不如意，要么简历投了如石沉大海无消息；要么门槛较高，动辄要求211工程大学毕业的或会说流利方言的本地人，致使他这个非重点高校毕业且是外地人的大学生连报名条件都达不到；要么要求从车间或业务做起,底薪只有几百元,他又不甘心……

一天,他的电话响了,还没接电话时,他想可能是通知面试的吧,但一看不是,而是昔日同事张小红打来的。知道美女来电,他心情舒畅,接起了电话道:"嘿,小红好。"

"知道是我呀,还在老家吗?"张小红问。

"回珠州了。不好意思还没告诉你。"这阶段都没跟张小红联系,叶志强有些愧疚。

"没留在老家发展啊?"张小红有些惊讶。

叶志强叹息一声:"唉,难,我说要在家搞农业,家人把我批一顿,催着我离家,认为在家的人是没用的人。"

"哦,这样,观念问题。那现在找到工作了吗?"

"还没有。你呢?怎么样?"叶志强问。

"上班了,在一家农业发展公司做人事。"突然,张小红想到什么,接着说:"你想来吗?我们公司正招文案呢。"

叶志强立即喜上心来:"是吗?那里怎么样?"心想张小红在那儿做人事,那岂不是更容易进?而且进的话又能跟她做同事,多好!

"比上不足比下有余,工资两千多元。以你的水平,我敢保证你能够通过。你可以考虑下哦,要的话带上简历过来面试,我会带你的。"

虽然知道工资不是很高,低于自己三千多元的期望值,但因找工作心切,否则没钱吃饭了,只好接受这个水平的工资了。于是,叶志强说好,然后又问了问公司的情况。张小红告诉他公司名称及主要业务,说公司以发展现代农业为主业,包括种植蔬菜、蘑菇、木耳等,既有研究、生产,也有加工、销售。公司经常要做各种策划,需要人员写各种文案,前阶段有个写文案的调别的部门了,所以现在缺人手。叶志强听了,感觉良好,便决定试试。

第二天,叶志强穿上整洁的职业装,白衬衣加领带加皮鞋,然后带着装有简历的公文包,出发前去面试。这次面试很成功,顺利通过初面,又通过总经理面试,总经理当场通知他被录用了。很快,他就上班了,再次跟张小红做起同事来。为了感谢她的介绍,还特意请她吃了顿饭。

第十三章　中秋求饼

学校已经开学,叶旭日、叶东升、叶大雅等人在开学后十分积极,每天早早起床,成群结队走在上学的山路上,每天按时到达学校,还经常提前到达。他们首次在平寨小学这所新学校上学,对新学校的一切感到新鲜而好奇,觉得学校好大,比原先的学校至少大几倍;学校好漂亮,拥有几栋装修过的大楼以及许多参天大树;设施也好齐全,拥有篮球场、乒乓球桌等,这些都是原先学校所没有的,就连班级的课桌椅和黑板等也比以前的高档。他们还发现,学校的老师除了个别几个是原先学校的外,其他基本上是陌生的,感觉这些老师挺厉害的,好像什么都懂,上课的质量有了明显的提高。这在一定程度促进他们能够认真学习听讲,进步蛮快,获得老师的表扬。老师们由此认为,撤点并校产生了效果。

不过,作为刚入学的叶小雅,却是个例外。她今年上的是幼儿园,但这幼儿园比较特别。它也设在平寨小学内,只占其中一间教室,且只有一名老师,因此不可能像城市的幼儿园那样有丰富的节目,基本就是教识字算术,难度大又比较枯燥。叶小雅上了两天幼儿园后,就产生了厌学情绪,尤其是在早晨六点多就被奶奶叫起来后,她哭着嚷着:"我不要上学,我要妈妈。"原来她又想妈妈了,自从母亲离开她后,她感到特别的不习惯。

她奶奶眉头一皱,说:"你妈妈在珠州呢,你叫她能听到吗?快听话,吃点儿早饭上学去。"

"我不要吃,呜呜……"叶小雅大哭,举着双手使劲揉眼睛,搞得做奶奶的李亚虹又是气愤又是无奈,想打又不敢打,只好忍着委屈,连哄带训喂她吃饭。

此时,叶旭日和叶东升也来了,邀她们一起上学。李亚虹问道:"你们俩吃饭了没?"

"吃了。我们自己做的早饭。"

"是吗?"然后李亚虹转向叶小雅,说:"你看看两个哥哥,多有能耐,你还要奶奶喂,羞不羞?"

好不容易吃完饭,李亚虹交代叶旭日兄弟和大雅,帮忙多照看着叶小雅,务必要去学校读书,千万别走丢了。此时,叶小雅提了个要求:"我要奶奶带。"

李亚虹立即说道:"奶奶还要浇菜呢,哪有空带你去?"她种了几分地的菜地,得浇菜除虫锄草什么的,活儿不少,难以分身。

由此,叶小雅只好悻悻地跟着哥哥姐姐们出发,她也要走几公里的山路,小孩子腿小,难免速度不快,哥哥姐姐们便拉着她的手,保持一致速度,遇到难走的路段,叶旭日主动挑大梁,背着叶小雅走。跟哥哥姐姐们及其他同伴在一起,叶小雅对母亲的思念渐渐变得没那么深。

开学之后很快就迎来中秋节。

其实,在中秋节前一两天,叶旭日仍不知道中秋节马上就要来了。之所以知道中秋节来了,主要是基于两件事。

第一件是他发现班上叫江文明的同学竟然带着一盒饼来,饼盒外观精美,是用一个红色的非常漂亮的铁盒子做的,盒上雕刻着一个美女带着兔子的版画,虽然孩子们不知道那是嫦娥和玉兔,但能感觉十分的美;打开盒子,有序摆放的八个饼映入眼帘,味道香香的,饼圆圆的,大大的,做工精细,棱角和线条分明,上门还刻着诸如"团团圆圆、吉祥如意"等字,看似十分高档。这饼是叶旭日从未见过的。过一会儿后,江文明带着炫耀的口气向大家宣布,这饼叫月饼,是他老爸从城里买的,一盒要几十元。他老爸是当地经营水泥建材的老板,据说很有钱,不仅盖了楼,还买了车,经常开车送儿子上学。这些让叶旭日羡慕不已,羡慕人家有钱,羡慕人家能买这么好的饼,想必一定很好吃,弄得他口水直咽,真想向江文明讨一个来吃,但又不敢。同时又有些嫉妒,心底暗暗说道:"哼,不就一盒饼,还拿来炫耀,有什么了不起?"

第二件是当天上课时,他的班主任兼语文老师、音乐老师、思想政治老师刘芸说今天教大家唱一首歌吧,歌名叫《十五的月亮》,还说之所以要教这首歌,是因为今天就是中秋节了,中秋节时月亮最圆,意味着团圆,希望家家户户能够团团圆圆。大家听到要学歌都十分开心,认真学起来,跟着老师一遍一遍地唱:"十五的月亮,照在家乡,照在边关。宁静的夜晚,你也思念,我也思念……"因为这首歌,他自然知道中秋节来了,同时倍增思念之情,自己也开始思念在远方的父母了,如果父母能够回家来,能够带回像江文明手中那样精美的月饼回来,那该多好啊!

放学后,叶旭日迫不及待地赶回家,心里带着一丝期望,或许父母已经回家来了。但到家时,发现大门紧闭,打开门后一看,屋内一个人都没有,他不由地有些失落。接着,他打开家里放东西的抽屉和壁橱,期望里面放着爷爷奶奶买回的月饼,但照样失望,这让他在椅子上坐着发了许久的呆。

爷爷奶奶因为干农活很晚了都没回来,此时叶旭日肚子已经咕噜噜叫了,不可能等爷爷奶奶回来做饭,他只好自己做起饭来。他从八岁就开始学做饭了,这点儿本事还是有的,洗米、淘米、下锅、烧火等程序了如指掌,煮到水开一阵子后,用勺子捞点儿米粒,试着吃下看是否熟透,感觉熟后便用"饭筛"捞点儿干饭,留下来则做成稀饭,然后又和弟弟一起干活,洗了一个包菜,一人负责烧火,一人负责炒,没多久便炒好了一大盘的包菜,只是连一点儿肉都没有。做完后,自己和弟弟先吃了点儿,不让肚子饿着,然后用盖子盖住菜,免得凉了,自己便出去玩了。

叶旭日来到婶子王淑香家找两个堂兄弟玩。王淑香的大儿子叫叶顶天,跟叶旭日是同班同学,小儿子叫叶立地,跟叶东升和叶大雅同班。因为大家都是亲戚,又是同龄人,所以经常在一起玩。

到叶顶天家门口时,叶旭日听到婶子极大的训斥声:"你们俩谁做的饭?说说到底是怎么做饭的?稀饭不像稀饭,干饭不像干饭,叫妈怎么吃啊?"

叶旭日一听就明白了,肯定是叶顶天兄弟俩没把饭做好,挨骂了。面对如此凝重的氛围,此时他有点儿不好意思进屋,但已经来了,走的话更不好意思,就当"解救"下堂兄弟吧。于是,他硬着头皮走进屋内,见到叶顶天叶立地低着头站在一边,大气不敢出,而婶子则发着火,她脸上冒着大汗,身上穿的短衫也湿透了,且沾着泥巴等脏东西,可以判断她是干活刚回来。

叶旭日打了声招呼:"婶子。"

王淑香见叶旭日来了,便停住了训斥,火气降了下来,平和地说道:"旭日来啦,吃饭了没?"

"吃了。婶子,你还没吃吧?"叶旭日壮壮胆问道。

"没呢。你看看,顶天和立地做的饭,做成这样,一点儿汤都没有。婶子干活口渴,要喝稀饭呢。也不知道这两个兔崽子干吗去了?"王淑香边指着锅边说道。叶旭日一看,果然饭里没有一点儿汤,肯定是烧得太久了,煮太烂了。他说:"婶子,我家有稀饭,要不然去我家盛。"王淑香说:"那倒不用,我喝点儿开水就行了。就是要让顶天和立地记记心,不要玩得忘了干正经活。"说毕,她拿起水壶倒起开水喝了一大碗,气也渐渐消了。叶顶天和叶立地俩也算解了围。

接着,王淑香一家人开始吃起饭。叶旭日发现他们晚上吃的菜仅有一道咸萝卜,比他家还简单。他想今天是中秋节,至少也要弄得稍微丰盛点儿嘛。于是他说道:"婶子,你知道今天是什么日子吗?"

"什么日子?"

"中秋节啊!"

她眨了下眼,拍了下脑袋,顿悟了,微笑道:"哦。是哦。你爸爸妈妈给你带月饼回来没?"

"没呢。婶子,你要买吧?"叶旭日问道。叶顶天和叶立地俩听到这个话题,也十分感兴趣,期待着母亲买。

不料,王淑香摆摆手,说:"有饭吃就不错了,哪还有钱买什么月饼?"

几个孩子大失所望。叶立地怯怯地说:"妈,你买一筒嘛,要不你给我钱,我去买。我刚才看到王师傅的店里有好多月饼呢。"

王淑香说:"哦,原来是去看人家做饼,才不顾家里做饭。哼,把饭做成这样,还想吃饼。哼,钱,妈会生钱啊?要吃饼,向王师傅要去,也可以向你那个不顾家的老爸要去。"

叶立地被泼了盆凉水,悻悻的,低声道:"爸又不在家,哪能要钱?妈,你就给我钱嘛,五块钱就够了。"

王淑香带着委屈的口气说:"你以为五块钱是小数目啊?妈也想吃饼,可是哪有钱?你们的学费都是我向你志强叔和桃红姨借的呢。你那个爸,过年到现在一分钱都没寄回来。算了,今年就不要吃月饼了,明年妈有钱了多买一份给你吃,行不?"

儿子自然知道这是母亲忽悠人,同时从母亲真切的话语里能感悟出母亲应该是真的没钱,既然如此,那就算了。

之后,叶旭日和叶顶天、叶立地到外面玩。此时已是晚上八点多了,天空挂着一个圆圆的月亮,月光皎洁,如水般洒在大地上,即便不用打灯,乡村的道路照样清晰可见。几个孩子看着那圆圆的月亮,就想到圆圆的月饼,嘴巴不由馋起来。叶旭日心想,或许爷爷奶奶已经买饼回来了,要不回去看看吧。

回到家一看,果然爷爷奶奶已经回来了,爷爷穿着背心,正坐在屋前的小凳子上静静地乘凉,手中拿着把竹扇慢悠悠地扇着,但又像是若有所思的样子。奶奶则在另一旁的鸭圈喂鸭。

"爷爷,你赏月啊?"叶旭日问。

"算是吧,你看今晚月亮多圆,给你讲个故事,传说月亮中建有月宫,住着十分漂亮的嫦娥,嫦娥身边有只如影随形的兔子,传说嫦娥偷吃了她丈夫后羿从西王母那讨来的不死药,因为害怕被惩罚,便飞到月宫,却造成夫妻分离,她十分懊悔。后来他们相约在月圆时相聚团圆……"叶金薯饶有兴致地讲起传说故事来。

不过,叶旭日对这个传说并不是很感兴趣,压根就没有认真听,还没等爷爷说完,他就打断道:"爷爷,你买月饼了没啊?"

爷爷顿了下,然后呵呵一笑,说:"馋猫。"

"买了没有啊?"叶旭日追问。他的弟弟也跟着问。

爷爷缓缓地说:"饭吃得饱饱的,还吃饼?"

叶旭日立马回道:"爷爷,我没吃饱。"他弟弟也跟着如是说。

此时,叶金薯和老婆王亚汤以及叶顶天、叶立地均笑了。

王亚汤有意给孙子们买饼,便问道:"月饼要多少钱?"

叶顶天兄弟之前在店铺逗留许久,十分清楚价格,便快速回道:"一筒五块钱。"一筒即十个饼,每十个饼用纸包成一筒。

王亚汤说:"这么贵啊,去年一筒才四块钱。"即便如此,她还是掏了掏口袋,然后掏出两元钱,递给叶旭日,说:"拿去买吧,你们一人一个。"

原本叶旭日期待着奶奶能掏出至少十元钱,能够买两筒回来,那才吃个痛快。因此,看到奶奶只给两元钱,显得有些失望。但有总比没有好,权且接受了吧。叶旭日迅速接过了钱,然后几人迅速跑向店铺。到店铺时,看到王师傅边做饼边销售,生意十分兴旺,锅里在煎的饼飘散出浓浓的香味,令人直流口水。叶旭日将钱递过去,买了四个饼,他虽然极想自己吃四个饼甚至更多,但实际不敢自私,一一分给兄弟们,然后吃了起来。因为只有一个饼,他不敢大口吃,免得一下子就没了,而是小口小口地吃,细细品味,真香!但即便如此,没多久,饼就下肚了,根本还没吃够呢。

此时几人都舍不得走,而是继续在店铺门口逗留,两眼盯着师傅做饼卖饼,恨不得伸长手从中抓起几个来吃,只是没有这个胆。

过了一会儿,李亚虹带着叶大雅姐妹也来买饼了。叶旭日几个立即打招呼。

李亚虹问道:"你们来买饼吗?"

"买了,一人才一个,吃完了。"

"才买一个啊?"

"嗯,没那么多钱。"

"这样,我买给你们吃。"

"是吗?那太好了!"几人高兴得手舞足蹈。

李亚虹出手比较大方,一下子买了两筒,然后拆开其中一筒,发给在场的几个孩子吃,大家吃得津津有味。但即便如此,叶旭日兄弟还是感觉没吃够。不过,只能如此了。

第十四章　有他人追求

在月饼店前玩了许久,几人觉得无聊,叶旭日便出主意,说要不然去野外捕鱼吧,其他几人立即响应说好。于是,几个孩子带上渔具和手电筒前往小河。这些孩子平日经常捕鱼,白天会到河流或者水沟里捕,晚上也敢到安静的郊外捕,胆子算挺大的。晚上捕鱼时,他们不用诸如渔网、畚箕等渔具,而是用鱼枪射鱼。他们没钱买高档的渔具,只能充分发挥聪明才智自己动手制作,用比较粗的铁线绕成枪的模型,在枪的上沿装上十余轮自行车链条,再取根自行车轮毂的钢线,磨得尖尖的,穿插到链条的孔中,并用自行车轮胎制成的橡皮筋将链条和"枪栓"绑在一起,只要将钢线和橡皮筋拉起,再扣动扳机,就能产生不小的冲击力量,让尖尖的钢线迅速地直往鱼的身上射去,从而捕到鱼。

几人先是在田里的水沟捕了几条黄鳝,但鱼并不多,于是他们又想到去村子大桥底下的河里捕,欢声笑语地朝大桥走去。该大桥连接两个自然村,一边是叶旭日所在的上塘村,另一边就是刘芸所在的溪背村。大桥底下是条静静流淌的河,四周是宽阔的田野,不时传出或是蟋蟀或是蛤蟆的叫声。在桥的两旁均建了长长的防洪堤,防洪堤上种满翠竹和树木。天空悬着一轮圆月,洒下的清辉给大地增添一种神秘的色彩。阵阵清风徐徐吹来,让人感到十分凉爽,令人心旷神怡。

到大桥头时,叶旭日发现桥上停着一辆汽车,在车附近的栏杆处站着两个人,但一时看不出是谁,只能判断出是一男一女,他想肯定是在谈恋爱吧。本来遇到这种情景,一般人会选择避让,不打扰人家的好事。但此时,在几位同龄人面前,他想表现表现,表明自己的胆子大,说自己敢走过去看个究竟,手电筒照照那个女人,看看是不是美女。其他人开玩笑地说有胆就做,让大家看看。

叶旭日果真行动起来,挺起胸膛,手拿手电筒,若无其事地走近前去,然后突然打开手电筒照了下那女孩,瞪大眼睛一看,大吃一惊,同时暗呼不好,惨了惨了。因为眼前的美女就是刘芸老师。

"刘……刘老师,是你啊!我……我来玩的,我走了。"叶旭日羞愧不已,语无伦次,连忙调转头要往回走,生怕被批。

其实此时的刘芸也感到十分突然,同时不由心慌起来,因为叶旭日跟自己的男友叶志强是侄叔亲戚,万一他乱猜疑乱说话,影响恐怕不好。她忙对叶旭日说:"这么晚了,你们还来这里玩啊。这是我同学。"她指了下一边的男人。

叶旭日瞄了下那个男人,因为不敢用手电筒照他,月光的亮度又不够,所以看得不是很清晰,只觉得他个子蛮高的,好似有些面熟,但一时不知是哪位。便回道:"哦。"

叶旭日已走开两步,但刘芸赶了过来,然后悄悄地对叶旭日说:"旭日,他真的是我同学,路过这里时刚好碰到的,你可别乱猜哦,也不要跟你家人和你叔说哦。"她说的叔指叶志强。

叶旭日似懂非懂,笑了笑,点点头说:"知道。刘老师再见,我们去捕鱼了。"

刘芸关心地提醒道:"这么晚还捕鱼啊,不安全,回去读读书吧。"

"好的。再见。"

几个孩子挺识趣的,不再在这里玩了,选择往回走。

虽然几个孩子年龄小,但对男女生的事多少有些了解。路上他们叽叽喳喳地聊起来。叶东升问:"哥,刚才那位是刘老师吧?"

"是的。你看出来啦。"

"嗯。"叶东升又问:"那个男的是谁?"

叶顶天说道:"肯定是他男朋友啰。"

叶立地立即否定道:"不对不对,刘老师的男朋友是我们志强叔,那个人又不是志强叔。"

叶顶天立即意识到了什么,说道:"对哦,难道刘老师跟别的男人谈恋爱了？"

此时，叶旭日发话道："刚才刘老师说那人是他同学，刚好碰到的，叫我不要乱猜，还说不要告诉家人和志强叔叔。你们记好了。"

"啊！不会吧？我觉得里面有鬼。要不要我们几个人过去把那人揍一顿？"叶顶天提出馊主意，他平时常打架，胆子大。

叶立地胆子小一点，说："算了吧。那是刘老师的同学。打了他会被刘老师罚的。况且人家是大人，我们哪打得过？"

叶顶天说："这倒不一定，我们人多。"不过，他一时也没有打人的决心，然后又问："旭日你知道那人是谁吗？"

"没怎么看清。"

"下次看清点儿。"

……

那么刘芸在一起的男生是谁呢？为什么会在一起呢？容我细细道来。

对于今天的中秋节，刘芸牢记在心，她心里惦记着叶志强，多么希望男友能够在今天回来团圆，不求他带什么贵重物品回来，只求团聚，一同吃顿饭，一同说说话，但她也十分清楚，男友远在几百公里外的珠州市，又要忙着上班，不可能回来的。

就在她下班后正要骑自行车回家时，突然看到校门口开进一辆SUV款的汽车，直朝她开来，然后停住。接着，从车上下来一个男人，此人名叫尤大志，是本市城区人，原先在市里的单位上班，今年调到本镇任副镇长，分管教育、文化、卫生等工作。虽然这个地方比较落后，但对他个人而言已经算升职了，也算是来基层锻炼、镀金。他身材颇高，约有一米八，体壮偏胖，脸上的肉十分饱满。他年近三十岁，未婚，从外貌看有些老成。到本镇上任后，他便到各学校调研走访，在走访秀美小学时，发现一位女老师长得十分清纯美丽，惊叹这山沟沟里还有这么漂亮的女孩，真是难得，后来一打听，才知道该老师叫刘芸，也是未婚，他不禁心动了，心想如果能把刘芸追到手，那也不枉在此工作。

"刘芸。"尤大志恭敬地打了个招呼。

刘芸认得他，因为对方动不动就会来找她，起初几次见到他时，因为对方的领导身份，她不免有些紧张，但渐渐地就释然了。这一次，虽然他保持彬彬有礼的姿态,但她仍颇难为情,主要是认为自己已经名花有主了,再跟他人多接触的话,难免让人说闲话。但基于对方是有身份的人,出于礼貌,她还是和气地回道:"尤副镇长,你下班了?"

"是的。以后叫我名字大志就好啦。你要回家吗?"

"呵呵,是哦,你不回家去过节?"刘芸问。

"太远了,又没放假,不回去了。同事们都回家了,晚上只剩我一人,想请你吃饭,赏脸不?"

刘芸当即婉拒道:"先谢了,可是中秋佳节要跟家人团圆哦,只能回家了。"

尤大志有些失望,但想想跟家人团聚理所当然,只好文质彬彬地说:"这样。那没事。"

之后,刘芸跟尤大志道别,骑上自行车快速离开了,回了家。晚上吃完饭后,她不时看看漂亮手机,这手机是叶志强送的,寄托着无限的相思,此时她非常渴望手机能够响起清脆的铃声,电话显示的是男友的名字。但等了许久,都没响。

突然,她的手机响了,她顿时兴奋不已,心想男友终于打来电话了。当他看来电显示时,才发现竟然是没有名字的,只有一组号码,却不熟悉,不禁有些失望。她接起电话:"喂,您好!"

"刘芸,在家吗?"

"是的。请问你是哪位?"

"大志啊!"

"是你!"刘芸听出来了,十分诧异,并有些惶恐,不太愿意跟他聊。"有事吗?"有事就快说,没事就挂了。

"我来你们村了,想去你家坐坐,可是不知道怎么走,现在大桥这儿。"

"啊!"刘芸更是惊讶。这着实令她局促不安。让他来家里嘛,不妥,会被父母知道,也会被邻居说闲话;直接拒绝嘛,又太不够人情了。脑子快速转了几下后,她想到了个主意,说道:"这样吧,你在大桥那儿等,我等下就出来。"她想,在大桥跟他见个面就好,这样既不用带他来家里,又能尽到朋友之谊。

于是,就有了前文发生的故事。

几个孩子走后,刘芸借口说自己还要批改作业,恕不能奉陪了,便跟尤大志道别了。尤大志因没能去刘芸家坐坐未免有些遗憾,但能够在如此美好的环境下跟她聊聊天,也算十分惬意了。他想追一个人得一步步来,先这样吧。

刘芸刚回到家,电话又响了,起初她想不会又是尤大志打的吧? 真是烦人。但看了屏幕后,心里一喜,因为这电话是心上人打来的。

"喂,志强,怎么现在才打来电话啊?"刘芸兴奋中不忘责怪下。

叶志强说:"亲爱的,不好意思哦,今晚我哥我嫂还有堂哥堂嫂、老乡等人聚餐了,在家里自己做的饭菜,做了很多很多的菜,有虾有鱼有肉,大家边吃边聊,又喝了酒,所以吃了很久,才刚结束呢,所以……"

刘芸听了对方如此详细的描述,自然相信了,释怀了,说:"这样啊,没事。那你们那儿岂不是很热闹?"

"是哦。可惜啊,回家太远,不能跟家人团聚。比如我嘛,心里很想跟你团聚的,看着月亮就想到你,月亮代表我的心、我的爱。"叶志强有意如是说。

刘芸听得心里美滋滋的,说:"有这个心就好。"

叶志强又问:"你晚上怎么过的呢?"

刘芸心咯噔一下,但不敢说出尤大志的事,只是说:"跟家人一起吃饭。"

聊了许久,他们才挂电话。分居两地,只能通过电话情思,即便如此,他们今晚都感到很开心。

第十五章　丰收的喜与忧

秋天是收获的季节。

秀美村在秋天之际迎来了大丰收，由于今年风调雨顺，田里的水稻稻穗结实饱满，沉沉地弯下了腰，黄灿灿的，据估算亩产肯定过千斤，农民们见此情景乐开了花，今年粮食有了保障，不用怕挨饿。

但是问题很快随着出现，要收割，但人手不够。像王淑香和陈桃红家，丈夫未归，长辈身体不好，晚辈年纪又小，自己只是个妇女，独木难支，所以愁着；像叶金谷和叶金薯家，家里只剩老的小的，打电话给远在珠州的儿子，询问能否回来帮忙收稻谷，儿子们以路途远、车费贵、工作忙为由，纷纷不愿回来，所以也发愁。

愁归愁，无论如何还得把稻子收回来，要不然一旦雨来了，那就惨了，还是自食其力吧。

一天早晨，正当叶顶天兄弟俩背起书包要出门上学时，母亲王淑香叫住他们："你们俩今天别上学了。"

叶顶天懵了，不知所以然，问道："妈，今天才星期二呢，还没到星期天，要上课。"

母亲一副无所谓的样子说："我知道。反正你们平时也没认真读书，不差这么一天，今天要收水稻，你们请个假，帮妈妈去收。"

叶顶天本来对读书兴趣不浓，不上学倒乐意，心想换个节目去地里干活也不赖，于是答应道："哦，那好吧，那我们先去学校向老师请假。"

母亲说："去学校那么远，请个假回来都半天了，那还干什么活儿。你去跟旭日东升他们说下,让他们帮忙请不就行了吗?"

叶顶天觉得此主意不错,便嘻嘻笑了,然后出门一路小跑地来到叶旭日家,看到旭日的爷爷正在门口摆弄收稻谷的农具,叶旭日兄弟俩还在屋内吃饭。

叶顶天打了招呼后,说:"旭日、东升,你们上学后,帮我和我弟向老师请个假好吗? 我们家要收稻谷。"

"啊! 你们也要收稻谷!"叶旭日诧异道,"我们也要收,还想让你帮忙请假呢。"

叶顶天吃惊不小:"不会吧? 那怎么办?"

叶金薯听到了他们的对话,想了想,帮忙出着主意:"叫别的学生帮忙请,比如叫大雅帮忙,能请就请,不能请就算了,反正你们也没读多少书,不在乎这么一两天,平时能认真就不错了。"他跟王淑香的态度几乎如出一辙。

既然爷爷都这样说了,晚辈自然听命,"那好吧。"接着,叶东升跑到叶大雅那儿,让她帮忙请假,好在叶大雅家今天未收割,就答应了。之后,叶大雅姐妹俩前往学校,走在山路时,她们发现上学的同学们比往常少了许多,甚至有好长一段路只有她们两个人在走,四周静悄悄的,令她们战战兢兢,生怕路上窜出野猪、蛇之类的动物,姐妹俩手牵着手,一路小跑,才算安全到达学校。

叶旭日等人就要出发了。打稻谷的设备不少,有稻谷桶、围席、脱粒梯、镰刀、箩筐等。在没有车又没有青壮年人的情况下,要将这些设备搬到田里颇麻烦,特别是稻谷桶,十分宽大,长约有一米五,宽和高都有半米,像一艘小船一般,重达七八十斤,即使是身强力壮的年轻人,要扛着这么个大物也难免吃力,更何况现在扛此物的人是年过六旬的叶金薯。在要扛时,他老婆上前帮忙扶,不忘问道:"老头子,行不行?"

"不行也得行,要不然你来。"

"我哪行?"

叶旭日看在眼里,说:"爷爷,要不然我来吧。"

叶金薯夫妇笑了,"你一个小屁孩,哪可以?"

叶旭日又说:"要不然我和东升一人抬一边。"

"得了得了,别开玩笑了。"叶金薯说毕,一使力,终于将稻谷桶扛到肩上,然后缓缓地站了起来,一手抓住稻谷桶上沿的绳子,一手抓着稻谷桶下方的凸出处,脸上青筋暴涨,突然踉跄了几步,惊得王亚汤立即上前扶住,终于算站稳了,叶金薯吆喝一声:"走啦。"然后缓缓挪动脚步。

而叶旭日兄弟合力抬起围席和脱粒梯,一人在前一人在后,跟着爷爷奶奶出发了。其实这两个东西也不轻,尤其是围席,是竹片编成的,也有三十来斤,抬久了越发觉得沉,但没有办法,再沉也得抬到目的地,再说相比爷爷的负担,自己算轻松了。

差不多同时,叶顶天一家人也出发了,与叶旭日一家不同的是,他的爷爷身体弱,无法帮忙,且奶奶已经去世。由此,扛稻谷桶的活儿只能落在王淑香这位青年妇女身上,虽然她并不高大,但令人佩服的是,她竟然能够稳稳地扛着打谷桶,看似游刃有余地走在乡间道路上。而叶顶天兄弟则带着其他相关的农具,负担要比叶旭日兄弟俩重。

大家相继来到一个叫"上增洋"的地方。这里是村里面积最大的稻田。叶旭日家和叶顶天家均有田在此,且相距不过几十米远。

稻田里金灿灿的,异常耀眼,一阵风吹来,稻穗随风起伏,如波浪一般,十分壮观。不少村民早早就到了稻田里,正在奋力地打着稻谷,"嘭嘭"的打稻声此起彼伏。好一幅田园秋收图!

到了稻田后,叶金薯把打谷设备摆置起来,安上围席,放下打稻梯,顾不上疲惫便开始工作。王亚汤负责割水稻,十分熟练高效,一下子就割了一片水稻,叶旭日也拿起镰刀来割水稻,只是不熟悉而进展缓慢,而叶东升则负责传递,将割好的水稻递给爷爷打,只见他爷爷举起一大束的水稻往稻谷桶的脱粒梯使劲地甩,一颗颗的谷子便脱落到桶里,因为有围席围着,不用担心掉到外面去。

在另一块田里,王淑香一家也在干活。他们才三口人,一大二小,没有像王亚汤那样可以专职割水稻的人,单靠小孩子割水稻速度又不够快,那怎么办? 没办法,王淑香只得自己来,先割些水稻,然后自己又要打谷,可谓十分辛苦。

几个孩子干着活,起初觉得蛮有意思,干劲十足,但干久了渐渐就累了,比如老弯着腰割水稻,还要用力,脖子或背或手不由地酸起来;此外,稻叶像把小齿锯一般,孩子的皮肤相对比较嫩,很容易被稻叶划伤,形成一道道血红的痕印,感觉特别痒,痒得让人难受。想偷懒下嘛,长辈便催促着:"快点儿快点儿,没稻束可打了。"只好加速工作,加上要晒太阳,真是累啊!

就在这时,帮手来了。只见叶金谷戴着斗笠,卷着裤脚,手拿着镰刀和水壶,缓缓地来到田里。

"三叔公。"叶旭日和叶东升喊道。

"两个娃干得不错。"叶金谷不忘表扬下,"我来帮你们了。"

叶金薯夫妇笑逐颜开,说道:"你自己有空?"他们还以为叶金谷是要干他自己的活儿的。

"有空,没事。"原来,叶金谷今天来巡下田,发现自己家的稻谷还不是很熟,要晚几天收割,看到哥哥一家人在忙,便主动帮忙。

"那就好。"

于是叶金谷加入了队伍,既帮忙割水稻,又帮忙打稻谷,有效分担了活儿,收割的速度明显加快。

在另一块王淑香的田里,本来干活速度非常缓慢,正愁不知要干到什么时候才能把一亩三分地的稻谷收好呢,不料,此时也来了帮手———一位三十五六岁的美少妇,此人就是陈桃红。陈桃红是王淑香的好朋友,她老公也外出,老公赚的钱不少,时常寄回来,所以她种植庄稼的积极性比较低,平时吃的大米主要靠买,自己只种些菜,休闲的功夫自然比较多。今天她知道王淑香收稻子,便主动来帮忙了。她的到来,令王淑香及儿子兴奋不已。她立即投入工作,开始割起水稻,十分利索,哗啦啦哗啦啦,一大片水稻应声倒下。由此,王淑香可以专门打稻谷,干得挥汗如雨,看似有使不完的力气,有种巾帼不让须眉的味道,没多久旁边就堆起一大堆脱过粒的稻草。

此时,叶顶天开始偷懒,站着伸懒腰了。他母亲见状,责备道:"还不认真干活?"

叶顶天说:"我累了。"

母亲瞪他一眼,哼了声:"才干多久就累?"

陈桃红停住手上的活儿,说:"淑香,让他们歇歇吧,你也歇歇,喝点儿水。"

由此,大家这才开始歇息起来,该喝水的喝水。

陈桃红问叶立地:"立地,你说你妈厉害不?"

叶立地脱口而出:"厉害。"

不过,王淑香却不觉得,一副不以为然的样子自嘲自讽:"厉害个屁,其实是悲哀,一个女人不能像城里人那样在家看看电视、在公园散散步、逛逛街买买新衣服,过上悠闲快乐的生活,反而还得在田里干本该让男人干的体力活,即便这样还穷得叮当响,你说悲不悲哀?"

陈桃红苦笑一声,说:"谁让我们生在农村呢。命运如此,就认命吧。对了,飞阳最近没寄钱回来?"

王淑香愤愤道:"甭提向他要钱了,电话都没打几个,一提钱就找各种理由说没钱。唉,真是气死人。"

"算了算了,别想太多。有空我也帮你问问情况,做做他的思想工作。"

就在这时,田埂上走来一位三十七八岁的男人,此人留着平头,长方脸,白净白净、衣冠楚楚的,手上还戴着个十分显眼的手表。他叫叶木昆,年纪一把了依旧光棍一条。以前,他外出打工过,但吃不了那个苦,便回到老家来,可在老家也不肯吃苦,慢慢地便养成好吃懒做的不良习气。因为不认真干活,自然没赚多少钱,娶媳妇成了个大难题。曾经年轻时,据说也有女孩子喜欢他,可他自以为帅,看不上对方,想找更漂亮的,但随着岁月流逝,自己年龄渐大,找媳妇越来越难,到现今还是光棍。曾经,娶不到媳妇的他归罪于自己的名字,说木昆写得紧的话,不就是光棍的"棍"字吗?因此向人抱怨命该如此,还指责当时取名的爷爷没眼光,但有个比较有文化的叔公告诉他,木昆是好名字,他五行缺木,所以要带"木"字,还有"昆"字,是子孙多多的意思,还说昆仑山不是也带昆吗?多巍峨;还有昆明不是也带昆吗?那可是个名城。再说名字并不代表什么,《水浒传》里有个吴用,但他才不是无用之辈,人家可是个军师呢。关键是要看自己怎么奋斗。这次被训后,叶木昆再也不敢提名字的事了。

今天,他来到田里溜达,突然眼睛一亮,见到田里有两位少妇,长得还挺靓的,不由地产生兴趣。想想也理解,一个青年人,正处于欲望强烈的时期,却始终找不到老婆可以满足欲望,憋得导致欲望更加强烈,只要有女人,就会流口水,并想入非非。于是,他走上前来搭讪:"淑香、桃红,两位美女,收稻谷啊?"

陈桃红瞟他一眼,知道来人是谁,也知道来人是个怎样的人,有意戏谑道:

"你这不是明知故问吗？今天怎么来田里转啦？是不是出来找哪个姑娘啦？找到了没有啊？"说毕，王淑香和叶顶天兄弟均乐得笑起来。

叶木昆知道对方在讥笑他，但他不生气，而是笑了笑，趁机发挥，说："正在找啊，找到了，远在天边，近在眼前，哈……"

陈桃红明白他的意思，瞪他一眼，哼了声，说："你敢打我们主意啊，小心我和淑香姐一起把你踩到泥里去。"

"呵呵。"

王淑香说："木昆啊，我们都是年纪一把的人了，你要找啊，得找那些十八岁的姑娘。"

陈桃红附和道："就是。"然后又正经起来，问："你今天没什么事吧？"

叶木昆说："没什么事。"

陈桃红说："那正好，帮忙打稻谷，到时候我们给你介绍个对象。肯不肯干？"

叶木昆爽快地说："那好啊。我平时虽然少干活，但其实都懂，力气也有。来看我的，淑香你就割水稻吧，我来打。"

王淑香让位于他，叶木昆果真干起活儿来。平时他确实比较懒，但没想到此次却干得十分卖力，似乎想在两个少妇面前好好表现吧。常言道，男女搭配，干活不累，说的就是这个道理。如果不是有这两位少妇在，他会如此积极帮忙才怪。

这不，干活间隙，他的色眼不忘猎艳的本能，在接过稻束时、在扔稻草时，他就顺势看看两位少妇，看看她们的脸蛋，看看她们的身材，看看她们翘着的屁股，心底里不自觉地将两位少妇做个比较，陈桃红的腰肢比较细，臀部比较小，王淑香的腰肢比较粗，臀部也比较大；陈桃红的脸蛋比较白，比较好看；王淑香虽然也不赖，但晒的太阳多，不如年轻时白了。

突然，一幕非常震撼的风景映现眼前，此时的陈桃红弯着腰割水稻，胸前的衣服自然下垂，胸部的风景暴露无遗，只见那红色蕾丝的文胸十分精美，叶木昆不由想入非非，心想如果能够伸手摸摸，那该多好啊！

也正是因为想入非非，他此时突然停止了干活，像个雕塑一般，手中半举着稻束不动，两只眼睛发了直，唯一不像雕塑的，就是口里流出口水，还有心跳在加速。

叶顶天发现了叶木昆图谋不轨,他特意推了一把,并递上稻束,说:"喂,阿昆,你干吗呢?"

"哦,哦,没干吗。"叶木昆回过神来,接过稻束装模作样地打起来,但眼前晃动着那两个硕大的东西。他心里又想,王淑香和陈桃红都是留守少妇,老公不在家,如果乘虚而入,搞她们一个,那该多么美妙啊!这样想着,他不由得意地笑了,然后更加用劲地打着稻谷,大汗淋漓,似乎这样可以更好地发泄激情。

干活期间,在另一丘田的叶旭日看见了堂兄田里有人来帮忙干活了,他对奶奶说:"奶奶你看,那个人是谁?"他伸手指了指。

他奶奶顺着他指的方向一看,说:"那不是木昆吗?"叶金薯也跟着看了下,说:"是木昆。木昆这个懒汉竟然会帮忙打稻谷,真是少见,这奇了怪了。"

王亚汤说:"这也不奇怪。木昆光棍一条,见到女人两眼发亮,现在留守村里的妇女那么多,他老想打这些女人的主意,我看他不是白干活的,心里肯定是有什么别的目的。"

"说的有道理。看来淑香、桃红得防着点儿。"叶金薯点头道。接着,王亚汤还向在场的几人透露些从小道探听的八卦消息,比如叶木昆隔三岔五地去邻村找一位留守妇女,打情骂俏的,但后来被人家族人知道,木昆再去女方村里时,就被人追赶,他还摔入粪坑里,此后便不敢再去了;还说木昆筹钱准备买越南女孩做老婆,但他自己的钱不够,私下向人借,可是没多少人肯借给他,主要是他没有收入保障,怕还不起,也怕越南女孩不保险跑了,弄个钱色两空,后来买老婆的事不了了之了,应该是筹不到钱……

叶金薯突然想到什么,便叮嘱起两个孙子:"旭日、东升,你们听到了没有?千万别学木昆,要好好读书,混个人样出来,赚大钱,才能娶上老婆,要不然就像叶木昆那样,光棍一个。"

两个孩子听后嘻嘻地笑着,其中叶东升歪着脑袋说:"我才不会娶不到老婆,我以后十八岁就娶给你们看。"

"哈哈……"众人捧腹大笑。

……

近来,学校老师发现经常有学生旷课,有的连假都没请,有的托人请假。

一了解原因，才知道原来是学生帮忙干农活了。这事非同小可，为了进一步做好工作，让学生能够专注学习，学校老师决定开展家访，重点是做做学生家人的思想工作，并成立几个家访小组分头进行。根据安排，刘芸负责她所在村的家访工作。

在晚上时分，她先来到叶旭日家。到他家门口时，看到门前堆放着不少的稻草。叶旭日还钻进稻草里和弟弟玩耍。当他钻出稻草时，刚好撞上了老师，着实吓了一跳，赶紧打招呼："刘老师好。"他弟弟也跟着打招呼。

刘芸说："旭日、东升，你们俩今天都没来上课哦。"

兄弟俩挠挠头，不好意思地低下头，嘿嘿地傻笑着。

此时，叶金薯夫妇见刘芸来了，赶紧热情相迎，忙着搬椅子请刘芸坐，又忙着泡茶，刘芸说不用泡，但叶金薯还是泡了。他们俩心里清楚，刘芸不仅是孩子的老师，还是侄子叶志强的女朋友，今后就是自家人了。

寒暄一阵后，刘芸言归正传，说："伯伯婶婶，旭日、东升这几天没来上课，你们知道吗？"

"这个……知道……"但是叶金薯不好意思地说，自知理亏。

"上课要紧，孩子要学知识，怎么不来上课呢？"刘芸又问。

这下，叶金薯一脸无奈地说着理由："庄稼要收，可是儿子儿媳妇都不在，靠我们两个老人，没办法收回来，只好让孙子帮忙啰。我们也知道读书要紧，可庄稼不收也不行，只好……这也是没办法的事。"

刘芸还是坚持着自己的观点："庄稼是要收，但课还是要上的，要不然会耽误课程的。"

叶金薯说道："这我知道，要不然学校给学生放几天假，收完了，就回去上课。"

刘芸十分无语。为了收割而放假，这是不可能的……

之后，刘芸又来到王淑香家。

"淑香姐。"刘芸打了个招呼，见到王淑香正在家里做家务活。

王淑香停住了活儿，迎上来微笑道："哎哟，刘芸来啦，不，该叫弟妹才对。"

"淑香姐别羞我，叫名字就好啦。"

"呵呵，快坐快坐。"王淑香泡起茶，又吆喝着正在楼上的两个儿子下来见老师,叶顶天叶立地下楼后,由于自己没有去上课,现在又没自修,因此有些忐忑不安。

　　还没等刘芸开口问正题,王淑香却抢先问起她的事情:"最近有没有经常跟志强联系?"

　　"有呢。"刘芸回答得很简洁,不太愿意谈这个话题。

　　王淑香却像无比关心人似的,滔滔不绝地说道:"我说啊,两个人分居不好,要帮帮不上忙,要见又见不上面,你有学历有文化,还不如也去珠州工作,两个人一起住一起生活,那才有利于感情发展。你看我,其实就吃了分居的亏,守在乡村里种几亩薄田,累得半死,一年没多少收入,更别提什么夫妻感情了,其实我很想去城里赚钱,可是孩子问题又没办法解决,公公也没人照顾。你和志强还没孩子,负担小,还不如去城里扎根,有稳定工作,什么都不用愁……"

　　听起来似乎很有道理,且说到了刘芸的心坎上,她点点头,"嗯"了下,但仍没有多加发挥,因为她不太愿意触及这个令人纠结的问题,要她辞掉稳定的教师工作去城里再找工作,真的很难。

　　紧接着,刘芸话题一转,转到孩子上学读书的事,询问没上学的原因,还说不能老旷课,再苦再忙,也不能耽误孩子的前程。

　　王淑香说:"唉,还不是男人在外没回来帮忙的缘故?公公身体又不好,没有劳力,只好让两个娃帮忙。现在收割得差不多了,明天就让孩子上学去。"接着又叮嘱两个孩子,明天要早点儿起床,要好好学习,不辜负老师的期望。孩子干了几天活儿,着实累人,知道不用继续干活,暗自开心,相比而言上学比较轻松,自然愿意。

　　……

　　差不多与此同时,家乡的柿子也可以收了。柿子是全镇的主要农作物之一,它是耐寒植物,非常适合海拔高、气温低的当地种植。在若干年前,篆山镇还是篆山乡时,乡政府就大力倡导乡民种植柿子致富,于是,几乎家家户户都种起柿子,多的人种了几百棵,少的也有一二十棵。王淑香家也不例外。早些年前的时候,一斤柿子能卖到两元钱,乡民的积极性可高了,收获时乐得如过年一般。

今年,柿子也算大丰收,结得满满的,果子大大的,据测算,像王淑香家的柿子今年起码能收三四千斤。她想,现在手头拮据,家里穷得买不起肉买不起洗衣粉,赶紧把柿子摘了卖了,有了收入才可以好好改善生活。

"今天你们俩帮忙摘柿子去。"王淑香对儿子说。儿子们比较会爬树,正是发挥作用时。

"妈,要上课呢,不上课会被老师骂的。"

"这个……"王淑香犹豫了下,改变了主意,说:"那下课后,你们赶紧回来帮忙。"

"好吧。"

放学后,叶顶天和叶立地跑着回到了家,然后扛着工具跟着母亲去山里摘柿子。到山里的时候,王淑香发现,两位长辈叶金薯、叶金谷也在山里呢。他们俩只是看着树上的柿子,抽着闷烟,叹着气,一旁虽放着摘柿子的工具,但却不动手摘。

"大伯,三叔,你们怎么不摘?"王淑香好奇地问。

叶金谷说:"淑香你也来摘啊,唉,刚才二贩子刚来过,你知道价格多少吗?一斤才两毛钱,两毛钱,连摘的工钱都不够。"

"啊!一斤才两毛钱,不会吧?"王淑香身子顿时感到瘫软无力,简直不敢相信。一斤两毛钱的话,摘一百斤才二十元,的确不够工钱,更别提之前投入的化肥、人工等成本。

叶金谷说:"二贩子说行情就这样,今年货特多,积压卖不出去。唉,辛辛苦苦干一年,本想丰收赚一笔,没想到是这个下场。"

叶金薯说:"现在已经有人懒得摘了,打算让它烂掉。我们该怎么办好?难道也要烂掉?"

叶金谷说:"要就摘点儿自己吃。"

王淑香说:"是不是真的? 我打听打听去。"

后来,王淑香跑到柿子收购店那儿咨询老板,一问果然是这个行情。王淑香问为何价格这么低,二贩子说今年柿子太多,他们村的柿子品质没人家好,柿子的保存期又短,镇上又没有深加工企业,只好如此。

悲哀。着实悲哀!

　　后来,她虽然也摘了柿子,可是累得半死没赚多少钱,后来柿子行情又下降,一斤只有一毛多,王淑香干脆懒得摘了,该烂就让它烂,谁要摘的话还可以免费摘,但人吃多了柿子就腻了,连小孩都不想吃了,于是,当地出现一个情况,红红的如灯笼般的柿子到处挂满树木,只有鸟儿在上面啄食,更多的是掉落地上烂去。看到这场景,令人五味杂陈。

第十六章 突如其来的爱

经过十月怀胎,许绿瑟终于生了。为了省钱,也担心因没办准生证生产手续比较麻烦,所以没有去正规医院生产,而是叫了个诊所的女医生来出租房接产,好在生产顺利,一切平安。更让她们感到异常高兴的是,这次终于生了个男孩,终于可以传宗接代了。叶志彬高兴得又蹦又跳,还大喊:"我有儿子啦,我有儿子啦!"

坐月子期间,不断有亲戚探访。这天傍晚,叶志强和叶进乾夫妇也来坐,顺便帮帮忙,帮忙照顾孩子,帮忙炖鸡汤,帮忙做卫生什么的。

忽然,叶志强的手机响了,一看是家乡的号码,他接了起来,"喂。"

"志强,我是妈,和你爸来店里打电话。你在你哥那儿没?"因为叶志彬没有手机,所以李亚虹常常让叶志强转接。

"哦,妈,是你啊,我在我哥这儿。你和爸身体近来可好?庄稼都收了吧?"叶志强顺便关心下父母。

"庄稼都收了,没人手,累死人就是。"李亚虹带着抱怨的口气说。

叶志强不免担心,劝说道:"哎呀,妈,要不明年少种点儿,身体要紧。"他之前也多次叫家人少种粮食,够吃就好,可是父母就是不照办。他口头上对父母说粮食不够吃就用钱买,可是自己寄回家的钱不多,心里有愧。

"我知道,可是你爸不愿,没种的话不是没收入来源吗?不说这个了,你嫂子是生了个儿子吧?"生儿子才是李亚虹真正关心的话题。

"是啊,哥没跟你说过?"叶志强有些纳闷,在生产后就打电话告知了。

"是说过,我确定下。生儿子就好!我放心了。"李亚虹乐滋滋的,农村人的观念非常传统，重男轻女，生女孩都不值得高兴，生了男孩才算完美，还要烧香告诉祖宗。然后她又说："让你哥接下电话，我有事要交代。"

于是，叶志强便把电话拿给哥哥。母亲在电话里无非是问些坐月子的情况、孩子的情况，并特别交代注意事项，比如不要让媳妇下水、多休息，不要干活、不要感冒以及要怎么补充营养，等等。叶志彬嗯嗯说好。

接着，李亚虹说："家里有六七只鸡，还下了些蛋，要不我带过去给绿瑟补补身子。对了，家里还有很多的柿子，也带几箱过去吃吃，怎么样？"

叶志彬说："好是好，可是这么远，不方便带吧。人家汽车哪肯让你带鸡。还有，我听老乡说，有人要带柿子，可是今年柿子太没价值，人家司机不让带呢，要带的话得出运费，不值得，我看还是算了。要吃的话，我在珠州买就行。"

"哦，那好吧。"

打电话期间，叶大雅姐妹也在奶奶身边专心地听着，电话声音颇大，她们能听到对话，越听越激动，时不时拉拉奶奶的手，要抢过话筒跟父母说说话。现今李亚虹该说的也说完了，便把话筒给了孙女，叶大雅眼疾手快，先抢过来了，叶小雅没争过，只好靠近话筒认真地听着。

"爸，弟弟长得好看不？"叶大雅问。

"好看。"

"有多好看？"叶小雅在一旁高声问道。

"很好看，白白胖胖的。以后回家就能看到了。"叶志彬说。

"那你们什么时候回家？我很想你们。"叶大雅有点儿难过地说。

叶志彬也不确定什么时候能回，说过年吧，又隔太远，于是忽悠道："回去时会提前打电话跟你们说。"

随后，叶大雅又要听妈妈的电话，叶志彬只好让老婆接。母女俩又聊起天来。叶大雅姐妹还是说想母亲了，也想看弟弟，想去城里。许绿瑟安慰下后，说很快会回来的，并叮嘱她们在家里要听爷爷奶奶的话，天气渐凉了要注意穿衣服，要认真读书，还问书读得怎么样。叶大雅毫无遮掩地说读不懂，每天要跑那么远的路上学很累，在家自习没人教，问爷爷奶奶又不懂。说得许绿瑟心酸酸的，真是爱莫能助。

之后，叶志彬等人围坐在茶桌前边喝茶边聊天，聊最近打工情况，也聊孩子教育问题以及家乡柿子问题,说的更多的是不容易,如近期打工活儿不多,孩子书读得不好,家乡包括柿子在内的水果缺乏销路,赚不了钱,等等。大家七嘴八舌地谈设想,如城市的小学应该免费让农村孩子读书,城市老师可以到乡村交流教学,以及水果要做宣传、创品牌、铺销路,但这些仅停留于口头,属闲谈,真正要发挥作用挺难。

聊着聊着,众人话题一转,不知不觉地转到叶志强身上。

邱丽群问道:"小叔,你看你哥不过大你四岁,孩子都好几个了,什么时候轮到你啊? 可要加油啊!"

相比之下确实悲哀,哥哥的最大孩子都十岁了,而自己还未婚,但又有什么办法呢,大学毕业就二十四岁了,毕业后混得又不好,经济基础薄弱,结婚没点儿经济基础可不太行。"呵呵。"叶志强不知道怎么回答好,索性一笑而过。

邱丽群又问:"跟刘芸谈得怎么了? 谈成熟了没有?"

"呵呵,还行。"叶志强简单地回复。

邱丽群说:"你可得跟紧点儿,你们一人一地,不是很好,不利感情培养,就怕夜长梦多,生出别的事。我说,最好叫刘芸也来珠州,早点儿把婚给结了,让她心定下来,就不用怕会有别的想法。"叶进乾也跟着说:"就是,这样就保险了。一人一地的话,就怕有别的人追求刘芸,变心了。知道不?"

叶志强听得心悬起来,说:"这个……应该不会吧?"

"不怕一万就怕万一。"

之后,叶志强回到自己的出租房。躺在床上时,不由地想起今晚亲人说的话,这让他着实感到不安和为难。他何尝不知道两个人分居不好,见个面都难,真怕产生变故,一个很实际的问题是,长期没有同房,对于正处青春期的他来说,性欲望难以得到满足,实在憋得难受,有时甚至想到夜店找个小姐解决一下,但又没这个胆,既怕被警察扫黄抓了,身败名裂,又觉得对不起刘芸,只好通过自慰解决下生理需求,但大家都知道这不是个好方式,不利于健康和正常生理需求。而要让刘芸来珠州嘛,不是没提过,只是刘芸不肯放弃稳定的教育工作,若来珠州的话,以她中专的学历要再找份公办教师工作几乎不可能,要知道不少研究生都竞争这里的小学教师岗位呢。唉,真是头大。他有时也怀疑,自己跟刘芸到底合不合适,只是不敢说出口。

　　其实,在城里也有些女子让他动心,曾经,有老乡帮他介绍一位同镇的女孩,女孩长得漂亮又温柔贤惠,叶志强觉得她十分可爱,但后来他还是委婉推辞了,老乡问是不是要找大学学历的而看不上这位只有初中学历的打工妹呢,叶志强说不是,但又不好说心里有她人。

　　最让他动心的莫过于张小红。

　　跟张小红好像特有缘分,他在珠州找第一份工作时,就是张小红接待指引的,那时第一眼见到她,就感觉此女真好看,气质佳,谈吐文雅,十分有礼貌,后来果真成了同事,工作期间跟她相处很好,无所不谈,成了真挚的好朋友。后来,虽然被公司炒了鱿鱼,但又是经过张小红的介绍,他才成功找到了新工作,跟她又成了同事,由于以前相识的缘故,现今跟她的关系就更进一步了,常常一起吃饭、一起谈心以及常打电话或发信息联系。只是,彼此间心照不宣地不触及感情线。

　　不过有一个周末,张小红主动约叶志强出去,说是有事要说。叶志强自然答应,两个人约定在一个公园见面。公园里有一面宽阔碧绿的湖,湖面波光粼粼,湖岸边绿树葱葱,鸟语花香,座座亭台楼榭掩映在绿树丛中,美轮美奂。叶志强和张小红沿着小径缓缓蹽着步,张小红的话语不多,表情写着忧郁,走到一个没人处时,张小红突然抱住了他,头靠在他的肩膀上,然后呜呜地哭了。这让叶志强感到突然,脑子一片空白,不知所措。虽然这样抱着能够闻到她的体香,能够接触她的肌肤,蛮不错的,但他发现不对劲,如果真是因为爱,那该高兴激动才是,可是她为何会哭呢,况且这哭不像是激动的哭,而是十分伤感地哭。由此,叶志强没法一直保持抱的姿势,还得关心关心人家,温柔地劝张小红不要哭,有心事就说出来,他会帮忙解决的。张小红知道叶志强是她的知心朋友,便毫不保留地说了实情。

　　原来,她有个远在另一个城市的男朋友有新欢了,于是要跟她分手。叶志强之前都没听说她有男朋友,有些诧异,便询问详情。张小红一五一十地说了,说她比较低调,不声张,但她是喜欢男友的,一直为他守候,默默支持他创业,为他付出许多,甚至还无怨无悔地给了他不少钱,只等待着合适的时候结婚,没想到他事业有起色后,就这么狠心甩了她,让人难以接受。叶志强听后感叹一声,然后安慰起来,说既然那个男朋友没在同一个城市,既然人家那么狠心主动提出分手了,那就分吧,这样的男人不值得为他而哭,不值得留恋,让他滚蛋就是。张小红点点头说是,只是谈了几年了,突然被人家甩,还瞒着她谈别的女人,有种被欺骗的感觉,很难受。叶志强说,想开就没事了,再找一个就是。还带着幽默的口气说不用怕,天下好男人多的是。

说到这里,张小红有些羞涩地提出来,说我们俩在一起工作这么久了,这么有缘,彼此都知心,我们做男女朋友怎么样。叶志强着实吃了一惊,既兴奋又纠结,兴奋的是难得有个这么好的女孩能够喜欢上他这个穷光蛋,实在是荣幸至极,如果趁她感情挫折时给她温暖,那一定很容易得手,成婚不成问题;纠结的是,自己有个女朋友,已经谈了多年,他不敢无情地甩了她,但又不好毅然地拒绝张小红,毕竟是好朋友,该怎么办才好呢?

叶志强没有直接答复,而是转移话题说:"你不要伤心,过段时间会慢慢好起来的。"

"你不喜欢我?"张小红意识到什么。

"不是。"叶志强有意将张小红搂紧,表示并不是不喜欢她,那么,"不是不喜欢"是不是意味着"是喜欢"呢?其实未必。

"那你就是喜欢我啰?"张小红追问道。

"这个……你人很好,可是……"叶志强支吾着。

张小红猜到了什么,推开了他,直率地问:"你是不是因为老家的那个女孩?你觉得你们现实吗?我的例子不就是明证?"她意识到自己的话重了些,于是改变了下口气,说:"对不起,我也不是有意拆台,是为你考虑,你想想,只要我们在一起,在同一城市工作,可以互相照顾,不就没有两地分居的苦恼了吗?当然,如果你坚定自己原先的想法,那我不强求,会默默祝福你们。"

叶志强打心底赞叹,小红多么伟大啊,心胸多么广阔啊!如果自己没有跟刘芸定了关系,一定会全心全意爱她。"你真好!真的!我是觉得有点儿突然,毕竟跟她有多年的情感,希望你理解。"

"我理解。要不你好好考虑下吧。我随时等候你的消息。"

……

此后几天,叶志强陷入纠结中,他知道小红好,不仅拥有迷人的外表,还拥有美丽的心灵,可谓内外兼美,自己真的为她的美而倾倒,特别是在性欲望强烈的时候,真想主动跟她示好,好好恩爱一番。但他又一直克制着自己,几天都没答应张小红的要求,因为心里仍装着刘芸,怕伤害了她,也怕在良心上过不去。

第十七章　趁机占便宜

与叶志强同样饱受性欲苦恼的还有一个人,即远在家乡的叶木昆。相比起来,他显得可怜多了,至少叶志强还有女友,有人喜欢着,而叶木昆一个三十好几的人目前仍是光棍一条,想要娶个老婆却苦于没人肯嫁,自然而然的,对性的渴求非常的强烈,想要去红灯区解决下,可是农村哪有什么红灯区,连未婚的女孩都很少,基本都外出打工了,留在家乡的都是已婚的留守妇女,没办法,看来只好打打这些留守妇女的主意了。

自从上次帮王淑香收水稻后,叶木昆自我感觉跟王淑香拉近了距离,且王淑香对他也挺好的,路上遇见会客气地打招呼,经过家门口会邀请喝茶等。他想应该趁热打铁再接再厉。他知道王淑香跟老公叶飞阳关系不咋样,婚姻名存实亡,这岂不是一个很好的机会?因此,他认为应该要多跟王淑香套套近乎。

于是,叶木昆时不时地就去王淑香的家坐坐,时常带上礼物,如糖果、瓜子,甚至买些排骨等。起初几次,王淑香没觉得什么,还将糖果、瓜子分给儿子吃,让他们吃得高兴不已,但频繁之后,她觉得不对劲,她知道叶木昆是个穷光蛋,自己生活拮据,怎么会买东西送人呢?这其中必有缘故。就连公公叶金牛也感觉不对劲,见到叶木昆到门口后,他有意咳嗽几声,毫不留情地下了逐客令:"阿昆,淑香没在,这里不欢迎你,你走吧。"

叶木昆看着眼前的老人,气得头发根根竖起,但又不敢发作,他想冲动是魔鬼,如果冲动可能以后就没机会了,退一步海阔天空,还是忍忍吧,于是赔笑道:"金牛叔,您身体不好别生气,我也没什么事,就是想看看你,还有看看顶天、立地,看看有什么需要帮忙的。我今天买了些麦芽糖,你拿去炖了吃,对身体很有利的。"

叶金牛不屑一顾,说:"不用,我身体好得很,我知道你心里想的是什么,你最好不要乱想,老实点儿,否则我叫飞阳打断你的腿。现在是好言相劝,但以后就别怪我们不客气了。"

"你……"叶木昆气得半死,真想挥拳头打人,但又怕影响不好,只好闷闷地走了。

这一次恐吓的确产生了效果,在接下来的时间,叶木昆没胆直奔王淑香的家。不过,他并不愿就此放弃,他想近来花了不少钱买这买那的往王淑香家送,但一点儿便宜都没占到,甭提睡一晚,就连摸都没摸到,太不甘心了。仔细琢磨后,他想既然直接去王淑香家会遭到阻拦,那就换个思路,不去她家,而在别的地方跟她接触。

一天早上,王淑香早早地来到山里的果园干活,拿起锄头锄草间,突然,自己的眼睛被一双大手给蒙住了,她吃了一惊,但并不害怕,心想肯定是哪位好朋友闹着玩的,于是问道:"谁啊?"

"你猜猜。"对方以很做作的娘娘腔说道。

王淑香一听就判断出对方是男的,很可能是某个人,忙说:"是阿昆吗? 放手啦。"

叶木昆松开了手,嘻嘻笑着。王淑香扭头一看,果然是他,还看到他也带着把锄头,问道:"你怎么这么早也来干活了? 变勤劳啦?"

叶木昆说:"想来帮你的。"

"帮我! 不用了吧? 我活儿不多。你还是去忙你的吧。"王淑香婉谢道。

因为王淑香干活干得发热,所以已脱掉了外套,只穿着一件比较紧身的短袖衫,使得她原本就很鼓的胸部显得更加鼓,像要撑破衣服似的。叶木昆看着那两个迷人点,口水直咽,血液翻滚,他想现在周围没有人,该出手时就出手。

"没事,我自己又没什么活儿,我看你这么忙,就很想为你分担点儿。"叶木昆找着理由坚持不走,然后又问:"淑香,你一个人长期干这么多活,辛不辛苦?"

"辛苦,那又有什么办法?"

"飞阳也真是的,自己去城里享受,却让你干这么多的活儿。淑香,你应该很久没跟老公同房了吧?会不会很寂寞?"叶木昆壮起胆抛出属于隐私的问题,但说的时候蛮紧张的,生怕会被骂。

这话说到了王淑香的心坎上,事实上,她确实对老公不满,也确实感到寂寞,长期独守空房,性欲难以排遣,长期忍受非常难受,不过,作为一个女人,羞于谈论这个话题,她啐道:"哼,还说这个,你啊,正经点儿。"

叶木昆从她的表情看得出她并不是真的生气,说话也不是骂人的口气,通过一二十年跟女人打交道获得的经验以及吸取许多的教训,他终于明白女人口头的话往往并非代表心里的意思,以前他经历过类似情景,被女人喝了之后就怕了,选择放弃,机会自然就没了,后来想想自己真胆小啊,他告诉自己不能重蹈覆辙,要大胆一点儿,不离不弃。笑了笑后,他脑子一转,想到了个主意,说:"淑香,你头上有只小虫子。"

"不会吧?"王淑香信以为真,赶紧伸手往头发抓了抓,但没镜子,哪里知道在哪儿,更何况人家是耍她的。

叶木昆靠上前去,说:"我帮你抓。"

其实压根就没有虫子,叶木昆只是为了接近她才想出的馊主意,当他帮忙抓"虫子"的时候,突然他紧紧搂着王淑香,嘴巴对住嘴巴,亲起来。

"你干吗?"面对这一举动,王淑香措手不及,本能地推脱着。

叶木昆告诉自己,绝对不能轻易放弃。于是,他继续摸着王淑香,从摸身子到摸胸部,用力地揉捏着。果然,他这招奏效了,王淑香终于屈服了,感到莫大的满足,渐渐地竟然爽爽地叫起来,并有意往果树茂密的地方挪了挪,如此更安全。

叶木昆更进一步,撩开她的衣服,继续又摸又亲她,搞了一阵子后,又往下发展,脱下裤子……淑香又呻吟起来。两个人都是经历过许久的性压抑,因此非常富有激情活力……

"我们就此为止吧。以后你不要找我了,我们不合适,你知道我是有老公的人,我们这样影响不好。你还单身,要找个比我年轻的妹子,堂堂正正地结婚,懂吗?"

"这……淑香,其实我挺喜欢你的,我很想娶你。"

　　王淑香觉得可笑，她才不愿意嫁给他呢，虽然他长得蛮帅的，但她知道他很穷，没有钱，她已经是穷怕了，才不愿意嫁给这么一个穷人，更何况自己已婚。于是她果断地说："别说这些，我们不可能的。我都说了我是已婚的，我也不可能离婚。你帮我，关心我，我记住了，这次就当作是给你的补偿，以后你就不要来打扰我了，当作什么都没发生过，你说好不好？"

　　"这……"叶木昆一时有些懵。

　　"你也知道，我公公非常反感你，他已经发觉了，好几次批评我呢，如果事情闹大了，于你于我都不好。好了，你回去吧。"

　　可是叶木昆站着不走。

　　"你不走，那我走了。"于是，王淑香扛起锄头，头也不回地下山了。

　　叶木昆望着她离去的背影，有些遗憾，但并不失望，今天能取得这样的战果，也算不错的了。他想了想，既然王淑香说到这个份上，那就算了，该收手时还是要收手，要不然被叶金牛和叶飞阳等宗族的人集体反对、打断他的腿的话，那就惨了。他不免害怕啊，有一个情况他十分清楚，那就是在村里叶飞阳宗族人口多、势力大，而他自己的宗族势力相比而言小多了。

　　看来只得转移目标了，那下一个目标该是谁呢？

　　叶木昆想到，上次帮王淑香收水稻时，一旁不是还有个陈桃红吗？那么陈桃红怎么样？跟王淑香比较下后，他觉得陈桃红更合适，主要理由有几点：其一，陈桃红也是留守妇女，老公在外省赚钱长期不归，她对性渴求势必很浓，而且陈桃红保养得不错，爱打扮，平时穿的衣服很时髦，比王淑香漂亮多了，并给人一种很风骚的感觉；其二，她老公的宗族算小族，势力比他本人的宗族还小，自然不用那么害怕被揍；其三，她公婆均已去世，不像王淑香家有个叶金牛挡道；其四，她的家不像王淑香那样处在巷子里，而是独户，几十米周围没有邻里，出入比较方便而安全。

　　一天晚上，天空没有月亮，路上没有路灯，大地暮色沉沉的。天气渐凉，外面起了风，居民纷纷躲在屋子，乡村显得异常宁静，偶尔有"汪汪汪"的狗叫声，却有"狗叫山更幽"的味道。

　　叶木昆洗完澡后，在家闷得发慌，决定出去走走，打定目标后，他绕着田间小道来到陈桃红家门口，发现门关着，客厅一片漆黑，但房间的灯亮着。他便猫着腰,悄悄地沿着墙角兜了半圈,来到房间窗户下想偷窥,突然,他听到了从房间内传来的爽叫声,他想,难道是她男人回来了? 此时的他不仅没想赶紧跑,还产生好奇感,想偷看其间的"风景"。于是,他缓缓地站起来,透过窗户缝隙往里看,不过屋内根本就没有男人,而是陈桃红在自慰。有生以来,他还是第一次看到女人干这事,实在过瘾,令他全身热血沸腾。同时他想,一个人做这事岂不是太单调了,应该两个人做那才火热,现在陈桃红无比饥渴,如果自己进去配合,好好满足她,她肯定欢迎。这么想后,他翻墙进入院子,然后来到房间门口,试推下后,发现被反锁了,怎么办? 徘徊下后,他决定先敲下房门,让她知道有人来,而不要破门而入引得人家大叫。于是他轻轻敲了下门。

"谁?"对方警惕地问。

"我。"

"你是谁?"

"阿昆。"

"阿昆呀,你等下。"陈桃红急匆匆地穿好衣服。

过了一会儿后,门开了,叶木昆立即挤进去,并关上门。

陈桃红怔了下,说:"阿昆,到客厅坐吧,我泡茶给你喝。"

叶木昆说:"不用喝茶了,桃红你真漂亮! 是我见过最漂亮的女孩。"

女人喜欢被人夸,陈桃红也不例外,心里美滋滋的,但她明显感觉叶木昆不对劲,便说:"哪里? 都三十几岁的老妇女了。"

"很年轻呢。我刚才看见你做那个了,自己那样做不好,还是我来满足你吧。"然后,他主动攻击,上前搂住陈桃红。

陈桃红下意识地推脱了下,说:"阿昆,你别乱来。"

不过,叶木昆很快就将陈桃红推到床上,压在身下,用嘴堵住她的嘴,她很快就屈服了,得到了莫大的满足。

完事后,叶木昆说:"桃红,如果我们一生一世都能拥有这样的时光,那就好了。"

陈桃红啐道:"说什么呢,一生一世! 阿昆,跟你说,我们是不可能一生一世的。我是有家室的人。"

"我知道,那我下次再来好吗? 好好陪你。"

"讨厌。"陈桃红伸出手指点了下叶木昆的额头,引得他笑逐颜开。他说:"常言道,女人三十似狼,四十如虎,我不忍心你憋着闷着啊,我是为你好。"

"哼,油嘴滑舌。"陈桃红白他一眼。

"我晚上不走,留下来过夜,行吗?"叶木昆恳请道。

"不行,你必须走,跟你说,我不可能嫁给你的,我有老公,你还是找个现实点儿的女孩,可以结婚的那种,我是为你好。"陈桃红果断地说,她认为自己的老公有技术有本领,赚钱比较厉害,动不动就寄不少钱回来,她才不愿跟老公离婚,相比而言,叶木昆赚钱能力差,只是身体不错。

"嗯,我知道。就是女孩子很难找,没结婚的都外出打工了。你放心,我不会打扰你的家室的。你需要的时候我来满足你,可以不? 明晚我再来。"

"不行,太频繁了,会被人知道的,我可不想。要来的话每月底来一次,那时我在窗台上摆盆花,如果摆了你可以来,如果没摆,说明有事,你不能进来。还有,得十二点后。"陈桃红有些羞涩地说。

对于这样的要求,叶木昆肯定是不介意,而且超级乐意,虽然不能娶她,但足够满足欲望,那也是爽歪歪的啊! 他想,只要交往频繁了,或许渐渐就有可能得到她的心,到时也可以想法子播下种子,那就有可能身、心都得到了。

"行,一切听你的。"

……

第十八章　爱上游戏

周末时,太阳暖洋洋地照耀着大地,叶旭日兄弟、叶顶天、叶大雅等孩子不用上课,在村口的一块空地高兴地玩耍。这时,叶木昆提着个大鸟笼走过。孩子们见此鸟笼便产生好奇,纷纷问道:"阿昆,你是不是要去山里捕鸟啊?"他们知道木昆有捕鸟的习惯。

叶木昆笑笑道:"是哦。"

"我们跟你去好不好?"孩子们对捕鸟十分感兴趣,想看看到底是怎么捕的。

叶木昆摇摇头说:"不行。"

"为什么不行?"孩子们疑惑不解。

叶木昆直言理由:"你们想想,如果你们知道我在哪里布网的话,以后你们去偷我的网和我的鸟儿,那我损失不就大了?"

叶旭日信誓旦旦地说:"才不会呢,我们从不偷东西,我们保证绝不会偷你的鸟。如果谁偷被我们知道的话,我们还会告诉你。"

"真的?"

"真的。"孩子们异口同声地说。

"好,那跟我走。"叶木昆被打动了,同意带他们去,招了招手,几个孩子乐得手舞足蹈,然后跟着叶木昆上路了。

走过田间小道后,渐渐地,前方迎来了一座座连绵起伏的山,众人爬起山路来。孩子们不知在哪儿捕鸟,便问要去哪里,要走多远。叶木昆说要到叫"天子地"的地方,有几公里路,还说如果嫌远可以回去。几个孩子去过这个地

124

方,平时上学又老走蛮远的山路,自然不怕这点儿距离。走了约莫半个小时,大家来到一处山冈。山上青松林立,树枝树叶随风摆动,发出"沙沙"的响声,十分好听。山顶上散落着不少干了的松叶,人走在上面感觉软软的,像被按摩似的,足感颇好。叶木昆指了下其中一个地方,大家一看,原来一张黑色大网张挂在山冈上,再定睛一看,网上还有好几只鸟儿在动呢。

"有鸟儿。"孩子们兴奋地叫道。大家纷纷跑过去,只见有黑色的、褐色的、灰色的叫不出名的鸟儿"中招"了,腿被网缠住,挣脱不开。看那鸟儿挣扎的样子,蛮可怜的,但孩子们更多的是感到新奇。

接着,叶木昆把鸟儿一只一只地抓进笼子里,他本人得意扬扬的,心想这次收获颇大。

叶大雅问:"阿昆,给我一只好不好?"

叶木昆摇摇头:"那怎么行? 这一只能卖十几元呢。"

叶东升问:"能卖十几元,谁买啊? 你是拿到哪里去卖?"

叶木昆回道:"拿都圩里卖给别人。"

叶大雅说:"那你不是能赚好多钱?"

叶木昆笑道:"嘿,还好还好。"

叶大雅又抛出一个令人感到可笑的问题:"阿昆,你有钱,怎么不娶老婆?"

"哈哈……"叶木昆笑了,其他孩子也跟着呵呵笑了。虽然小孩子问这个问题是天真的表现,但这触及他的难堪处,所以他没有解释原因。反而是年纪相对大点的叶旭日帮着说明原因:"村里没有美女,美女都去城里了,我去城里的时候,就看到好多美女。阿昆,你可以出门去城里打工、娶老婆。然后你鸟网没用就给我们。"

"哈哈,你们这些鬼精灵。"叶木昆点了点手指头笑道。笑毕说道:"我去过城里啦,珠州也去过,你爸住的出租屋我都去过。其实城里也没什么好的,别看高楼大厦很多,可是我们去打工的,只能住很差的出租房,你不是去过珠州吗? 你爸住的那儿很小,对吧?"

"说的也是。我爸我叔住的是很小,房子很旧,又热得要命。"叶旭日说。

"就是,还不如我们农村住得好。"叶木昆说。

叶顶天没去过珠州,不知道情况,有些不解,喃喃道:"怎么会这样? 那高楼大厦谁住了?"

"那是有钱人住的,比如什么老板啊、当官的啦、本地人啦,等等。城市路上有很多车,那也是有钱人开的,打工的只能开摩托,挤公交,骑自行车,不,摩托还不让人开了呢。懂吗?"

"对,我们上次去一个酒店,看到酒店里面都是有钱人。还有一辆大车,就是老板的,那老板很坏,欠我爸我叔钱不还,我和大雅几个人后来还扎破他的车呢。很爽哩。"叶旭日十分自豪地说,叶大雅跟着应和,好像当英雄一般。

"我听说过,你们几人真是天不怕地不怕,有种。"

叶顶天毕竟没有参与过,听得如云里雾里般,他更关心自己父亲的情况,于是问道:"那你们知道我爸住的怎么样呢?"

"你爸住的更小,都没你家的猪圈大。唉,在城里也不容易啊。所以,我考虑了之后,就决定回老家来。老家多好啊,有田有山有地,环境好,空气好,水质好,住房子又不用交房租。你要知道,不少有钱人还想来农村住呢。"叶木昆侃侃道。

"可是,在老家没妹子,娶不到老婆,怎么办? 如果以后也像现在这样没妹子,我才不会住农村。"叶顶天说道。

"切,想远啦。以后啊,农村也发展了,妹子都回来啦,你要多少就有多少。"叶木昆玩笑道,引得大家跟着哈哈大笑起来。

捕完鸟后,叶木昆吆喝一声,说下山了,然后又说:"去圩里卖啰。"

听到要去圩里,孩子们又产生兴趣,他们知道圩里是本镇最热闹的地方,有好多店铺和商品,自然十分想去。"我们跟你去。"

"那好吧,卖了后,我给你们买糖吃。"

"真的?! 那太好了。"几个孩子鼓起掌来,觉得叶木昆人真好。

收工后,叶木昆提着鸟笼,带领大家朝圩里的方向走去。足足走了四十多分钟,才到圩里。今天是赶集日,从各村来的乡民集聚于此,圩里人头攒动,接踵摩肩,热闹非凡,摊主吆喝声、顾客询价砍价声、摩托车鸣笛声、路过的拖拉机声交织在一起,演绎出特有的乡村赶集曲。街道两旁的门店都大开,摆着琳琅满目的商品,就连街道边也摆着许多的摊位,有卖青菜的,有卖干鱿鱼干木耳的,有卖玩具的,还有炸油饼的,等等,让原本就不宽的街道变得有些拥挤。

　　几个孩子不时地看着商品,当看到一辆蛮大的玩具车时,叶大雅拉了拉叶木昆,说:"阿昆,买辆玩具车好不好?"

　　"那很贵的,别买了。"叶木昆才不愿买这么贵的东西给一个没什么特殊关系的孩子。

　　叶大雅只好作罢。不过,当她看到路边摆摊卖油饼时,嘴馋了,又说:"那给我们买油饼,好不好?"

　　叶木昆问了问油饼价格,薄的一个才三毛钱,他便同意了,给每个孩子买了一个,孩子们吃得嘴巴油油的,高兴不已,只是没几口就吃完了,没有吃够。

　　随后,叶木昆带领大家来到一栋漂亮的三层楼房前,房子的一楼并未开店,而是摆着一套挺高档的家私,门口还停着辆皮卡车,一看就知道此户是有钱人家。叶木昆叫孩子们在门口等着,然后自己走进屋去,跟一位中等身材、剃着平头、络腮胡子的中年人打着招呼,并提起鸟笼,满脸堆笑地说:"江老板呦,看我给你送什么好东西来啦。"

　　对方叫江财发,是个建材老板,在镇郊叫"大桥头"的地方开了个规模蛮大的建材店,主要经营钢铁、水泥等。因为他有的是钱,吃得起比较贵的野味,而且自己很喜欢吃,爱上野味的甜美可口,所以会经常问人有没有野味提供。后来不少人都知道他这个爱好,渐渐的,那些捕鸟捕兽的人就自觉地把货送到他家门寻销路。随着送货的人多了,他自家吃不完那么多野味,便兼做起野味生意,收购后转卖给外地的饭店,利润往往翻好几番,从中大赚一把。

　　江财发蛮热情地招呼道:"阿昆,是你啊,有好货啊,让我看看。"顺便掏出烟发一支给叶木昆。

　　江财发看了货后,点点头说好,然后跟叶木昆谈好价格,又请他坐会儿,喝杯茶,蛮客气的。叶木昆常常跟江财发打交道,算比较熟了,跟他轻松地聊起天来,他问道:"江老板生意不错吧? 忙不忙?"

　　江财发说:"还可以,店里挺忙的,人手都不够,你有没做什么事? 要不然来我们店帮忙?"

　　叶木昆说:"谢谢,是要做什么活儿啊?"

　　"卸货,水泥钢材卸货,或者把钢材拉直,剪成条。"

　　叶木昆一听就没兴趣了,这可是体力活,累死人,他经受不起,"这还是算了,我还是抓抓鸟,快活。"

江财发点点手指头笑道:"你小子命好啊。你帮忙看看,有人想干的话,可以跟我说。"

叶木昆随口答应:"行,没问题。"

站在门口的几个孩子生性爱动,难以原原本本地遵照叶木昆的吩咐,他们对屋内的情况十分感兴趣,便踩着门槛探头探脑地往里看,觉得屋内的装修好气派,地上铺着大理石好漂亮,墙壁如雪一样白,天花板挂着的水晶灯非常精美,客厅摆置的沙发看似十分高档,这些跟自己家相比简直是一个天一个地。江财发见有几个孩子,有些诧异,问道:"你们是谁啊?"还示意出去。叶木昆忙说是亲戚的孩子。由此江财发才作罢。

叶旭日等人还发现,屋子的内侧有个游戏机连着彩色电视机,有两个孩子在玩打坦克的游戏,手握着手柄拼命地按着键,玩得聚精会神、不亦乐乎。看到那精彩的游戏画面,听着那"嘭嘭"的射击声和美妙的音乐声,他们产生了兴趣,便走近看了看。突然,叶旭日认出了其中一人,惊叫道:"文明!!"

那玩游戏的其中一人扭过头来一看,也吃了一惊:"旭日、顶天,你们怎么来了?"

"我们是卖鸟儿来的。这是你家吗?"

"是啊。要不要一起玩游戏?"江文明问。

叶旭日虽然很感兴趣,但在此地有些胆怯,说:"我不会呢。没玩过。"

"我可以教你。"

江财发和叶木昆发现几个孩子竟然认识,忙问怎么认识的。原来,叶旭日、叶顶天和江文明是同班同学,自然认识。

叶木昆拿到钱后,就要回去了,几个孩子只好跟江文明道别,离开这里。不过,他们都觉得没玩够,心里依旧想着热闹的集市以及十分吸引人的游戏。

周一上学课间休息时,叶旭日找到江文明。顺便交代下,江文明坐在第三排,不前不后,算最好的位置。他今天穿着件崭新的小西装,头发梳得整齐整齐的,看起来非常帅气和神气,桌面摆放着又新又漂亮带磁铁的塑料文具盒,十分惹眼。而叶旭日则穿着许久没洗且开了口子的袄子,头发如杂草一般乱,所用的文具盒是个小铁盒,已用了三年,上面的图画已斑驳脱落,锈迹斑斑。

说实在的,叶旭日在心底里跟江文明有种无形的隔膜,认为对方是有钱人家的孩子,好像高人一等,但又很想跟他讨好关系,沾点儿光。他来到江文明身边,问道:"文明,昨天看到你玩的游戏真不错,你家怎么会有这些东西?"

江文明被一夸奖,得意扬扬,蛮有兴致地说道:"我生日时我爸送给我的,是小霸王游戏机,插上游戏卡,连到电视就能玩了,有好多的游戏呢,有坦克大战啦、吃蘑菇啦、打拳击啦、踢足球啦,反正好多好多。坦克大战特好玩,有好多关,我们得从第一关打起,然后越打越难,不过玩的时候它会跳出许多东西让我们吃,比如吃了坦克就奖一辆坦克,吃了武器我们的武器就会越来越厉害,开枪就像机关枪一样啪、啪、啪地快速射击,很爽,我可以打到二十多关呢……"

听到江文明声情并茂的描述,叶旭日听得十分入神,恨不得立马好好玩一玩,赞道:"哇!真好!"他真是羡慕啊,人家过生日能收到这么好的东西,而自己从来都没过过生日,更别提什么礼物了;人家玩游戏都玩得这么精通了,而自己连摸都没摸过,真是差距。除了他本人对游戏感兴趣外,其他包括叶顶天在内的同学也很感兴趣,纷纷围过来听。

叶旭日提出了个请求,说道:"文明,去你家打游戏好不好?"其他人附和道:"对啊,让我们去看看啊。"

"好吧,要不下午上完第一堂课就去我家。"他想,下午第一堂课是班主任上的语文课,肯定要上,而第二堂课是劳动课,不用那么在意。

"好啊!"

下午的时候,上完第一堂课,江文明、叶旭日和叶顶天及另外两位同学就开溜了。他们先是一路小跑,快点儿远离学校,离开老师的视线,然后急速步行,很快就到了江文明家。

进入他家后,发现他爸爸没在,大家松了口气,但是他妈妈在,他妈妈见儿子这么早回来,还带着几个同学,便问:"怎么这么早回来?逃课吗?"江文明不怎么怕妈妈,因为他妈妈比较善良,对他管得不严,他很镇定地回答:"上体育课,老师让我们自己活动。"他妈信了,"哦"一声,然后便走开了。

江文明迫不及待地打开电视和游戏机,他自己掌握一个手柄,而叶旭日则快速地抢过另一个手柄,大家还达成协议,说是轮流来,输了就换人。

叶旭日双手握着手柄,神气十足,就好像掌握着方向盘随时可以操控一辆真坦克一样,那种感觉真好。可是,他根本不知道手柄上的几个按钮是干吗的,江文明便一个劲地教,他记下了。

没多久,就进入游戏界面,坦克大战游戏开始,他按了按方向键,果然坦克移动了,再按发射键,坦克便十分听话地发射了,太妙了!

玩呀玩,没多久,他就渐入佳境,自如地操作着,只是没有江文明厉害。只打了两关,自己把守的区域就被敌方给攻破了,大本营里的鹰被敌方坦克摧毁,输了。只好换其他同学玩。不过,看同学打也不错,可以学习别人的打法。

这一次游戏,大家玩得不亦乐乎,把其他一切事都抛在脑后。直至天色将黑,江财发回家后责令停止玩,大家才散伙。走出屋外后,叶旭日和叶顶天才想起还得煮饭呢,赶紧一路小跑回家,足足跑了四公里路。回到家后,幸好长辈已经做好饭,但免不了被批评。

游戏真是在太吸引人了,它就像一个磁石,吸引着人要与之接触,身不由己。玩了这一次后,他们又想玩第二次,玩了第二次后,又想玩第三次。不过,江文明的老爸江财发比较严厉,看到儿子经常带一帮同学在家玩游戏后,他火了,紧绷起脸,直接把电视关机,还把游戏机收起来,并教训大家,说如果整天玩游戏,不好好读书,是没前途的,以后种田好了。大家见此情景十分害怕,怯怯地离开了,之后真不敢去江文明家,生怕被江财发骂。

在上课后的课间时,叶旭日和叶顶天又找到江文明,说:"你爸真严,以后没游戏玩了。"

江文明说:"那也不是,我知道还有个地方可以玩游戏,不过得花钱。"

"是吗? 是什么地方?"

"在圩里。我常去,下次带你去,请你们玩。"

"那好啊,谢谢!"叶旭日高兴而感激,恨不得现在马上就去。

第二天中午时,叶旭日等人留在学校吃午饭,吃完饭后,便跑去找江文明,然后由江文明带路,前往他所说的地方。没多久大家便到了,此地位于一条小巷子内,门口用窗帘遮挡,走进屋内,只见门内的大厅摆放着八九台的大型游戏机,聚集着不少人在玩,用力地敲击按键,嘴巴还发泄地大叫着。这些人几乎都是学生,有些是当地的中学生,也有来自附近小学的学生。

"走,后面还有。"江文明说。于是大家跟着他来到大厅后面的一个房间,只见房间的两侧摆着十几台电脑。叶旭日和叶顶天还是第一次看见电脑,好奇不已,看着人家在挪动着鼠标,按着键盘,感觉好帅、好厉害呦!看着那个大大的台式显示屏的游戏画面,感觉好漂亮好刺激呦!大家均瞪大眼睛全神贯注地看。

"文明,你会玩电脑吗?"叶旭日问。

"会,不过也是最近刚学的。"

"哇,你真厉害。键盘上这么多按键,你懂得干吗的?"

"没有啦,我只会玩玩游戏而已,打字都不会。走,我们去外面先玩游戏机吧,以后再来玩电脑。"

随后,江文明花钱买了些游戏币。他的零花钱还真多,一掏出来就有好几张十元的钞票,这些钞票对于叶旭日而言,可是大钞,要知道他本人身上分文都无,真羡慕江文明的阔绰啊。

买了游戏币,江文明在大厅找了台游戏机玩起来,先是玩驾驶汽车的游戏,也让叶旭日、叶顶天他们试试,叶旭日手握着方向盘,两眼盯着屏幕的公路,感觉十分真实,不断加速,超越前方车辆,美妙极了,嘴里不断喊着:"我超我超……超啦,哈……"旁边围观的人一个个热心过度,不断指导呐喊着:"加油……转弯……打他……快冲啊……"玩了阵后,江文明又找了台玩拳击的游戏,两个人互攻,用力地敲击按键,想方设法要把对方打趴,真是太刺激了。

在玩游戏时,时间似乎过得特别快,不知不觉地,就到了上课时间了,只是大家均没发觉。突然有人提醒:"要上课啦。"一看时间,果然如此,只差不到十分钟了。此时,叶旭日很想继续玩,干脆不上课得了。但江文明不敢,这次是他出的钱,由他说了算,于是退掉机子。而在游戏厅和网吧里,还有其他不认识的学生不管什么上课不上课,继续玩得入迷,两耳不闻窗外事。

叶旭日等人拔腿往学校跑,速度之快简直超过年少时的飞人博尔特。不过即便如此,赶到学校时,还是迟到了几分钟。当他们要冲进教室时,刘芸老师把他们喝住了,罚他们在门口站着听课,然后问为何迟到,叶旭日撒谎说回家去了,刘芸一想就知道撒谎,怎么可能几人都回家去呢?家不在同地,怎么可能同时回来呢?不过,刘芸心软,又看在迟到时间不长的情况下,站几分钟后就让他们回座了。

第十九章　想方设法弄钱

一天,在村子里,叶旭日找到叶顶天,把他拉到无人的龙眼树下。叶顶天觉得堂兄有些神秘兮兮的,问道:"有什么事说吧。"

叶旭日呵呵地傻笑了下,问道:"那我就说了,你有没钱?借几块给我。"

叶顶天苦笑一声,说:"我哪有钱?一分钱都没有。"他特意把上衣口袋和裤兜翻给叶旭日看,确实是没有。想一想,自己好像有一个多月身无分文了,上一次有钱时,还是靠家里卖废品换来的,包括卖坏的塑料鞋、瓶子等,得到一块钱,他和弟弟分了,自己拿到五毛,然后高兴地去店里买糖吃,吃糖都不敢一口吞,生怕一下子没了,而是慢慢地舔呀舔,甜极了。但此后,再没废品可卖,老妈又不给,自然没钱。

叶旭日有些失望。

叶顶天问:"你要钱干吗?"

叶旭日说:"我说了你不许告诉别人。我想去游戏厅玩游戏嘛。"

"玩游戏啊!"叶顶天来了兴趣,他也喜欢啊,想着前些日子去游戏厅玩游戏,那种刺激感依旧散不去,但很快沮丧道:"玩游戏要钱,我没钱。"

叶旭日说:"向你妈要。我也向我奶奶要。到时候我们一起去玩。"

"玩游戏的钱,我妈哪肯给?"叶顶天知道家里并不宽裕,母亲也没什么钱。

叶旭日眨了下眼睛,想到个主意,跟叶顶天耳语一番。叶顶天不断地点头,虽然有些犹豫,但最后还是说:"我试试。"

晚上的时候,王淑香忙完了家务活,坐下来歇息,随手拿起毛线,织起毛衣,让孩子在冬天时有衣穿,不被冻了,母亲真是伟大,正应了那首诗:"慈母手中线,游子身上衣。临行密密缝,意恐迟迟归。谁言寸草心,报得三春晖。"

可是,叶顶天现在眼中不见毛衣,只想要钱,他走近前,憋了会儿后,终于吐道:"妈,给我二十块钱,好不好?"

王淑香顿住了,抬起头来,问:"二十块!干吗要这么多钱?"

叶顶天见母亲没有断然拒绝,似乎看到了希望,忙找了个理由:"老师说要补课,每天要多上一节课。"

"真的假的?"王淑香半信半疑。

"真的。不信你问旭日。"叶顶天摆出一副信誓旦旦的样子。其实早与叶旭日串通好了,不怕母亲去问。

王淑香嘀咕道:"平时都没学几个字,还补什么课?"她一时也不想特意去问叶旭日,只是问在家的另一个儿子:"立地,你说学校是不是补课?"

叶立地说:"我们没补。"叶顶天马上说:"我们是高年级才补,弟弟低年级不补。"

"哦。"王淑香想想也有道理,便没再追问,只是叹息一声,带着怨气道:"你爸都很久没寄钱回来了,家里又没钱了。妈得跟你爸说说,让他寄钱回来。我出去打个电话。"

然后,她起了身,走出门口,前往村里的小店铺,那里有电话可打,当然是收费的那种,老板靠电话赚钱,打和接都得收费。

老公没有手机,只有传呼机,王淑香便拨打他的传呼号码,然后在一旁静静等待着,也不知道老公会不会打回来。等了几分钟,电话终于响了,店主看了看来电显示,说是从珠州打来的,接了后果然是叶飞阳的,赶紧让王淑香接听。

"飞阳呀,你吃过了没?"王淑香好心好意地问。

"吃了,有什么事?"叶飞阳似乎不耐烦,口气有些生硬。

"家里没钱花了,你寄些钱回来。"王淑香直截了当地说。

"又要钱。我手头没多少钱。"叶飞阳感到头大。

"我不管,顶天补习要钱,家里买油买盐要钱,你爸身体不好买药要钱,你得想办法。"王淑香摆出各种理由。

叶飞阳这下才答应道:"好吧好吧,有老乡回去我尽快托他们带回去。"

"那好。"

聊了数语,俩人便把电话给挂了,话语很简单甚至带着些许火气,没有往昔的嘘寒问暖和丰富情感,谈的基本就是钱。想当初谈恋爱时,那可是耳鬓厮磨,情意绵绵,基本不夹杂铜臭味,即便涉及钱,均是叶飞阳主动问她有没钱花,王淑香都不好意思说缺钱,总是说自己有,后来叶飞阳便换个方式,花钱买这买那地往王淑香那儿送。但没料到结婚后,感情变得多么的缥缈,物质变得那么的重要,王淑香常常感到无钱的苦恼,甚至想不带孩子不种田,也到外面去打工赚钱,自己赚自己花,自由自在,再不依赖老公,再不要看他的脸色。

这次向老公要钱后,过了一阶段,叶飞阳果然托人带钱回来了,但只有三四百元,几乎是杯水车薪。她给了儿子二十元,儿子拿了钱立即跑出去了,只是她不知道他是去玩游戏。她还买了些日常生活用品和公公的药,很快钱就所剩无几。这样下去,真不是个办法,必须想个来钱的好法子。

一天,当王淑香在菜园子浇水的时候,叶木昆刚好从旁边的路走过,王淑香想,他交际广泛,认识的人多,或许能帮忙联系工作,于是就想问问他,向他招手道:"阿昆,阿昆,过来下。"

叶木昆见王淑香主动招他过去,心里一喜,要知道,自从上次跟她在山里鱼水之欢后,王淑香每次见到他,都很不好意思,有意躲着他,甚至直接绕道避开他。现今却来了个大变,难道她又有那个方面的需求了……

"是淑香啊,好哩,我过来。"叶木昆快速走了过去。他一看这个菜园子,种着不少的龙眼树,遮蔽性不错,旁边又没有人,不由想入非非。"淑香,最近寂寞不?想我了吧?"

王淑香白他一眼,说:"切,说这些,谁寂寞了?别胡说。"

叶木昆感觉对方不像寂寞的样子,于是笑了笑说:"呵呵,开开玩笑,别见怪。有何吩咐,我一定奉陪。"

"跟你说正事啦。你见多识广,知不知道哪里有招工的?我想打打工赚钱,不要太远的,在镇里的就行,有没有呢?"

"这样。有赚钱的心真不错,可是我们镇没有什么工厂啊……"叶木昆嘀咕着、思索着,突然他想起来了,前次卖鸟的时候,江财发不是托他帮忙找个工人吗?"有了,有个我认识的老板开了家建材店,上次跟我提说缺人手,说是帮忙剪钢材什么的。"

"是吗?"王淑香喜上眉梢,"那你帮我问问还要人不?"

"那好吧。"

"一定哦。"

"……"

在赶集的时候,叶木昆顺便来到江财发的店,咨询起招工情况。江财发说还没招到人,青壮年劳动力大部分外出了,要找个合适的人颇难。于是,叶木昆便把王淑香的情况说了说,特意夸了夸她,说她身体如何壮、干活如何勤快等。江财发说那可以,让她先来店面谈,可以先做几天看看。

叶木昆回家后便把这个喜讯告诉给王淑香。王淑香穿上比较靓的衣服,再稍加打扮,便骑上自行车迫不及待地来到店里找江财发。江财发面对此少妇,先好好打量一番对方,只见她穿着件紫色的蛮新的风衣,虽不高档,但十分合身、好看;留着一头乌黑的长发,虽然没有刻意拉直修剪,但挺柔顺飘逸的;皮肤虽然不够白,但也能体现出健康气息,也能看出平时是常干活的;人已是母亲,但身材保持得很好,不像他自己的老婆邱雪梅,整天除了吃就是玩就是睡,发福得不得了,年轻时的瘦腰现在变成了水桶腰,让人看得一点儿性欲都没有。总之,他觉得对方不错,不免生出怜爱之心。

"你是木昆介绍的那位淑香是吧?"

"是的,老板,我经常干活,力气很大,能挑一百多斤的东西呢,我什么活儿都干过,我会吃苦的,你收我吧?"王淑香带着央求的口气说,生怕失去这个难得的工作。

江财发点点头:"嗯,好,淑香,那明天你就来上班吧,好好干就是,我不会亏待你的。"

"是吗?太好了!"王淑香兴奋不已,没想到这么快就搞定了。

江财发又说:"对了,以后叫我名字就好,我叫江财发。"他觉得叫名字亲切点儿。

"这……妥当吗?"

"妥当。至于工钱嘛,一个月九百元,你觉得如何?"

王淑香要求不高,对九百元工资已经知足了,要知道平时干农活根本就赚不了这么多钱,她笑容满面道:"行,谢谢老板!"她真真切切觉得老板人真好,既爽快,又关心人。

"叫财发就好。"江财发再次提醒道。然后,又带王淑香到干活的地方,指点着该做哪些活儿,示范着该怎么做。工作内容主要是把从外地运来的一卷卷的钢材拉直,再剪成一段一段的,等等。王淑香觉得活儿不难,自己干得来,便信心十足地说她一定会把活儿干好。

上班后,王淑香每天早早到,十分利索卖力地干活。江财发看在眼里,对她十分满意,还产生好感,对她关爱有加,干活期间,他会主动叫她停下来歇息、喝茶,还会主动过来帮忙,跟她一起干这个之前他不屑干的粗活,而且干得乐此不疲,真可谓是男女搭配、干活不累。江财发还在二楼整理出一个房间,摆好床铺、棉被,供王淑香午休,要知道在以前工人打个盹,他都要斥责呢。干活不到一个星期,江财发便想给王淑香发工资,要知道以前他对工人可是能拖就拖的,现在真是变了个大样。

他把王淑香叫到一边,掏出五百元钱递过去,说:"淑香,我了解到你家生活不容易,上有老、下有小的,这五百元你先拿去用。"

王淑香觉得有些突然,一时竟然不敢接,说:"这哪好?我还没干满一个月呢。"

江财发笑了笑,觉得对方真实纯朴,他抓起她的手,直接把钱放到她的手掌上,顺便占了下便宜,还掰下她的手指把钱摁住,说:"没事,就当先支取工资,拿着。"

王淑香确确实实地拿着这笔大钱,心里美滋滋,太高兴了!同时觉得老板人真好,连忙道谢。

有了这笔钱,王淑香盘算着该怎么花,首先得改善一下生活,权当庆祝下。下班后,她就去市场买了两斤猪肉还有粿条、虾米等,带回家后做给家人吃。孩子们看到这么美味可口的食物,两眼一亮,胃口大开,吃得撑撑的。要知道,在家里他们可很少能吃上这么多的肉,很少尝到要去圩里才能吃到的粿条,更难能吃上在山村里十分稀少昂贵的虾米。

王淑香又端一大碗的粿条到公公的住处,轻轻地放在桌面上,说道:"爸,吃饭了,今晚吃粿条。"

"哦。"公公叶金牛从床上爬起来,一看碗里的菜,只见有不少的瘦肉、虾米和青菜,有些意外,问:"晚上吃这么好?"

"嗯,改善一下生活。爸,我找了份工,每月可以赚点儿钱。"

"哦,那好。"叶金牛拿起筷子准备吃饭,突然连续咳嗽起来,他得了这病已经许久了,但并没有怎么检查,只是在村卫生所抓点儿药吃吃,却一直未见好。王淑香轻轻地拍了拍他的背,说:"爸,什么时候去珠州的医院看看病,好好检查治疗下。"

叶金牛摆摆手,说:"不用不用,没事的。"其实,他是怕花钱,他知道家里没钱供他去大医院看病。不过,叶金牛对王淑香的关心感到心暖暖的,她又是送好吃的,又帮忙拍肩膀的,比以前好多了,同时,他真觉得儿媳不容易,说道:"淑香啊,嫁到我们家里来,没让你享福,飞阳又不怎么会赚钱,让你受苦了。"

"爸,别这么说。"

片刻后,叶金牛突然又想起个问题,开始不怎么敢说出来,但憋了会儿后还是问道:"最近没见木昆来了,你们没来往吧?"

王淑香心里咯噔一下,有些羞涩,应道:"没有。"

"那就好。你这么贤惠的媳妇,飞阳算是捡到宝了,应该珍惜,只是这个没出息的男人,唉……"长叹一声后又是一阵咳嗽。王淑香又帮忙拍了拍他的背,告诉他别想太多了。

家人吃饱饭后,王淑香叮嘱儿子要好好读书,把书拿出来自修,把该做的作业做了。儿子实在没有读书的热情,心里只想着玩,在母亲的催促下,他们才不太情愿地从书包里拿出书来,胡乱地翻着看。但没多久,叶旭日兄弟又来找他们玩,他们俩也是不怎么自修的,在他们的邀请下,叶顶天兄弟趁着母亲上楼时,忽地跑出门外玩了,做母亲的也没有办法,威严不够,孩子不怕,况且自己文化程度低,不懂得教,只好随他们。

第二天要上学的时候,叶顶天向母亲开口要钱,说要五块,理由是中午要在学校买青菜吃,不想一直吃家里带的咸萝卜,吃得没胃口,吃不下。这里顺便交代下,由于学校比较远,叶顶天等人午餐均在学校吃,要自带米和菜,学校食堂会提供蒸饭服务,学生只要自个儿在饭盒下好米,放到蒸锅就行了,但每月要上交一部分米给食堂当酬劳;此外食堂也会卖一些青菜,但大部分同学因为没钱,舍不得买,只吃从家里带的咸萝卜,毫无营养成分可言。王淑香想想也是,确实得让儿子改善下营养,况且自己现在有钱,花钱不用那么拘谨,便大方地答应了,既给了大儿子五元,又给了小儿子五元。

两个孩子拿到钱,高兴得不得了。不过,他们其实并不是想着改善生活,而是想着拿这钱玩游戏。游戏的诱惑力实在太大了,玩了一次就想玩第二次,玩了第二次又想玩第三次⋯⋯

第二十章　逮个正着

叶顶天有了钱后,主动邀请叶旭日一起去游戏厅玩,有时还带上弟弟和叶大雅、叶小雅等人也去玩,导致进过游戏厅的人越来越多,会玩游戏的人也越来越多,还导致翘课的人越来越多,学生的学习成绩每况愈下。

最近,县教育部门举办全县三、四、五、六年级统考竞赛,考试成绩出来后,篆山镇学区可谓惨不忍睹,尤其是跟县城的小学相比,真是天差地别,如县城实验小学一个班就有多人进全县前几十名,而篆山镇的全部学校竟然没有一人入围全县前200名,若按此成绩计算,也就意味着没有一人能考上县重点中学——第一中学,因为该中学每年仅录取200名;更可悲的是,全镇四个年级的考试平均分均排在全县倒数的名次,两个倒数第四、两个倒数第三(说明还有更差的,也是农村学校),甚至考个位数分数的大有人在,可谓糟糕透顶,农村教育令人担忧,这也引起镇领导的震怒,分管教育的副镇长尤大志特意召集教委干部及各学校负责人开会,在会上对各校长进行批评,对当前教育进行总结反思,号召务必严抓管理,严抓校风校纪和学风学纪,确保成绩有效提高,力争在"小升初"考试中能有几位学生考上县重点中学。会上,各校长在发言时大吐苦水,说现在的学生太调皮,实在难管,还说教育不单靠学校,还得靠家庭,但现在学生大多数是留守儿童,要不父亲外出,要不父母都外出,留下的长辈难以管教好,除此之外,学校条件有限,老师人数少,工资又低,积极性难免受影响,学校办公经费少,设施差,跟县城的小学没法比,自然落后于他们,云云。尤大志是城里人,他自然知道乡村学校的条件比城里差多了,没法赶上,但他是领导,不能这样说,而是说不要一味地找客观原因,应该从主观方面找,尽最大努力提升成绩,况且山沟沟出凤凰的例子不胜枚举……会后,各学校也召开会议传达镇教育工作会议精神,部署下阶段工作,老师们深感责任重大。

孩子们自然不知道镇上开了这么个会议,也不知道形势的严峻,依旧我行我素。叶顶天口袋里还有些钱,他跟叶旭口等商量好了,打算下午最后一节翘课,前往圩里玩游戏。趁第一节和第二节课间隙的休息机会,他们便决定溜出校门,走出教室后却发现校门紧闭,原来是学校为防学生逃课,采取了封门措施。不过,对于脑子和手脚都灵活的这帮孩子而言,封门难不了他们,方法还是很多的。他们来到一偏僻处,此处长着一棵杧果树,且紧挨着围墙,叶旭日他们便如猴子般利索地爬到杧果树上,然后脚踩到围墙上,再跳到外面的路上,这样就溜之大吉了。

第二节课是美术课,刘芸兼任美术老师,其实她并不擅长美术,但学校又没有专职的美术老师,只好如此,这在农村学校是普遍现象。叶旭日他们不重视美术课,所以才敢于逃课。这也是有原因的,因为学校也不重视美术课,就说刘芸本人也觉得美术课可有可无,现今她压根就没想教学生怎么画画,而是想利用美术课补语文知识,她在潜意识里认为"小升初"考试只考语文、数学,只有把这两科成绩提上去,整个班级的成绩才能提上去,更何况现今班里的学生语文、数学那么差,在竞赛名落孙山,肯定要大力补,只好让美术靠边站。

上课铃响后,刘芸走进教室,站在讲台上往下一望,发现少了几个人。于是,她把班长叫了起来:"班长,旭日、顶天、文明呢?"

班长摇摇头。不过却有一个叫王小青担任学习委员的同学说:"我看到他们爬树出去了,他们好像是说要去圩里的网吧玩游戏。"

刘芸喃喃道:"网吧玩游戏!"她挺气愤的,心里有一股气,真想好好教训这几个孩子,但一时也没有办法,只好先把课上完。

下课后,刘芸没作停留,直接骑着自行车前往圩里。她之前并没有去过网吧,问了路人,才知道网吧在哪儿,便直往网吧骑去。到网吧后,她悄悄地走进去,发现里面热闹非凡,均是学生模样的人在玩,玩得非常投入。很快,他就发现了叶旭日他们,只见他们围在一台电脑前,其中两个人在疯狂地按着键盘,另有几人围着观看,还指指点点的,恨不得自己动手的样子。更让她吃惊的是,叶大雅竟然也在场,她只是三年级的学生,还是女生,难道也学会翘课了?

　　刘芸又静悄悄地来到他们身后,不过他们仍旧没察觉,主要是太投入了。刘芸看了一会儿,原来他们在玩拳击的游戏。她轻轻地说了声:"旭日,打得不错嘛。"

　　叶旭日应了句:"那当然,这个我最牛了。"他得意扬扬的,不过仍然没有扭过头来。此时的叶大雅倒觉得不对劲,扭过头一看,竟然是刘芸老师,惊呆了!一时无语。刘芸先开口问:"大雅,你逃课来的吗?"

　　叶大雅大感不妙,有些语无伦次地说:"是……哦,不是……我们提前下课,然后我跑过来看的……"

　　其他几位同学感到异常,纷纷扭过头来看,发现了刘芸,又惊又怕,看来惨了,免不了挨批,恨不得在地上钻个洞逃走。

　　刘芸瞪大眼睛看着他们,喘着粗气,一时却不知道怎么指责好。

　　叶旭日抓起书包,说了句:"刘老师,我们不玩了,我们回去上课。"然后就要跑开。

　　刘芸真是哭笑不得,"都下课了,还上什么课。抓紧回家去,以后不许玩了。"

　　"好的。"几个孩子见老师允许回家,迅速跑出网吧,大步流星地跑了。

　　对于孩子们的举动,刘芸百感交集,她恨铁不成钢,想骂他们打他们,可是善良的她干不出这事;看着他们那种吓得一溜烟跑的样子,又觉得这些孩子挺可爱挺天真的,也说明他们还是怕她的;想着这些孩子没有父母来接回家,还得靠双腿跑回家去,又觉得挺可怜的。但有一点,她难以释怀,那就是这个网吧在玩的人大部分都是孩子,按道理,未成年人是不允许进网吧的,而这家网吧为了赚钱浑然无视这些,简直没有良知,这些让她很愤怒。不过,她一个弱女子不敢斥责老板,但她想到了另外一个法子。

　　于是,刘芸骑起自行车前往镇政府,想找尤大志。到镇政府大院时,恰好尤大志从大楼走下来,穿着笔挺的西装西裤,十分帅气。他见刘芸来了,惊喜不已,要知道以前邀请她都不来呢,难道今天太阳从西边出来了?同时,他又不免怀疑刘芸是不是为他而来的,抑或是为了办别的事,"刘芸!是你啊!今天来有事?"

　　"是,你下班了没?想跟你说些事,方便不?"

知道是找自己的,尤大志心里一喜,然后说:"我下班了,方便。你还没吃饭吧? 走,请你去饭馆吃饭去。"

"吃饭还早。要不去你宿舍坐下。"刘芸说。

能去自己宿舍,那最好不过了,尤大志立即答应:"那好啊!"然后带着她就去自己的宿舍。只是之前没有准备,宿舍显得有些乱,自己有些不好意思。

进宿舍后,尤大志客气地请刘芸坐,自己马上烧水泡茶。刘芸扫视下宿舍,这间宿舍其实并不大,也不豪华,跟她宿舍差不多,挺简单的,一张床、一张桌子、几把椅子,比她宿舍好的就是多了台电视机和电脑。看来基层单位条件确实有限,领导的也不过如此。

尤大志说:"宿舍有些乱,真不好意思,你也知道男人比较懒,如果有个女人,就不会这样了。"

"呵呵……"刘芸扑哧一笑。她明白尤大志话里的意思,弦外之音无非是想娶她做老婆。不过,她现在来不是为此事的,她说道:"不开玩笑。我想跟你谈谈教育的问题。"

"噢,你说。"尤大志兴致照样蛮浓的。

"现在农村教育问题是挺严重的,虽然我们学校有一定的责任,但教育的事不全是学校的事,还需要多方努力,包括地方政府也要支持。就说今天下午,我特意去圩里的网吧,发现网吧里的人好多都是学生,基本都是未成年的,网吧对学生的影响太大了,经常有学生偷偷跑去玩。你说,你们也该管管网吧吧?"

"哦,还有这事。你说的很对,是该管管。"

除了聊网吧的事外,俩人又扩大了话题,聊起农村教育的设想,如采取寄宿制,不应该撤点并校,发动村民力量加强管理,请家长回乡创业,等等。这些想法都不错,尤大志频频点头,虽然一时要实行难度不小,需要一个长期的过程,但他还是一直称赞刘芸有点子,真不错。原因很简单,因为他喜欢她,还没追到手呢,哪敢否定她?

聊了一阵子后,刘芸说要回家了。好不容易她才来一趟,尤大志哪肯那么轻易放弃,硬是不让她回去,要拉着她下馆子吃饭。盛情难却,刘芸只好依了,跟着他到镇里最好的饭馆吃了不少美味佳肴,两个人期间聊着蛮多的话题,氛围良好。吃完饭后,尤大志还想让刘芸回他宿舍坐,最好是留宿过夜,可是刘芸知道这意味着什么,死活不肯。尤大志没法,只好送她回学校宿舍。

尤大志对刘芸交代的事十分重视。第二天,他便风风火火地办起处理网吧的事。网吧也属于他的分管范围。他带着文化、工商等部门前往网吧查处,罚了几千元的款,责令停业整顿。学生们很快知道网吧被查处了,一时学了乖,不玩游戏了,就是想玩也没得玩。

第二十一章　另谋职业

珠州市。

晚上时分,叶志强在出租房里上网。电脑是他最近刚买的,主要是公司有要求,因为下班后常常要处理工作事务,如收发邮件、写紧急材料等,没电脑真不行。幸好公司有一部分补贴,而且他买的是二手货,所以才不至于压力那么大。

上网时,他的QQ突然闪动了,点击一看,原来是"大红灯笼"发来的,此人就是张小红。张小红问:"在忙什么? 没加班吧?"

叶志强回道:"今晚没有。在忙着跟你聊天呢。"他有意讨好她,让她开心下。

张小红说:"呵呵,我才不信,跟你的那个女朋友聊天吧?"

叶志强愣了下,他猜想张小红应该是话里有话。张小红一直对他有好感,经常会主动嘘寒问暖的,体现她的诚意,但她也知道他有个女朋友,挡住了他们进一步发展的道路,让她感到难堪。而叶志强也感到棘手,两边都不想伤害,一提到女朋友神经就紧绷起来,不知如何是好。

这次叶志强实事求是地说:"这个没有。她在老家都没电脑呢。刚才在看新闻,现在确实是跟你聊天。呵呵。"

"嗯,信你。"半晌,张小红又发了句:"志强,你考虑了没? 会不会觉得我比她更适合你? 你想想,她跟你距离那么远,怎么才能照顾你呢? 而我和你这么近,时刻都可以照顾你啊! 你说呢?"显然,她是思虑了许久才鼓起勇气说这些话的。

叶志强读着这些字,一时呆住了,又是很棘手,他敲击键盘,可是打了好几次,又不满意而删除,几经反复之后,他才回了心里话:"你说得很有道理,小红你真是太好了,我一个穷大学生,能得到你这么好的女孩的喜欢,我太感激太荣幸了。如果时光能够倒退,在认识她之前认识你,我爱你还来不及呢。可是命运就是这样,我先跟她相爱了,我不敢背叛她,要我主动跟她提分手,我难以做到,我也怕受到良心的谴责。小红,我还是要感谢你,你就做我的好朋友,最好最好的好朋友,好吗?"

张小红许久后回过来:"我理解你。你是个好男人,对爱情很忠诚的男人,她知道的话肯定会很开心。我自然愿意和你做最好的朋友啦,只是我不免为你这个好朋友担心,怕你们一人一地的,以后怎么办?"

"这个……说实话,我还没有好想法,走一步看一步吧。"叶志强回了这句话后,叹息一声,又扭头怅然地看着窗外的夜空,有些迷茫。

突然,出租屋的门"咚咚咚"地响起来,还喊着:"小叔,在不?"

"在。"叶志强赶忙开门,原来是堂嫂邱丽群来了。"嫂子来啦,请坐。"

邱丽群进屋后,看到了正开着的电脑,产生了兴趣,特意走近看了看。她听说电脑可以用来聊天,有些好奇地看了看屏幕上的QQ,看到正开着的窗口的头像是女孩子的,于是问道:"跟哪个女孩子聊天啊?"

叶志强微笑地回道:"是个同事。"他不敢把真实情况告诉嫂子,怕影响不好。

"是不是新谈的女朋友啊?"邱丽群问着,脸上充满笑意。

叶志强解释道:"不是啦,算好朋友吧。你也知道我早有女朋友了嘛,刘芸啊,哪敢乱谈?"

邱丽群说:"刘芸人是不错。只是你们一人一地,我和你哥都为你们操心呢。如果刘芸不教书,那倒好,直接来珠州跟你一起过。可是她是吃国家粮的,会愿意辞职吗?你们商量好没有?该怎么办?"

一听到这个话题,叶志强就觉得头大。"我也不知道怎么办好。本来上次我想回家发展,可是家人不让。嫂子你有什么高见?教教我。"

"你回老家发展不妥,山沟沟的有什么好发展。我说,你还是做做刘芸的思想工作,让她辞职,工作来珠州再找。这是首选的办法。如果她实在不愿意,那还有什么办法,在这里再找啰。你公司女同事那么多,物色一个也不错啊!两个人都上班,日子肯定比我和你哥好多了。"

叶志强苦笑一声,没有回答。随后,他问起堂哥最近活儿怎样。邱丽群说正愁着呢,之前为一家影院做了装修,给了一部分工钱后,又欠了,现在工程做完了,钱还没给,新活儿又没找到,已经闲了好几天了,得吃老本。工程方对农民工欠薪似乎已经成了一种常态,她都腻了这样老被欠薪的状态,不想继续在工地干活,想找份其他工作,不求工资多高,不求像叶志强那样坐办公室比较体面,但起码能像他那样按月及时拿到足额的薪资。

随后,邱丽群从口袋里掏出个东西,原来是张报纸,展开后,她指着其中一处,说:"小叔,你知道这家酒店吗?"

叶志强看了看,原来报纸登的是一则招聘广告,只有一个豆腐块大,上面写着"金庭酒店诚聘"几个字,附着所招的岗位、联系电话,但连地址都没写,"嫂子,你真的想找工作啊?"

"嗯,做服务员的,我觉得自己应该可以做得来。你觉得怎么样?"

"这个,具体我也不清楚,这酒店好像不怎么出名,我没听过,它又没写工资待遇,一般需要去酒店问才知道。我查查酒店地址吧,网上有地图呢。"于是,他打开网络地图,输入酒店名字,果然能查到地址,在叫东风路的地方,对于这个地点叶志强还是清楚的,"我上班路过这个地方。嫂子你真想去的话,可以跟我去,到站后我跟你说。"

"那好啊。"

叶志强又问:"对了,堂哥赞成你去上班不?"

"自己赚钱,不用从他口袋掏,对他是好事,哪会不赞成?"

叶志强想想有道理,应道:"也是。"

接着,邱丽群试着用用电脑,按按鼠标,感觉十分有趣,并说:"还是要读书,你读书多,什么都会用,就是不一样。我常跟旭日、东升说要跟你学,好好读书,以后也考大学,也会用电脑。"其实,叶旭日、叶东升也会用电脑,只不过是打游戏,不会用别的,当然这些是邱丽群所不知道的。

叶志强有些惭愧,自己虽然读了大学,但混得一般。他问嫂子关于两个侄子的读书情况,邱丽群说他们哪能读什么书,上次打电话回去问成绩,叶旭日语文才考 30 多分,数学才考 20 多分,东升稍好点儿,但也是不及格的,整天只顾玩,做父母的不在家管不上,真没办法,随便怎么样了,反正以后是打工的命。话语里带着浓郁的无奈之情。

第二天早上,邱丽群早早起床,跟叶志强一起去搭公交车,要前往酒店面试。到站后,叶志强提了个醒,做了下路线的简单说明,她便自个儿下车前往目的地。

很快,邱丽群就找到了酒店,酒店的墙壁上赫然写着"金庭酒店"几个大字,楼高十几层,虽然这家酒店在名酒店云集的珠州算不上什么,但邱丽群来到酒店大堂时,还是被酒店的一切震撼了,大堂是那么的宽敞明亮,装修是那么的气派,卫生是那么的干净,工作人员是那么的有素养。看到这些,她倒吸了口凉气,信心不由地下降,质疑起自己的能力来,自己不过是一名农村来的普通妇女,能达到酒店要求吗? 同时,她一时都找不着北,不知该往哪里去好,只能愣愣地站在原地不动。

这时,有个穿着制服的小妹走过来,彬彬有礼地问:"您好,请问您是要住店吗?"

"不,不是,我是来找工作的。"邱丽群回道。

"哦,那你去五楼找人事行政部。"

"谢谢。"

随后,邱丽群有些忐忑地来到五楼,一间一间查看门牌,终于看到写着"人事行政部"的牌子,门开着,里面的摆设井然有序,在一张办公桌前坐着位工作人员,她鼓起勇气问道:"您好,我是来应聘的,请问是在这里吗?"

"是,要应聘什么岗位?"一位二十多岁长得蛮清秀的女工作人员问。

"服务员。"

"行,你先填张表。"工作人员拿着一张个人简历表让邱丽群填。邱丽群读过几年书,这些字还是看得懂,便认真地填起来,只是平时没填过类似的表而生怕出错,因此填得异常的谨慎。终于填完了,她把表递了过去。工作人员看起表来,眉头一皱说:"你初中都没毕业?"

"嗯,有读完小学。农村人,教育条件比较差。不过,我早入社会,在社会锻炼了。"邱丽群尽量推销着自己,弥补不足。

　　"可是,我们这里最低的要求是要初中毕业,您不太合适,还是另外找找别的工作吧。"工作人员直言道。

　　邱丽群心里凉到透顶,真后悔当初没有继续升学,其实当年她书读得蛮好的,可是也没办法,家里穷,兄弟又多,条件不允许她继续读初中,只好辍学,将机会让给弟弟妹妹。被拒后,她十分失落,准备离开办公室,就在这时,门口走来一个人,大腹便便的,穿着黑色的皮衣,亮亮的,十分高档的样子,不是一般人能穿得起的。她一看,感觉有点儿面熟,想了下后,回忆起来了,此人不就是赖金贵吗? 以前还为他的工程打过工呢,还拖欠许久的工钱,因此她对他的印象不是很好,连打招呼都不想打,只是有些木讷地站着,同时在猜疑着,他怎么会在这儿?

　　而赖金贵对邱丽群印象却十分深刻,一看到她就知道是谁了,且牢牢记着她的名字呢,脱口而出:"这不是丽群吗? 你怎么来了? 有事?"他特意打量一番她,只见她穿着一件淡红色的呢子外套,虽然不是崭新的,但挺整齐干净,大小也十分合身;长发扎了起来,前额处留着一排的发梢,显得人比较年轻;脸上的皮肤还挺白皙的,连皱纹都没有,真是天生丽质;身材很棒,三维十分标准,该凸的凸、该细的细,这身材足以让不少已婚妇女羡慕死。现今她还没怎么打扮呢,如果加以包装,穿得时尚点儿,肯定一点儿都不亚于都市少妇,甚至更好。赖金贵看到这些,不由地对她就产生了好感。其实当初讨薪时,他对她的印象就蛮好的,所以才会这么深刻地记住她。

　　说实话,邱丽群为对方能念出自己的名字着实感到惊讶,自己只是一个打工的妇女,人家是大老板,竟然能记住自己名字,怪哉!"我……我来……"邱丽群不好意思说找工作,一者不想让他知道自己落魄,二者刚才这么轻易就被工作人员拒绝了,很没面子。

　　不过,工作人员帮忙解释了:"赖总,这位女士是来找工作的,要应聘服务员。只是文化程度没有达到初中……"

　　赖金贵爽快地说:"是找工作啊,是否初中毕业无所谓,录用便是。"

　　"好的。"工作人员遵命。

　　邱丽群有点儿不敢相信自己的耳朵,问道:"赖……赖老板,你说我被录用了?!"

赖金贵微笑道："录用，你这么好的人员，能录用是我们公司的福气。走，去我办公室坐下，喝杯茶。"

虽然邱丽群对他的印象不是很好，但时过境迁，已经没有那么深的仇恨了，心想还是大度点，放宽心态，况且现在是有求于人，还是先看看情况吧。于是她跟着他去了办公室。这间办公室非常阔大，设施高档华贵，那办公桌、办公椅十分大气，桌面上的电脑、文件及一个金色的地球仪等整齐摆放，特别是办公桌对面的黑皮大沙发高贵而干净，邱丽群愣愣地站在一边都不敢坐上去。倒是赖金贵十分客气地说请坐，不必拘谨。这样邱丽群才小心翼翼地坐了下来，软绵绵的，舒服极了。然后她问："赖老板，怎么这家酒店也是你开的？"

"是，是一家分店。丽群啊，上次真不好意思，实在是资金周转不开才拖了你们的工钱，希望你不要在意，有句话说不打不相识，说的倒真是。你看，我们似乎真有缘啊，竟然今天又见面了哦。"赖金贵微笑而风趣地说。

"呵呵。"邱丽群笑了，渐渐地释然了，以前对他的恨很快消解，甚至还觉得赖金贵人还挺好的。

接着，赖金贵又泡茶给邱丽群喝，表现得十分热情，喝了一杯又立即倒一杯。随后，他告诉她关于酒店的情况以及入职后要干的活儿，说他拥有多家酒店，此家为第二大的，已经营了五六年，员工有数百人，还说让她先到客服部锻炼锻炼，熟悉下情况，每天顺便帮他收拾办公室，以后还会安排更好的岗位，不会让她失望的，还说试用期间工资每月两千元，以后会提升，云云。

对于干什么工作，哪怕再累再苦的活儿，邱丽群均不在意，因为她是干粗活干习惯了的；对于每月两千元的工资，她喜出望外，这已经超乎她的意料了，原本以为一个月有一千三四百元就能接受了。于是，她频频点头说好，并不忘感谢赖金贵。第二天她就上班了。

第二十二章　移情别恋

时间过得很快,不知不觉冬天已经来临,气温骤降下来,山村里由于海拔比较高,显得更加寒冷。

今天早上,刘芸发现班上还有不少孩子穿得十分单薄,如叶旭日只穿件薄薄的秋衣,冻得瑟瑟发抖。刘芸关心地问怎么穿这么少。叶旭日说不知道天会这么冷,上学赶路时都不冷。刘芸问家里有厚衣服吗?叶旭日说有,但还没拿出来呢。刘芸为这些可怜的孩子们感到心疼,心想如果家里有父母,那肯定能够照顾得更好。现今,她客串起母亲角色,叮嘱孩子们天气变冷了一定要多穿点儿衣服,免得着凉了,她还特意叫大家把窗户、大门都关起来,防止冷风钻进来,还让多带衣服的同学借给穿得少的同学穿。

今天放学后,刘芸不回家,选择在学校宿舍过夜。晚上的时候,外面吹着冷风,她便紧闭房门,躲在宿舍里批改作业。改着改着,突然她电话响了,一看号码,竟然是校长打来的,她接了起来:"校长好。"

"刘芸呀,你在宿舍吧?"

"嗯。"

校长说:"我也在学校,来我宿舍喝杯茶吧。"

"好吧。"刘芸应道。校长是领导,对他的话不敢不听。于是,她披上厚衣服,走出宿舍,只是纳闷,这么冷的天,校长怎么突然叫她一个女子去他宿舍喝茶,到底会有什么事呢?

来到校长宿舍,她敲了敲门,校长打开门请她进屋坐,然后泡起茶来。校长叫袁凯,五十余岁,他还是刘芸父亲的同学,属于关系蛮亲密的那种,经常来往,所以刘芸小时候就认识他了,以前还伯伯、伯伯亲切地叫着,袁凯对她也十分关心,小时候就给她压岁钱、糖果什么的,浑然像亲伯伯一样。不过,在学校工作后,她习惯称呼他为校长。

喝了杯茶后,袁校长微笑地问刘芸:"刘芸呀,今年芳龄几何啦?"

刘芸一怔,校长怎么突然问起自己年龄来了,而且笑得有点儿怪,有何深意?她知道自己年龄不小了,不爱告诉别人,况且女孩子的年龄是保密的,"校长,怎么突然问这个?"

袁校长又笑了笑,其实他知道刘芸的年龄,之所以明知故问,只是做个铺垫而已,他说:"随便问问。我是关心你,知道你工作多年了,婚姻大事却一直未落实,所以想为你介绍对象来的呢。"

原来如此。刘芸莞尔一笑。对于介绍对象,她兴趣不大,但对于校长有这个心,她还是致谢着:"谢谢校长关心。"她不好意思直接拒绝,而是带着开玩笑的语气问道:"校长要介绍哪位帅哥啊?"

袁校长郑重地说:"刘芸啊,我是认真给你介绍的,这位帅哥对你也是认真的。原本我是很少做媒人的,但这位帅哥十分真诚,看得出是真的喜欢你的,我觉得你们俩挺配的,你有稳定的工作,他也有稳定的工作,工作比你还好,你们年龄也差不多,距离又很近,一个帅哥、一个美女,天造地设似的,所以我才愿意帮忙牵线,一般人我才不敢介绍给你呢,我也想让你过得好啊……"

对于校长如此美妙的描绘,刘芸却显得有些不耐烦,打断道:"校长,到底是谁啊?"

"呵呵,你们认识的,我们镇的尤副镇长。"

"他啊!"绕了个圈子原来是自己认识的人。

袁凯继续滔滔不绝地说道:"怎么样?不错吧?他是公务员,还是副镇长,权力很大,人又年轻,前途无量,家庭背景也好,听说他老爸也是当官的,更关键的是他是真的喜欢你。我见过的人无数,一般都看得很准,依我看,他真是个好青年好男人,难得这么优秀,难得你们这么相配,刘芸要抓住机会啊,怎么样?"

"这……"刘芸一时不知如何回答,然后压低音量地向对方说实情:"校长,你知不知道我已经有男朋友了?"

　　袁凯怔了下，但很快又继续说："听你爸妈说过。是一个在珠州上班叫叶志强的吧？我说实际的，尤大志比叶志强要好得多，现在的社会，公务员多吃香，更何况还是担任领导职务的，多少人想当都当不了，而志强他不过是在公司打工的，工作不稳定，哪能跟公务员相比。更关键的是，他在珠州，你在这里，一人一地，一年才见一次面，哪合适？你又不可能辞职去珠州，去了珠州恐怕就找不到这么稳定的工作了，你说是不？我觉得跟叶志强不太现实，跟大志就显得很现实，我跟你爸商量过这事，他也觉得大志不错。"

　　"这……"

　　"当然我只能是牵下线，缘分的东西不能勉强，还得看你们俩谈得怎么样。我说，如果谈得还可以，时机差不多就可以成亲啊，到时别忘了请我喝喜酒哦。"

　　刘芸红起脸来，"校长，您说远啦。"

　　……

　　回到宿舍后，刘芸无心批改作业，思虑重重，不断想着校长说的话。校长既是自己的上司，又是亲近的长辈，他的话分量重，现在回味起来，觉得他的话蛮有道理的。她不由将两个人进行比较，想着可能发生的各种情况和结果等。两个人各有优缺点，可实际是一人远在天边，一人近在眼前，一人事业不发达、一人官运亨通，似乎尤大志亮点更亮。那么，到底是要坚持原先的己见呢？还是放弃叶志强而移情别恋呢？如果坚持原先的想法，那么两地分居是个问题，不知跟叶志强到底会不会有结果。如果放弃了他，会不会被他谴责，造成不良后果呢？如果想跟尤大志接触，那么他是不是真心的呢？是不是真的可以白头偕老？还有，如果以后尤大志调走的话，那自己愿不愿意跟着走？即便愿意跟去，那工作怎么办？那他会帮忙安排稳定的工作吗？如果不会，那该怎么办好……

　　今晚，她失眠了。

　　之后，袁凯还打电话给尤大志，向他汇报牵线的情况，并以过来人的角色指导着下一步的方法，尤大志感激不尽，连连道谢。

　　接下来，尤大志马不停蹄地开展凌厉的攻势。第二天，他带着一大束的玫瑰前来学校。玫瑰有九百九十九朵，还是特意从县城调来的，因为镇里根本没这么大束的玫瑰。然后他直奔学校办公室,当着许多老师的面,将花呈给刘芸。刘芸十分羞涩,一时不好意思接,也不敢看同事们的表情,生怕他们说闲话。但应该承认,她还是被感动了,有一种自豪感,此时同事竟然鼓起掌来,说着诸如恭喜、羡慕之类的话,这更助长了她的自豪感。

再之后,尤大志几乎天天跑来学校,送这送那的,如精美的礼物、好吃的食品,还有比较贵重的首饰,甚至送了一个当时最时尚最昂贵的手机,让她替换原来叶志强送的手机,还说着许多甜言蜜语,甚至送来情书,表达着真心实意,还给予许诺,如以后在县城或者市区买房定居,会把她调到城里教书,工作一定更好,待遇一定更高,等等。终于,她的心被俘虏了,把他当成了男朋友,亲密无间的。

他们恋爱的事开始被众人知晓,镇政府的公务员们知晓,学校的老师知晓,而且渐渐的,连学生都知晓了。

一天中午时分,叶旭日兄弟、叶顶天兄弟、叶大雅姐妹等人在学校吃好蒸饭加咸萝卜的午餐后,便到学校后门外的小山坡玩耍。这些孩子好动好玩,虽然早上很早起床而睡眠不足,但一般是不午休的,要出去玩,宁愿下午上课再来打瞌睡。

山上种着不少已有数十年树龄的十分高大的龙眼树、杨桃树和柿子树等,学生们把这里当成乐园,十分喜欢在这里玩耍,追逐嬉戏,爬爬树,耍着猿猴般的爬树技巧,经常比着谁爬得快爬得高,甚至出现有学生摔断胳膊的事件。在果子成熟的季节,还常偷摘果子吃,导致有农户向校方投诉,由此,老师反对学生到山坡上玩,一度把后门给关了,但后来遭到不少学生家长的反对,因为后门外修有一条乡村道路,从这里来学校的话距离很近,如果后门关闭,要绕道前门,则远了不少。学校迫于压力,便重新开启后门,学生们又可以来这里玩了。

正当玩耍时,突然,叶旭日等人看到一辆黑色的吉普车缓缓地从后门外的土路驶来,到了后门口时,车停住了,因为后门比较小,车压根就开不进去,只好停在一边。接着,有人从车上走下来,先是一个男的,然后又开门迎出一个女的,还拉着她的手,像护花使者一样护着她。这女的一出现,着实让叶旭日惊奇不已,因为她就是自己的老师刘芸,他赶忙招呼其他几个伙伴停止玩耍,说道:"大家过来看,那不是刘老师吗?"

几个孩子眼睛齐刷刷地看过去,确实是刘芸。

叶大雅问:"哎呀,那个男的怎么会牵刘老师的手?"

叶顶天说:"那个男的好几次找刘老师,我都看见了,可能他爱上刘老师了吧?"

叶大雅说:"不对不对,刘老师不是跟志强叔叔相好吗?"

叶顶天说:"是哦,可能是那个人也在追刘老师吧。"叶立地跟着说:"啊!那我们志强叔岂不是惨了?"

接着,叶顶天问叶旭日:"旭日哥,你知道那男的是谁吗?还开车,开车的都是有钱人呢。"

叶旭日细细回想了下,片刻后说道:"我好像见过这个人,对了,上次捕鱼时在桥头看到的好像就是这人。那时刘老师还说只是朋友,叫我不要乱说。我早觉得这个人不像好人。哼,有辆车算什么,我以前还扎破人家宝马的轮胎呢。"

"我都没看到你干,不信,有胆的话,把下面的车扎破,证明给我们看,敢不敢?"叶顶天说道。

叶旭日看到那个开车的人已经和刘芸走进学校,后门口空无一人,自己便有了胆量,他不假思索道:"谁说不敢?打赌怎么样?"

"你说怎么赌?"

"我敢的话,请我玩一次游戏。"叶旭日还想着玩游戏,真是玩上瘾了。

"好。"叶顶天爽快答应,毕竟这赌注不算大,自己能承受得了。

要干这活儿得有工具,最起码也得有钉子,可是孩子的考虑有失周到,这山坡哪可能有钉子?后来,叶旭日提了个主意,说扔个石头下去怎么样。叶顶天说那也行。于是,叶旭日找了个拳头大的石头,举起来准备扔下去。其他几人瞪大眼睛屏住呼吸看好戏。叶顶天看着这场景,感到有些害怕,便拍了下叶旭日的肩膀,说:"我看,还是算了吧。"

"怎么怕输了花钱?"叶旭日问。

"不是,我怕被人知道了,会挨揍。"

"切,真是胆小鬼。没事,我们跑掉就是,没人知道的。"

"那好吧。"

154

于是，叶旭日重新举起石头，使了使劲，毫不顾忌地扔了下去。本来他的目标是车顶，心想打到车顶的话不会产生怎样的破坏，不料，石头偏离了预定目标几十厘米，不是没打中，而是打中了比较脆弱的部位——挡风玻璃。只听见"嘭"的一声巨响，顿时挡风玻璃四处破裂开来，像结了个蜘蛛网似的，其中石头砸的地方露出一个大窟窿。

"哇！你这么准！"大家惊叹道。但很快，大家有种不祥的预感，现在把车破坏的太大了，或许会迎来一场大麻烦。

果不其然，这一巨响惊动了不少人，就在山坡下的宿舍楼休息的校长袁凯听到声音后，立即从床上蹦起，冲向窗户向外看了看，发现汽车的玻璃破了，他大惊失色，那可是副镇长的公车，这还了得。同时他特意观察是谁干的坏事，发现了山坡上有几个学生，然后他迅速冲下楼，冲出后门……另外，也有学生从教室窗户里探着脑袋好奇地观望着；尤大志和刘芸也感到不妙，赶紧从宿舍冲出来看个究竟。

袁凯摆出无比愤怒的样子，朝着山坡上的学生吼道："你们几个兔崽子，给我下来。"

叶旭日才不肯束手就擒，此时醒悟过来，对众人说："还不赶快跑啊。"

于是，大家撒腿就跑起来。可是要逃离山坡的路只有一条，其他方位都是高高的绝壁，要命的是这条路就连接着校后门的路。袁凯已经站在下山的路口了。叶旭日等人见状，又转身退了回去。起初，大家还能跟校长对垒，说着："我不下来，我不下来。"但最后没办法，因为校长以及其他老师主动攻击，朝山顶冲了上去。叶旭日等人只好束手就擒。

尤大志看着车的玻璃支离破碎的，愤恨不已，脸色一阵紫一阵青，他看到袁凯后，竟对他发泄起来："袁校长，你是怎么管学生的？竟然敢动我的车来了。这一块玻璃至少也要一两千元啊。你们学校有没有纪律？难怪成绩这么差。"

被数落后，袁凯羞愧万分，同时心底害怕，担心因此得罪领导后自己位置不保，只好无比真诚地道起歉来："对不起对不起，是我没管好，我一定好好教训学生，严抓校风校纪。"然后更加严厉地唾骂几个孩子。"你们胆子也太大了，老实交代，干吗要砸车？"

　　年纪较小的叶小雅看着校长那个黑脸,立刻就吓哭了。刘芸看着心疼,要抱叶小雅,并对校长说要不算了。袁凯不管这些,叫刘芸站一边去,并继续训斥:"哭什么哭? 你说这是谁干的?"

　　叶小雅只顾哭,根本就不敢回答。而其他几人倒比较镇定,一副大义凛然的样子。叶旭日还想抵赖,壮壮胆说道:"不是我们干的,你问我们干吗?"

　　"还嘴硬,不是你们干的,你们干吗跑? 我都看见是你们干的了。"袁凯添油加醋地说,其实他压根就没看见扔石头那一幕。

　　叶旭日一听,倒信以为真,心想可能真被校长看到了,那该怎么办? 他脑子一转,又想到一个借口说:"我们不是故意的,是玩战斗游戏不小心石头掉落到车上的。"所谓战斗游戏,即模仿两军对垒战斗,互扔"手榴弹",孩子们常玩这个。

　　"玩游戏,能玩这么准? 你当我是三岁孩子啊。快说是哪个人干的? 不说的话,你们都要罚。今天别想回家。快说。"校长恐吓道。

　　叶旭日想,累及其他人不好,要罚就罚自己一个,于是,他果敢地站出来,说:"我干的,跟他们没关系,你放了他们吧。"

　　"好,你有种。"袁凯伸出手一把揪起叶旭日的耳朵,不断往上提。虽然叶旭日尽量踮起脚尖,但依旧钻心地疼,生怕耳朵被校长扯下来了,成了"独耳龙",那就惨了。他看到校长的手指离他嘴巴那么近,于是急中生智,一扭头,张开嘴巴,咬住了校长的一个手指头,让校长疼得半死,"哎哟哎哟"地叫,同时让他无法再扯自己的耳朵。袁凯的手指头难以脱离"虎口",便捏住了叶旭日的鼻子,好不容易才脱手,但手指头已经烙下深深的牙印。

　　身为校长竟被学生搞得这么狼狈,太没面子了。他气坏了,发疯了,甩起大巴掌扇叶旭日的耳光,幸好叶旭日反应快,往后退一步,躲过一劫。袁凯不甘休,仍要打耳光。刘芸见机不妙,她发现袁凯出手很重,一旦打中的话,很可能把孩子打伤,毕竟叶旭日是她班级的学生,又是同村人,她于心不忍,于是好言好语便劝住了袁凯,让他住手。

　　尤大志见女友都护着孩子,自己的气消了不少,也对袁凯说打人就算了,但教导教导还是要的。袁凯唯唯诺诺地应着。然后在老师们的帮忙下,众人清理了散落的玻璃,尤大志便开着破了玻璃的车离开了。学生们看到如此与众不同的车,有的还偷偷地笑起来。

第二十三章　训教

随后,叶旭日被袁凯带到办公室继续训教。袁凯坐在椅子上,摆出一副无比威严的样子。而叶旭日则站在一旁,低着头,一副可怜兮兮的样子。

袁凯清咳两声,伸出手指头敲了敲桌子,发话道:"你叫什么名字?"

"叶……叶旭日。"

"你知道刚才那个开车的人是谁吗?"袁凯问。

"知道……不知道,反正不像好人。"叶旭日低声道,他知道那人是追刘芸的,是夺走志强叔女朋友的人,所以不像好人,但不知道那人叫什么名字,也不知道做什么工作的。

听了这话,袁凯大吃一惊,拍案而起,怒道:"什么?你敢说他不像好人。我看你是吃了豹子胆了。"然后靠近叶旭日,几乎就要碰触上了,绷紧脸说道:"你可知道,他是我们镇的副镇长,是大领导,管我们镇所有的学校,你知道不?"说得唾沫横飞,还喷到叶旭日的脸上,让他感到十分恶心。

知道人家是领导,叶旭日暗呼不好,早知如此,当初就不干了,看来还得找个说辞减轻自己的罪过,说道:"我又不知道。而且我不是故意的。"他想自己确实不是故意的,原本想能砸中车顶就好,没想到出现偏差才砸中玻璃,这也算不是故意的吧。

这时刘芸走了进来,打了个招呼:"校长,差不多了吧?都要上课了,让旭日回去上课吧?"她想,回去上课是让叶旭日"逃离虎口"的最好理由。

不料,袁凯却不吃这一套,说道:"还上什么课?这学生够犟的,必须好好教训。刘芸啊,你也要严厉点儿,今天中午发生这件事,可不是小事,损坏的可是镇领导的车,单玻璃就得赔几千元呢,还严重影响我们学校的形象,必须从严处理,我看,得让他家长来处理。"

"你说还要赔钱? 他家哪有这么多钱? 我跟大志说说,还是算了吧。"刘芸说。

"那得看尤副镇长的态度。但叫家长来肯定是必须的,让他家长好好管教。要不然学校管理真的乱了,怎么向上级交代?"袁凯接着问叶旭日:"你叫个同学回家去,把你爸叫来。"

叶旭日回答:"我爸没在家。在珠州呢。"

"哦……"袁凯愣了下,但很快便想到主意:"那就叫你妈来。"

叶旭日说:"我妈也在珠州。"他想这样的话校长应该不会叫家人来了吧,说实话,他怕此事被家人知道啊,会挨批挨揍的。

袁凯有些无奈,但不想就此作罢,又问:"那你家有谁?"

"我……爷爷奶奶。"叶旭日低声道,声音如蚊子般,但愿校长听不到,放弃了叫家人来的念头。

不过,袁凯还是听见了,立即说:"那就叫你爷爷来。"

之后,袁凯叫来了叶旭日的弟弟叶东升。此时的叶东升等人正在窗户围观偷听呢,为屋内的哥哥捏一把汗。校长吩咐之后,叶东升领命,无比听话地快速地跑回家去。

叶东升赶回家时,爷爷正在院子里挥舞着斧头劈柴,这大冷天的他竟然只穿着件背心,背心已经湿透,由于长期流汗的缘故,白色的背心已经泛黄且留下了密密麻麻的黑点。他那布满皱纹的脸上也冒出豆大的汗珠,肩上披着条已经破了洞的毛巾,因一直擦汗毛巾已是湿湿的。

"爷爷,别……别干活了,去……去学校。"叶东升气喘吁吁地说。

爷爷没听进去,反倒问起孙子:"你怎么一个人回来了?"

叶东升说:"校长让我回来叫你去学校。"

"什么? 校长叫我?"叶金薯简直不敢相信自己的耳朵。

"是。校长叫你去学校。"叶东升提高嗓音重复了下。

叶金薯仍旧半信半疑:"校长叫我干吗? 他又不认识我。"

"因为我哥,我哥被校长叫去了。"

"啊！是不是干坏事了？"

"嗯。"叶东升弱弱地应了下。

叶金薯顿时眉头紧皱，"哎呀"一声，神情严峻，问："到底怎么回事？是不是打架了？"

叶东升看到爷爷生气样，有些害怕，不敢说事情原委，免得爷爷更加生气，只是说："不是。你去就知道了。快点啦。校长还在等你呢。"然后还拉起爷爷的手。

爷爷说："好啦好啦，让爷爷穿下衣服。"

叶金薯穿好大衣后，便跟着孙子前往学校了。一路上还喋喋不休的，一会儿问具体什么事，但孙子始终不提，一会儿人又说肯定是捣蛋，要收拾这个兔崽子。

走了半个多小时终于到了学校。叶金薯来过平寨村，但从未来过平寨小学，哪怕孙子在这里读书后，他也没来过，一方面他没空，忙着干农活；另一方面，他压根就没想送孙子上学，全让他们自己去。这在无形中培养了孙子独立性的同时，也多少折射出长辈缺少对晚辈关照的现实。现今，他来到学校后，都感觉环境好陌生，一时找不着北。幸好有孙子带路，他才能找到校长室。

到了校长室，发现孙子叶旭日耷拉着头站在一边，而校长则趴在桌子上打盹，他已训得累了，困了。叶旭日看到了爷爷，害怕被骂，弱弱地打了声招呼："爷爷。"叶金薯没有应他，看着孙子的那副不成人样的德性，一肚子火气，绷紧脸怒视了下孙子，让叶旭日不禁打了个寒战。

叶金薯到来时的声响让袁凯很快醒了过来。叶金薯知道对方是校长，孙子叶东升已经为他介绍过了，见校长抬起头了，他露出一丝很牵强的笑容，结巴地说："校……校长。"

袁凯问："你是旭日的爷爷？"

"是的。旭日他怎么了？"

"他捅大蛋啦，竟然把我们镇副镇长的车给砸破了……"袁凯把事情经过叙述了遍。叶金薯一听，感觉到了事情的严重性，大大的超乎意料，原本以为孙子只是跟同学打打架，没想到竟然惹上镇领导了，这还了得，他扭头瞪了眼孙子怒火中烧，举起手要抽孙子，幸好袁凯立即劝住，说："别别别，打人就算了,教育为主。想想怎么解决要紧。"

叶金薯说:"校长,我会解决好的,让我带回去好好管教管教这个不听话的兔崽子。"

袁凯说:"不是说这个。是解决怎么道歉赔钱的事。"

"这……还要道歉赔钱?"

"那是肯定的。你不知道副镇长可是气得半死,得罪了领导弄不好我们学校都会受牵连。得让旭日写份检讨,学校做出处分批评,到时由我替他向副镇长道歉……"

"处分……什么处分? 不是开除吧?"叶金薯打断袁凯的话担心地问。

"严格的话开除都可以。不过,得看你们认识错误的程度。肯认错的话,可以减轻……"

还没等袁凯说完,叶金薯就急不可耐地转向孙子,说:"兔崽子,还不向校长认错?"

叶旭日也十分害怕被开除,他态度诚恳地道歉:"校长,我错了,今后再不敢了。不要开除我。"

袁凯却说:"你们误会了。我说的不是这个。我是说,你们要花钱赔副镇长修车费。刚才副镇长打电话来了,说换个玻璃花了一千五百元,这玻璃是旭日砸破的,谁损坏谁赔偿,天经地义。你们回去筹钱吧。"原来,尤大志修车后,特意打电话给袁凯,告知赔偿事宜,还特意声明不要让刘芸知道。他要在刘芸面前摆出一副君子样,显得很大方,但其实是对钱无比的在意,锱铢必较。

"啊! 要这么多!"叶金薯大吃一惊,然后摆出一副可怜相,说:"我是种田的,哪有这么多钱? 校长,你看,能不能帮忙通融通融。"

"我也是没办法啊。通融我肯定会,但如果不赔偿肯定不行。这样吧,你至少也要筹个一千元吧,其他不够的,我再跟副镇长说说情。"

"这……"

"就这样吧。你先把孩子带回去吧。记得好好管教。"

接着,叶金薯带着孙子回家了。路上,叶旭日不敢靠近爷爷,一直跟他保持一段距离。走着走着,叶金薯突然停下,扭过头来怒视一下孙子,叶旭日也跟着停下,诺诺不敢靠前。叶金薯叹息一声,却没动手打人,而是继续前行。

一路上上演该情景好几次。

但这并不代表叶金薯火气消了,而是克制着。等回到家后,他立即从柴草堆里抽出一根拇指大的棍条,然后使出浑身的力气往叶旭日的腿上抽去,叶旭日没做准备,被抽中了,钻心的疼,但他没有哭,而是想着逃跑。不过,叶金薯一把拽住他的胳膊,让他逃不掉,然后又继续抽打。尽管叶旭日尽量躲避,但仍中了不知多少鞭,但他仍旧不哭,够坚强的。

王亚汤在屋内发觉不妙,立即跑出来解围,喊道:"老头子,你干吗呢?"然后夺过棍条。这样叶金薯才作罢。

"干吗打人呢?"王亚汤又问。然后她爱抚着孙子,并卷起他的裤腿一看,只见道道血痕清晰可见。她气道:"老头子,你今天怎么了? 是不是要把孙子打死啊? 你看打成什么样了。"

"打死了活该。"叶金薯愤懑道。他还不忘吓唬孙子,瞪着他说:"你再调皮我就告诉你爸,让你爸好好教训你,他出手可比我狠,可没好果子让你吃。"

叶旭日终于吐出一句话:"有本事就让他回来好了。"他这话可谓是一语双关,一者希望父母回家来,自己已经好久没看到父母了,十分想念;二者父母没法子回来,爷爷也没办法,他很清楚这点,气话里其实带着几分失望之气。可是叶金薯不明白孙子的内心想法,只以为是孙子不服管,跟他斗气,便怒气冲冲地喝了声:"你!"然后又要打人。好在王亚汤阻止住了,并问道:"哎呀,到底是怎么回事?"

叶金薯点了支土烟闷闷地抽了几口,才把事情经过大概说了下。王亚汤听后,快言快语地说:"旭日是在学校发生事情的,说明学校没管好孩子,我们该骂学校才对,你打孙子打这么狠干吗? 真是的。"说毕顺便白他一眼。

叶金薯被这么一批,有些发懵,但又总觉不对劲,喃喃道:"这……孙子是我们家的嘛。"

随后叶金薯没有再打孙子,反而心疼起来,帮孙子擦起药来,同时不忘教育着孙子,讲了一大堆人生道理,如家人世代都是善良的,不打不抢不偷,哪怕再穷也要坚持做人的原则,这才能获得别人的尊重;书还是要认真读,只有认真读书,才有出头之日,要不然就只能打工、做农民;忍一时风平浪静,退一步海阔天空,和气能生财;做人要诚实守信……

第二天,叶金薯便带着一千余元钱前往学校。这钱可是在外打工的儿子给他的生活费,他一直省吃俭用,每月花得很少,才能省下这些钱。他将钱视若宝贝,用薄膜袋细细地包了一层又一层,又装在一个硬纸盒里,再锁进柜子里,生怕弄丢了。但他是个本分的老实人,懂得破坏赔偿的道理,虽然不舍得这些钱,虽然自己也需要钱,但考虑之后仍认为该赔的还是要赔。到了学校后,他颤抖着将钱交给了校长,并请求不要开除自己的孙子。校长袁凯拿到了钱后,表示不会开除,同时心里的石头落地,终于有钱向副镇长讨好关系了。之后他悄悄地把钱拿给了尤大志,尤大志收到钱,态度果然好多了。

第二十四章　惊喜夺冠

　　平寨小学接到上级发来的通知，要求选派若干学生到县城参加学生运动会。袁凯接到通知后，头大了，虽然本校在镇里算大校，但跟城里的小学相比，那是没得比，就说体育设施吧，自己的小学连个像样的操场都没有，更别提什么四百米的田径场了，而县城的小学那可是体育设施十分健全；平时的体育课基本没上，因为学校压根连个体育老师都没有，大多将体育课上成文化课，即便上体育课，至多就是拉到户外走一圈或玩玩游戏就让学生提前回家了；还有城里的学生生活条件好，牛奶大鱼大肉有的是，可以猛吃，体质自然棒，而他们的学生，平时常常只吃萝卜干，面黄肌瘦的不少。袁凯担心选派的学生参加运动会后，不仅取不到成绩，还可能出丑，丢了学校的面子，也丢了学区的面子，那就难办了。他甚至想辞掉本次参赛机会，说白了就是弃权，可是学区校长说不行，一个学区如果连个代表都没有的话，太说不过去，还举例说举办奥运会时，那些很小的国家还不是派人参加了，在入场仪式上举着旗亮亮相，至少让人记得世界上还有这个国家嘛，这也是重在参与嘛。袁凯点头说是。

　　接下来，学校发动各个班级选拔选手。刘芸接到通知后，便在班上宣布这个消息，可是班上一个人应一声都没有。许久，叶旭日才举手。刘芸一喜，心想终于有人要报名了。可是出乎她意料的是，叶旭日竟然问了个雷人的问题："老师，什么是田径运动会？是不是在田里的小路赛跑啊？"

　　刘芸差点儿晕倒，怎么连这个也不知道？但一想这也正常，学校没举办过田径运动会，也没田径运动场，孩子们也没参加过，不懂情有可原。于是，她把田径运动会做了介绍，告诉大家运动会就是许多人参加体育运动比赛，而田径比赛主要由田赛、径赛组成,是在田径体育场参加的比赛,以高度和距离长度计算成绩的跳跃、投掷项目叫"田赛";以时间计算成绩的跑步的项目叫"径赛"。

叶旭日似懂非懂"哦"了一声。

刘芸鼓励道:"旭日,要不你报一个。"

叶旭日心里没底,胆怯地说:"啊,老师我没参加过耶。不过,我会爬树,有没有爬树的比赛?"

同学们顿时哄堂大笑。接着,江文明大声说道:"旭日会投掷,上次不是把车玻璃砸破了吗?好准啊!""哈哈……"又是哄堂大笑。只是叶旭日十分不好意思,还向江文明"切"了一声表示不满,这明显就是揭他的丑嘛。

刘芸示意大家安静,说:"爬树是没有的。但有赛跑。我觉得许多同学经常跑步来学校上学,参加赛跑应该比较合适,我希望大家踊跃报名。大家要知道,这次是在城里比赛,到时候镇里会派车送大家去城里,可以看看城里的高楼大厦,跟大家说县城可是很热闹很好玩的哦。"

这么一说,倒吊起不少人的胃口,学生长期待在安静、贫穷的山沟沟里,对外面的世界无比憧憬,自然很想去热闹的城里转转,现今正好有这么个机会,还是免费的,就该抓住。刘芸话音刚落,叶旭日便举起了手,说道:"老师,那我报跑步吧。"刘芸高兴地说:"好。"

见有人带头了,叶顶天也举手报名。对于他而言,更渴望去城里看看,因为他从小到大还没去过城里呢。

课间时,叶旭日又与堂弟堂妹等在一起玩,大家不约而同谈起参赛的事,都想去城里玩玩,在叶旭日和叶顶天的鼓励下,叶东升、叶立地也报了中年级组别的比赛。叶大雅则报了女子组。

报名之后,学校把报名人员组织起来进行选拔,以此确保水准,达到要求的才能被选上。因为学校的操场太小,只有个篮球场大,因此选拔赛只能在学校外面的公路举行,一边是奋力奔跑的学生,一边是轰轰响、拖拖拉拉行驶的拖拉机,学生还能将拖拉机甩在后面,十分有意思。叶旭日和叶顶天在百米选拔中落选,但在高年级组 1500 米和 3000 米测试中成功入围。而叶东升和叶立地则在 1500 米比赛中入围,因中年级组未设 3000 米长跑,如果设的话想必也能入围。总体可以得出结论,他们擅长长跑。

一个星期后,这批选手就要去城里比赛了。出发前,家人没有说要取得多好成绩之类的话,因为根本不抱什么期望。只是嘱咐要听老师的话,不要跟丢了,要注意穿衣服,不要着凉了,这些才是关键。之后,孩子们在刘芸等老师的带领下,统一搭车前往县城。一路上,大家不停地张望着沿途的风景、建筑、人物等,感到十分新鲜而好奇。到县城的时候,看着热闹的街道、琳琅满目的商品、高达十几层的楼,甭提有多高兴了,特别是能够第一次住进干净整洁的旅社(虽然只是一天二十元的普通旅社),能够吃上可口美味的饭菜(虽然只是一餐四块钱的普通快餐),简直快乐如神仙。

比赛当天,叶旭日等选手来到位于县实验小学的体育场。从此刻起,他才知道原来真正的操场是那么的大,老师说一圈就有四百米,这简直比自己读的整个学校还要大;原来操场内的足球场是这个样子,上面的草绿油油的,两个球门似乎蛮大的,心想应该很容易踢进吧;原来放着许多沙子的一个坑是用来跳远的,投掷比赛用的是铅球,而不是石头……老师还介绍说,实验小学是全县最好的小学,只有这么好的学校才能拥有这么好的体育场。只是叶旭日一直不明白,自己老家的小学名字都是以地名命名,而这所小学怎么叫实验小学,这"实验"是什么意思?难道是实验什么东西?

对于赛跑的规则,包括叶旭日在内的许多农村选手都是一知半解,于是老师不断教着,恰好赛场上有短跑预赛,叶旭日等人能够看到真实的比赛,明白了要等到发令枪响后才能跑。在短跑中,叶旭日所在的学区也有选手参加,但全部在预赛就被淘汰了,而且几乎都是倒数一二名,连百米比赛都会落后人家几十米的距离。大家才明白什么叫作差距,因此十分失望,连带队老师都不看好别的项目了,心想或许都是亮个相就拜拜了。

叶旭日几个兄弟姐妹坐在一旁看着别人比赛,觉得场面很热闹,很好玩,也想下去跑一跑,想必能赢他们。突然,刘芸走过来喊道:"旭日、顶天,轮到你们比1500米啦。"

"啊!轮到我们啦!"叶旭日和叶顶天难免有些紧张。

"是。快做好准备。"

虽然说要做好准备,可是他们俩不知道准备啥,一者不懂得该热热身,舒活舒活筋骨,二者不用换运动装备,因为学校根本没为他们配备运动装备,鞋子还是自己平时上学穿的布鞋,衣服则是普通的衬衫,稍微不同的就是背面贴了张号码牌,由此让人知道他们是来参赛的。

站到起跑线的时候,叶旭日发现参加1500米项目的选手不少,约有十七八人,他们个个穿着漂亮的体育服,脚穿漂亮的运动鞋,个个身体强壮。有人看到他们俩穿得不像个运动员,还带着讥讽的口气说:"看,那两人肯定是山沟沟来的,好土。"

叶旭日听了不服,向他们吐了个舌头,翻了个白眼。他们则回击道:"等下可别出丑哦。"

叶旭日回道:"赢你们也不一定。"

他们轻蔑道:"做梦吧。"

过了一会儿,工作人员喊了声预备,然后高举发令枪,紧接着,"砰"的一声响,比赛开始。

叶旭日听到枪响,便像离弦的箭一样冲了出去,那速度快得让人以为是参加短跑比赛。叶顶天看到叶旭日跑那么快,也加快步伐跟上去,只是他发现有些不对劲,其他选手跑得并不快,可以说是慢悠悠的,根本就没有像之前百米比赛你死我活的争抢状,怎么回事?

其他选手看到前面两位穿着土里土气的选手跑得简直跟百米比赛一样快,不由地笑了,心想,这两个人肯定是不懂跑1500米的方法,把它当成短跑了,等下肯定没跑多远就不行了,等着看笑话吧。

刘芸等老师看见自己的学生跑成这样,大呼不好,急得直跺脚,也责怪自己之前没有好好讲解中长跑的方法,她们在背后大喊:"旭日、顶天,慢点儿慢点儿!"可是他俩跑得太快了,压根就没听见。她们预料没跑一圈他俩肯定累趴下,心想这丑丢得可大了,真想就地挖个洞逃走不看了。

叶顶天差不多追上叶旭日了,喘着粗气喊道:"旭日哥,慢点儿,你看看他们。"

叶旭日听到了堂弟的声音,扭过来一看,才发现自己足足领先"大部队"有五六十米远,他纳闷了,怎么他们跑那么慢,同时自己不由放缓了脚步。

叶顶天说:"不用那么快,留……留着点儿体力,还有几圈呢。"

"哦,对哦。"叶旭日恍然大悟,"没事,我们一起跑,别让他们赶上,要赢他们。"

叶顶天点点头。

俩人继续跑着,虽然速度没有开始时那么快,但仍属于十分之快的级别,不断地跟"大部队"拉大距离。不久,他们就跑完了一圈,刘芸等老师发现他们似乎没有累趴的样子,不由喜上心来,并在一旁大声喊着以做指导,说不用跑太快,平均分配体力。叶旭日和叶顶天点头回应。

叶旭日俩继续跑着,步子迈得挺大,体力感觉还行,始终保持着匀速,但这个匀速比"大部队"的速度来得快。原本瞧不起他俩的其他选手,看到前面两位始终没有趴下出丑,不由地觉得神奇,渐渐相信或许他俩是真的有实力。

那些工作人员和观众看着两位衣着老土的选手跑得如此之快,把其他选手落下都有三百米远了,而且还能一直保持着"高速",他们一个个目瞪口呆,简直不敢相信眼前的一切。

离终点线越来越近了。可是叶旭日一时忘了自己到底跑几圈了,在最后一百多米时,他还以为还有一圈,此时其实他也挺累的,双腿感到有些沉,主要是开始时发力太狠了,但他心里只有一个信念,一定要跑完最后一圈,于是他又振作起来,迈开步子继续往前跑。等到他已经冲过终点线的时候,他还继续往前跑。而此时,不论是工作人员,还是台上观众,都响起雷鸣般的掌声。刘芸冲了过来,抱住获得冠军的叶旭日,热泪盈眶。

叶旭日却神情焦躁,有意避开老师,气喘吁吁地说:"老师,还没跑完呢。"

刘芸先愣了下,然后摸着叶旭日的头,亲切地笑道:"傻孩子,跑完了,你得到冠军啦!"

"跑完啦!"叶旭日看到叶顶天也停下来了,而且老师们相继过来祝贺,才终于相信跑完了,不禁露出灿烂笑容,赢了!太妙了!

而此时,有选手从身边跑过,他们不是到达终点,而是还有一圈没跑完呢,可见叶旭日领先优势是多么的大!

叶旭日此时感觉自己好累好累,腿像灌了铅似的一样沉,自己都有点儿像喘不过气来的样子,甚至连站的力气都没有,索性一屁股坐到地上。有同学拿水过来给他喝,有的帮忙按摩,有的说暂时不要坐,先站起来,现场虽有些乱,但大家均洋溢着难得的笑容。

过了好一阵子，那些"大部队"的选手才相继跑完。此前一位看不起叶旭日的选手走过来，主动要跟叶旭日握手，竖起大拇指说道："你牛，你真牛！之前说得不好听的话，对不起，希望你不要怪我们。"

"没事。"叶旭日倒挺大度的。

因为这场比赛拿了一个冠军和一个亚军，叶旭日所在的篆山学区因此打破零积分记录，老师和选手们之前所有的气馁、所有的哀怨、所有的自卑均烟消云散，替代的是笑脸和自豪，大家可以昂首挺胸走路了，可以响亮地告诉别人："我们是篆山学区的。"

不过，赛程还没有完结，其他项目的比赛还得继续。从刚才这场比赛，发现有不少东西需要总结，如选手对中长跑的理解不够、体力分配不合理等。于是带队老师抓紧时间对选手们进行指点，教大家中长跑跟短跑有别，起跑不用太快，体力合理分配，到了最后一圈发力冲刺，同伴要互相配合，等等。大家恍然大悟。

在接下来的比赛，捷报接连不断。在中年级1500米中，叶立地和叶东升分别夺得冠亚军，此外还有篆山学区的选手获得第四名、第六名，成绩异常漂亮。在女子800米中，叶大雅摘得冠军！赢得毫无悬念，因为领先非常大，令对手心服口服。在第二天的3000米长跑中，叶旭日吸取了教训，做了调整，最终也是没有悬念地获得冠军，叶顶天获得亚军。

经过这几场较量之后，篆山学区代表队的积分直线上升，已经名列前茅。这些骄人成绩的实现，像是一颗惊雷炸响，震惊了许多的人，甚至难以置信，但事实确实如此。不过，不少人百思不得其解，为何来自山沟沟的、条件艰苦的、看似瘦弱的孩子，怎么会在中长跑中竞相夺魁呢？于是他们就问篆山学区的带队老师。但这些带队老师也疑惑不解，平时他们可没怎么上体育课啊，孩子锻炼很少啊，许多孩子连体育场都是第一次见的啊。于是，刘芸私下问学生。叶旭日作了回答："我们村离学校很远，怕上课迟到，经常都是跑步去学校的，现在跑比赛就跟跑去学校上学差不多，还没上学这么远呢。"

"哦。"刘芸恍然大悟，作为农村老师，她也知道孩子们天天练"长跑"呢！以前还老叫学生要早点儿起床，路上不要跑，要注意安全，没想到孩子的"不听话"却发挥大作用了。之后赛事工作者或其他学区老师问这事的时候,刘芸如实告知。他们很惊讶,真是不可思议,但很快就理解这个与众不同的理由。有人还问起这些孩子上学要跑多远的路,刘芸说有的三四公里,有的五六公里,甚至更远。他们听后不免叹息一声,从这些回答中品出农村孩子上学的艰辛,可是除了叹息外,他们又不能帮上忙,只有无尽的无奈。

运动会全部项目比赛结束,篆山学区获得优胜杯,全县只有五个学区获得此荣誉,篆山学区是有史以来第一次获此杯。叶旭日等人获得大大的奖状,奖状用红色的硬壳纸做封面,上面写着几个金色大字"荣誉证书",打开来一看,抬头处写着"叶旭日"几个黑体字,内容写着在某某项目获得第一名的字样,落款处还盖着红色的公章。看着自己的名字赫然写在奖状上,叶旭日甭提有多高兴了,要知道从念一年级以来,他可从未获过什么奖状,哪怕一个积极分子都没有,虽然也渴望获得,但自己的学习成绩太差,只好望洋兴叹,没想到现在一获奖,就获得两本,还是县级的冠军,这含金量可太大啰。同样,叶顶天、叶大雅等人也是欣喜万分。

篆山镇分管教育的领导尤大志以及学区领导获得捷报后,纷纷打电话给带队老师送去祝贺,表示这次参赛为篆山人民争了光,回乡后要好好奖励大家。大家得知后可高兴了!回去之后,学区果然对获奖同学进行奖励,叶旭日因此获得十块钱的物质奖励,虽然数额不多,但他已经十分知足了。值得一提的是,领奖时他是当着全体同学的面上台领的,校长亲自给他颁奖,同学们投来无比羡慕的眼光,然后台下响起十分热烈的掌声,久久的。那种风光和自豪感难以言表,太妙了!他一辈子都会铭记这一刻。

第二十五章　春节难团聚

　　时间如流水，一转眼，一个学期就过去了，春节就要来临了。

　　春节是一年之中最重要的传统节日，对于农村的留守人员而言，其重要性更甚，平时难得跟亲人相聚，只有在春节期间在外打工的亲人才会回家团聚，留守人员才会享受到浓浓的亲情。

　　进入腊月廿十后，回乡的人不断增多，有骑着摩托捆着大包小包的行李大老远回来的，有乘火车又转公共汽车再转三轮车回来的，也有长途直达回来的，每个人一路兼程，虽然辛苦但进村后均洋溢着灿烂的笑容，终于回家啦！

　　在村口的一棵大榕树下，经常有孩子在这里聚集，表面上看他们是在这里玩耍，其实是在等候父母回来，他们的眼睛不时望望路的那一头，期待着父母能够出现，尤其是有汽车或摩托出现时，更是目不转睛地盯着看。有的孩子终于看到自己父母出现在眼中了，于是惊喜不已，迈开步子冲了过去，接受父母的爱抚，然后高高兴兴地一起回家，无比的幸福；也有的孩子屡次看不到自己的父母出现，一次次翘首以盼，一次次失望……

　　叶旭日兄弟和叶大雅姐妹等人就经常在村口等候。他们还有个心愿，等到父母回来后，要将自己在县运动会获得的奖状拿给父母看，再获得父母的表扬以及给压岁钱。

　　等呀等，一直等到腊月二十七了，等得心焦了，才终于等到几个熟悉的人。那天中午时分，太阳不见踪影，天气有些阴冷，但他们继续在村口等候。玩着玩着，前方出现了几个人影。叶大雅惊叫起来："那是我妈！我妈回来啦！"叶小雅一看果然是母亲回来了，也欣喜万分，姐妹俩连忙冲了过去，边跑边喊边笑,差点儿还摔了一跤。但叶旭日有些失望,前方的人群中没有自己的父母,只有自己的志强叔叔和绿瑟婶子还有一个小孩子。不过,他也跟了上去。

叶大雅和叶小雅赶到母亲身边后,一把抱住了母亲,然后又看看母亲背着的小弟弟,十分可爱,白白胖胖的,还朝她们俩笑着,令两姐妹高兴极了。她们知道弟弟前几月就出生了,但一直没机会看上一眼,直至现今才终于看上。叶大雅此时发觉,父亲没在身边呢,便问道:"妈,爸爸呢。"

叶志强帮忙回答:"你爸去收钱,要过两天。"

叶大雅诧异地问道:"过两天不是过年了吗?"

"过两天是二十九,大年三十才算过年呢。"叶志强接着从包里拿出一袋糖果和饼干,分给几个孩子吃。叶大雅姐妹拿到糖果自然十分高兴,津津有味地吃起来。但是叶旭日却高兴不起来,心中牵挂着自己的父母,为何他们没一起回来呢? 他抬着头问道:"小叔,我爸妈怎么还不回来呢?"

叶志强回道:"你爸跟大雅爸一起回。"但他有意不提他妈妈。

叶旭日没有多想,只是"哦"了一声。

叶顶天兄弟俩也跑过来问他爸什么时候回来。叶志强一时不知道如何回答才好,因为顶天的爸爸——叶飞阳今年不打算回家来,如果如实告知孩子的话,怕伤了他们的心。只好支吾着说可能这几天吧,具体不是很清楚。

许绿瑟几人回到家后,叶金谷和李亚虹可高兴了,尤其是李亚虹,赶忙帮着抱孙子,一个劲地看,逗小孙子玩,体现出非常怜爱的姿态。想想现今终于有孙子了,传宗接代的问题解决了,多年无孙的心结解了,能不高兴吗? 她想,只要志强把刘芸给娶了,再生了娃,那人生就完整了。

随后,叶志强和许绿瑟吃起饭,一路坐车饭还没来得及吃呢。吃饭期间,叶金谷问为何志彬还没回来。由于平时常跟哥哥等人住在一块儿,叶志强知道哥哥晚回的原因,带着无奈的口气说:"做的一项工程工钱还没结清,我哥堂哥天天蹲守在工程方等钱。"

"怎么又欠钱?"父亲愤懑地说,他感觉儿子年年都被人欠钱,年年都是将近大年三十才能回家。李亚虹说:"就是,年年都欠,一年到头像给人白干一样。这是怎么回事?"

许绿瑟说:"现在做工程几乎没有不拖欠的,我们也没办法,催一催拿回一部分是可以,但按照经验,肯定要留一部分到年后。"

叶志强说:"现在农民工欠薪是个社会问题,农民工太弱势了,法律保障不够,老板们做工程时往往都是资金不足就开工,搞到后来没钱了,只好拖欠农民工工资,我们想去政府投诉嘛,又怕闹僵了更拿不到工钱,只好多等候多说好话。唉……"

谈到这个问题,现场充满压抑的气氛,搅了原本应该吉祥如意的节日氛围。

就在这时,叶大雅和叶小雅突然跑了过来,两个人手上均拿着奖状,递给许绿瑟:"妈,你看,我的奖状。"

许绿瑟看了看,笑着夸赞不错。叶志强也拿过来看,发现叶小雅获得幼儿园"好孩子"称号,而叶大雅则在全县田径比赛中获得中年级女子组冠军,他由衷的高兴,知道获得冠军实属难得,不由地竖起大拇指夸道:"很棒,非常棒!小叔我奖励你们。"

"奖励什么啊?"

叶志强掏出钱,给她们每人发十元的压岁钱,姐妹俩拿到钱后高兴得跳起来,引得爷爷奶奶也笑了。

叶小雅问母亲:"妈,你也要奖励我们。"

许绿瑟顿时想起什么,说:"好啊。"然后从行李箱里拿出两件崭新漂亮的衣服。

"新衣服!"俩人欣喜不已,只见上衣是红色的,红得鲜艳而喜庆,胸前还挂着两个可爱的呢绒球,裙子是时下流行的黑色迷你裙,另外还配了条裤袜,太时尚了,这样的衣服可是在电视上才能看到的啊,都是城里的孩子才穿得上的啊,现今自己居然也拿到手,太棒了,她们拿着就想穿起来。许绿瑟说别急,等到除夕再穿,现在穿弄脏的话过年就没得穿啰。

……

休息下后,叶志强带上糖果之类的礼物,拜访长辈。去二伯住处时,发现二伯躺在床上像是睡着了,不大的屋子散发出一股怪味,环境卫生不怎么好。

"二伯。"叶志强轻声道。他想如果二伯睡着的话,就不打扰他了。

叶金牛并没有睡着,听到有人叫后,动了动身子,轻咳两声,问道:"谁啊?"

"我,志强。"

"是志强呀,坐,我起来。"

于是,叶金牛爬起来,撩开发黄的蚊帐,弯着腰坐着。叶志强看到现今的二伯的面容,吃了一惊,只见二伯比以前更瘦了,有种皮包骨头的样子,两个眼睛深凹下去,皮肤虽然黑,但仍能看到脸色苍白。

叶金牛有气无力地说:"我就不泡茶了,等下让淑香泡茶给你喝。你什么时候回来的?"

"没事,不用喝茶,中午刚到的。二伯,你身体怎么样? 有没去医院看看?"叶志强关心道,不免为之担心。

叶金牛说:"不用去医院,浪费钱,人老了,就这样,没关系的。"然后就是一阵剧烈的咳嗽,似是要把内脏都咳出来的样子。

叶志强赶忙帮忙拍拍背。他十分不同意二伯的观点,他明白这是二伯怕花钱,更明白家里并不富裕。他一时不知有什么好办法。

王淑香知道小叔回来了,便邀请叶志强到对面的主房坐,并泡起家乡的单枞茶来。

寒暄一阵诸如什么时候回来、家里忙不忙之类的话语后,叶志强问:"嫂子,听说你也找了份活儿是吗?"

"嗯,在钢材店里做几个月了。"

"怎么样? 辛苦不辛苦?"

"干体力活,就是拉直钢材、剪钢材,一个月九百元,自己还挺满意了,至少不用怕没饭吃、没钱花。"王淑香说,此外老板江财发对她挺关照的,除了给工资外,不时嘘寒问暖的,有时会送诸如水果、饼干、鱼乃至日用品和衣服等物当福利,所以在那儿干活虽然辛苦但快乐。当然这些她是不会告诉叶志强的。

叶志强心想九百元工资低了点儿,但在农村不能要求太高,"那就好。"然后又说:"二伯身体好像不怎么样。有没带去检查检查?"

"有叫我们村的医生还有其他村的医生来看。说是肺的问题,又开了些西药和中药,但效果并不是很明显。"

"最好还是去大医院看看。"叶志强建议道。他也想帮帮忙,乃至付上所有医疗费,但这只是个愿望,因为自己手头并没有多少钱,没了钱就没了底气。

"我觉得也是。可是我没空，又不认识大医院的人，门都摸不着。我有跟你堂哥提过，可是他这个没良心的，说他没钱，还叫我想办法，我哪有什么办法？今天早上刚打电话回来，原本我还以为告诉我很快要回来，不料是告诉我不回来了。我问他有没托人捎钱回来，他说没有钱。气死我了。幸好我自己赚了点儿，要不然这年怎么过。"王淑香愤愤道。

在一旁玩耍的叶顶天压根不知道父亲不回家，现今听了这个消息，十分愕然，原本他还想把奖状拿给父亲看呢，他一万个不理解，大过年的人人都回来团聚，自己的父亲怎么不回来，于是问道："妈、叔，我爸为什么不回来？"

王淑香带气道："去玩去玩，小孩子管那么多干吗？"

叶顶天一脸郁闷地走开，心情那是异常的难受，他知道父母俩有疙瘩，家庭并不和睦，但作为一个孩子，他无能力解决。

屋内只剩两个人了，王淑香便压低声音问叶志强："叔，你如实告诉我，你堂哥是不是在外面有别的女人了？"

听到这个特别敏感的问题，叶志强怔了下，大呼不好，猜想堂哥堂嫂俩肯定是感情出现了问题，已经开始猜疑对方了，如此发展下去可不好。他在珠州市知道堂哥叶飞阳的情况，堂哥色是色了点，有时会去红灯区玩玩，算是解决寂寞，但他确信堂哥并没有跟别的女人同居。他知道堂哥不容易，主要是赚钱少。为了化解堂嫂的猜疑，维护家庭的和谐，他一本正经地说道："嫂子你多虑啦，没有这回事。堂哥这次不回来并不是因为有别的女人，主要是没钱吧，现在载客生意并不好做，竞争的人多，交警还要抓，前阶段他的摩托就被交警没收了，说是非法营运，后来又花了几千元重新买了一辆，所以钱花光了。"当然他不会把堂哥爱逛红灯区以及爱赌博的恶习说出来。

王淑香半信半疑，轻轻"哦"了一声，接着又发泄道："他就是个笨蛋，别人都能赚到钱，就他无能。"她想说，家乡也有不少人发财的啊，为何自己的丈夫就不行。

叶志强一时不知怎么说好，常言道清官难断家务事，说的就是这个理。想了想后，他便说道："嫂子，很多人都不容易呢，算了，想开点儿，都过年了，新年新气象，明年会更好的。"

"嗯。"

……

叶志强又想着去刘芸家看望她,他认为这是必须的,女朋友嘛,在他心里的位置自然很重。就在昨天搭车要回家时,还给刘芸发了短信,告知她他要回来了。刘芸也回了,说好,等他回来,还祝一路顺风。让人心暖暖的。

叶志强来到刘芸家时,发现刘芸的母亲王惠珍正弯着腰埋着头扫地。他打了声招呼:"阿姨。"

王惠珍抬起头来一看,原来是志强,一时发了愣,不知所措的样子,半晌才勉强地笑着欢迎:"是志强啊,什么时候回来的?"

"今天中午刚到的。"

"哦。"其实她想让志强早点儿离开,但叶志强哪可能这么快就走,那太不礼貌了。他一时感到有点儿奇怪,为何王惠珍不像往日那么客气了,以前的话一来就热情地招呼进屋喝茶的啊。王惠珍见志强执着地站着,有些不好意思,才说:"屋里坐吧,喝杯茶。"

"嗯。"

进屋后,叶志强扫视一圈,还张望了下二楼楼梯口,但并没有看到刘芸,于是问道:"阿姨,刘芸人呢?"

王惠珍没有直接回答,只是说了声:"她呀……"却没有了下句,而是埋着头只顾泡茶,泡了杯并端给叶志强后,才说道:"她早上坐车去龙州市她姐那儿了。"龙州市即本县的上级市,市区离这里约一百五十公里远,尤大志就是龙州市区人。当然叶志强目前不知此人。他只是感到十分意外,都快过年了怎么还去龙州市,别人都是回家过年的啊。不过他想想也可能,以前就听说刘芸有个姐姐在龙州市开店,或许是去接她姐姐的,过一两天应该就回来了。他问道:"那她什么时候回来呢?"

王惠珍脸上呈现难色,半晌才轻声说:"她今年不回来了,在她姐那儿过年。"

"啊!"叶志强大吃一惊,嘴巴张得大大的。"不会吧?"

王惠珍又赶忙找理由:"她姐的店过年照样开张,要卖烟啊、酒啊、饮料啊、烧烤啊,忙得照看不过来,所以央求着刘芸去帮忙。"理由说得很恰当充分。

叶志强信了,"哦"了声。

再坐了一会儿后，他觉得刘芸不在没意思，因此道别离开了。回家路上，他打了个电话给刘芸。刘芸倒是很快接了，还没等叶志强问，她就说来龙州帮姐姐的事，并说不好意思了，没法陪他过年了。叶志强虽然很想念她，虽然很希望能够跟刘芸天天耳鬓厮磨，但还是给予了极大的宽容和理解，还关切地说照顾好自己，别太忙了。挂完电话后，他缓缓地走着，一路上闷闷的，怅然若失啊！

……

大年三十这天，从北方袭来的寒潮降临篆山镇这个山区，昨晚下了霜冻，早晨起床时发现路上的草白白的、屋顶的瓦片也是白白的，就连呼出来的气也像烟雾一般白白的。上午八点多时，叶进乾和叶志彬才赶回村里，他们均扛着编织袋加工成的行李，头发上、胡须上沾着露水。经过一夜坐车以及近期经历诸如讨薪等一系列事情，他们均显得十分疲惫，而且天气又冷，手脚都冰冰的。

叶志彬到家后，全家人都围了过来，嘘寒问暖的，终于能在除夕这天团圆，大家由衷高兴。现今，父母都回到身边了，叶大雅姐妹也感到无比的幸福，不自觉地偎依在父母身旁，真温暖真舒服真惬意。

大人们不忘一个东西，因为这个东西，叶志彬才会回得这么晚，大家外出辛苦打工为的也是这个东西。许绿瑟便问："钱收得怎么样？"

叶志彬叹息一声，说："妈的，才给了两千元。我和进乾哥天天在公司蹲守，晚上蹲守到凌晨，后来去老板家讨要，死缠烂打才各给了我们两千元当路费。"

李亚虹虽然为之鸣不平，但考虑到过年的喜庆氛围，便说："过年了，不说这些不开心的事，过年了老天保佑我们家一切顺顺利利的。"

与此同时，叶进乾也回到了家。

当他回到家的时候，家人既开心又纳闷。开心的是家里的家长终于平安到家了，纳闷的是为何另一个亲人邱丽群没出现在眼前。

叶旭日心想可能是母亲走得比较慢，应该快回来了，特意跑到屋外看了看，又看了看路的那一头，可是压根就不见母亲的身影。回到屋内，他问道："爸，妈呢？"弟弟东升也附和着问，巴巴地看着父亲。

父亲说："你妈过年要忙上班，没法回来了。"

"啊!"兄弟俩惊讶不已,像被雷劈一般顿时木讷地站着一边,思绪纷杂,心情苦闷。一年到头还不是盼望着母亲能够回家来,给他们关心和温暖,可是她竟然没回来。

叶进乾见状,有意笑了笑缓和气氛,还摸摸孩子的头,说:"笑一笑。我听说你们俩还拿了大奖状,快拿给爸看看。"

"嗯。"叶旭日兄弟俩又来了精神,立马去柜子里找出奖状,争相递给父亲看。叶进乾看了后,露出难得的笑容,夸道:"好,好,不错! 我的儿子为老爸争光了。我奖励你们。"

"奖什么啊?"兄弟俩迫不及待地问。

叶进乾拿出一包糖果、两把玩具枪给儿子,还掏出钱,给每人发了十块钱。兄弟俩拿着"奖品",高兴不已。不过,对母亲未归的失望难以抚平,原本也想让母亲也看看自己的奖状,享受母亲甜甜的夸赞,可是她竟然不回,一时很难接受很难理解,前些年母亲都是年年回的啊,哪怕再忙再远也要回。但是作为孩子,他们也没有办法,不接受也得接受这样的现实,然后便去外面玩了。

第二十六章　惊人消息

　　对于儿媳邱丽群的春节不回，叶金薯夫妇十分不理解；对于儿子说的原因，他们也十分质疑。当两个孙子出去玩后，王亚汤便发话问儿子："进乾，你说丽群为什么不回来？年年不是都回来的，怎么就今年突然不回来？"

　　叶进乾一脸沮丧，摇摇头，摆摆手，叹息一声道："唉，别提了。"

　　见儿子如此，叶金薯夫妇预感不好，心不由地悬起来。"快说，怎么回事？是不是你们吵架了？"

　　"何止吵架……唉，这事丑，不提了。"叶进乾摇摇头欲言又止，然后点了根烟闷闷地抽起来，说："你们不用管她了，就当没这人。"

　　听着儿子说得这么严重，王亚汤的心如敲鼓一般扑通扑通直跳，作为儿子的母亲、儿媳的婆婆，她怎能不关心儿子、怎能不管儿媳呢？她跺了跺脚，急不可耐地问："你快说，到底是怎么回事？"叶金薯跟着说："进乾你说，是不是你对丽群不好，惹她生气了？"

　　"哎呀，爸，你可冤枉我了。我是希望丽群回来的，我对她可好好的，年前还跟志彬一直劝说她，我又要讨薪，又要做她的思想工作，我累啊，可她就是不把我的话当话，看不上我这人，老说我无能，说我穷，她心变了，看上有钱人了，跟别人跑了。妈的。"叶进乾愤愤道，一把将还没抽完的烟狠狠地摔在地上，再狠狠地踩上一脚，以此发泄内心的苦闷和愤恨。

　　听了后面的话，叶金薯夫妇大吃一惊，如雷轰顶，喊一声："啊！"同时一万个不理解，跟人跑了？这问题太严重了，赶紧追问。

　　最后，叶进乾还是把具体情况说了出来。不过，他是站在他观察的角度描述的，客观性、真实性有待商榷。具体是这样的：

邱丽群前往酒店上班时，叶进乾想，去酒店上班的工资挺高，又比较稳定，更不用担心欠薪，且能减轻他的负担，这样似乎挺好的，便答应了。起初上班时，邱丽群天天回家睡觉。但过了一阶段，她常常在酒店过夜，没回出租屋。叶进乾问原因，她说是要上晚班，要在酒店提供的宿舍休息。即便如此，在没干活时，她还是会常回出租房来的，做做卫生、洗洗衣服、煮煮饭，因为有了收入，还会买些好东西回来吃，让人挺高兴的。但随着时间的推移，邱丽群回出租屋的次数不断减少，一个月都没回几次。叶进乾觉得不对劲。

一天上午，叶进乾未打招呼便前往老婆工作的酒店找她。他想看看老婆在酒店到底是干什么工作的，也想了解下她老不回租房的真正原因。以前老婆告诉过他工作的酒店叫金庭酒店，所以他特意查找地图并找到酒店的位置，然后骑上电动车前往酒店。来到酒店后，他本想不跟保安打招呼，而直接到酒店楼层去找老婆，由此才能看到她到底是在干什么活儿。进入大堂后，他尽量大大方方、目不斜视地走向楼梯处，但尽管这样，还是有个敬业的服务小姐感觉此人不像客人，便走了过来询问他找谁。叶进乾只好说出找一个叫邱丽群的人，并咨询她具体在哪个地方上班。服务小姐说酒店是有个叫邱丽群的人，但她上午还没来上班。叶进乾听了震惊不已，老婆没来上班又没回家睡觉，那会去哪儿？难道……他不由往坏里想，感到阵阵寒气袭来。

既然老婆没在，他只好退出酒店，只是思绪纷乱，心情郁闷，恨不得立即找老婆问个明白。只是，一时不知道去哪儿找她。当他来到停车处准备推电动车时，恰好一辆轿车从路口开进来。因为汽车是豪气的宝马，他特意多看一眼，不看不知道，看了吓一跳。他发现坐在主驾处的人竟然是自己曾经为之打过工的赖金贵，更让他血喷的是，坐在副驾驶座的人竟然就是自己的老婆，而且他们俩还谈笑风生的，像是很亲密的样子，可能是赖金贵在调戏他老婆，他的老婆调皮地拧了下赖金贵脸上的肉，然后赖金贵得意扬扬地笑起来。妈的，看到自己的老婆跟这个恶人打成一片，自己能不气得喷血吗？能不想到老婆有了外遇吗？之前老婆不回家的原因他顿时明白了。

叶进乾那个火一直往外冒，径直冲到车前，迫使赖金贵来了急刹车，还破口大骂着，可是当他看清前面的人是叶进乾时，一时呆住了。更呆的还有邱丽群,暗呼不好了。

　　赖金贵毕竟是见过世面的人,他很快镇定下来,打开车门走了出来,准备发话。叶进乾看他那副鸟样,更加火。他原本只想先教训教训这个人,而不是先教训老婆,这样的话似乎更能体现自己不是孬种,不是好惹的。还没等赖金贵发话,他便冲了过去,一手抓住对方的领带,一手挥出一拳重重地打在对方的颧骨上,打得开了花。赖金贵被打了后火冒三丈,岂肯罢休,立即回击,两个人顿时扭打起来。赖金贵知道自己的力量不行,怕打不过,便开始呼救,很快,几个保安赶了过来,场面变成了多打一,叶进乾势单力薄只能防守。邱丽群自然不希望老公被打惨,忙上前相劝,赖金贵很听她的话,立即叫众人收了手。叶进乾看到老婆就在眼前,伸出手掌,猛地朝她扇去,似乎这样才解气。邱丽群猝不及防,被扇中了,脸上掌印清晰可见,疼痛不已,满眼闪着金光,晕头转向的。

　　赖金贵立即阻拦,说:"你他妈的干吗打女人?"

　　叶进乾轻蔑道:"我打我老婆关你什么事?"

　　"你!"赖金贵气道,不知如何回应好。

　　叶进乾怒视道:"以后敢动我老婆,小心灭了你。"

　　"你他妈的说什么呢? 有你这样说话的吗? 乡巴佬,真是没开化。"赖金贵说。

　　一听被人贬低,叶进乾又做出要打斗的姿势。但被邱丽群阻挡住了,她哽咽着说:"进乾,你不要胡思乱想。不要乱来,回去好吗?"

　　叶进乾收了手,说:"好,你跟我回去。"

　　邱丽群却不肯动身,说:"我不回去。"

　　叶进乾立即问:"为什么不回去?"

　　"我要上班。"

　　叶进乾呸了下,说:"上个屁班。到底走不走?"

　　"不。"邱丽群依然纹丝不动。

　　叶进乾点着手指头愤愤道:"好,现在牛了,有本事就永远不要回来。"

　　几天后的一个晚上,叶进乾突然发现老婆出现在出租屋门口,虽然心底里是希望她回来的,但是他的气还在,想趁机树威,便劈头盖脸地骂了她一顿,又说有种就不要回来。邱丽群一气之下，扭头就走。这让叶进乾有些后悔，但又不肯认输和服软，因此没有道歉。时间很快到了春节前夕，在亲戚们的劝说下，叶进乾主动前往酒店劝说老婆回家过年。这次邱丽群确实是在酒楼餐厅忙活。她说过年工作忙，没法回家。而叶进乾怀疑老婆撒谎，老想到不光彩的原因，因此又跟她吵了一架，最终没能劝说老婆回家。他只好自个儿回老家过年了。

叶金薯夫妇听了儿子一番诉说后，信以为真，很快，伤心与苦闷袭上心来，叶金薯一屁股坐了下来，埋着头抽闷烟，王亚汤拍打着桌子哭泣起来，喊着这是什么命啊，老天为什么要惩罚人啊。要死要活的。这令叶金薯感到很不吉利，愤愤地斥责说大过年的哭什么哭，天又不会塌下来。他还交代，家丑不可外扬，藏在心里就好，不要出去乱说。

这个年，注定是个悲苦之年。就连吃年夜饭时，都是没有欢笑、没有祝福的，不像往年那样喜气洋洋、其乐融融。叶旭日兄弟看着长辈如此压抑的表情，自己也被感染而觉得压抑。他们虽然不知道深层次的原因，但知道这肯定是与妈妈未归有关。其实，他们俩也是十分思念妈妈，希望妈妈能在身边陪着，希望吃上妈妈做的佳肴，希望得到妈妈的嘘寒问暖。虽然以前妈妈批评或指责他们，有时嫌啰唆不耐烦，但现在宁愿被唠叨，也不愿妈妈不回来。就在平时，他们多次睡觉都梦见妈妈，梦里喊着妈妈，或者跟妈妈一起去玩，十分幸福，可是一觉醒来，妈妈却不在身边，不由地流出心酸的泪水。

孩子就是孩子，情绪变化很快，当有得玩的时候，他们很快就能甩掉忧愁，投入到快乐的游戏当中。

春节期间，镇里的网吧、游戏厅开门迎客，生意异常火爆。这些网吧、游戏厅本来在去年的一轮整治中已经关闭，但野火烧不尽，春风吹又生，为了巨额利润，老板们想尽各种办法继续营业，如撤掉招牌，把大门关起来，客户走后门进入等。知道这行业好赚钱后，如今又有更多的人也相继办起网吧。在过年时期，大家认为上面不可能来查，因此都光明正大地开业，吸引了许多外地打工回来的人和本地学生来玩。

镇里的人俗称大年初一为"玩日"，大家不用干活，自由出去玩，有的走访亲朋好友，有的聚在村坪赌博，有的拿着玩具嬉戏逐闹……在这一天，叶旭日兄弟则跑到圩里的网吧想玩游戏。过年时长辈给了压岁钱,自己对游戏上了瘾,觉得非常刺激,所以首选去网吧玩。

可是,当他们来到网吧时,发现里面的人真是多啊!每台机子都被占了,而且还有不少人在一旁等候着。后来,他们又跑到其他几家网吧,但都是一样爆满。没办法,只好在一旁耐心等了。他们选了人相对没那么多且有几个认识的同村人也在场的网吧等候。其中一个叫叶蛋,今年读六年级,是个读书读不懂、玩耍当大王的人。以前叶旭日跟他一起游过泳、捕过鱼,因此认识。

等呀等,足足等了一个小时,终于有人下机了,且此人就在叶旭日的旁边。他见状,赶紧冲过去抢占位置。差不多同时叶蛋也要抢占这个位置,两个人几乎同时坐到椅子上。

叶旭日说:"阿蛋,是我先占。"

叶蛋也太想玩游戏了,因此不甘示弱,说:"是我先占的好不好?而且我比你早。你继续等去。"

叶旭日哪里愿意,说道:"你胡说,我比你早等这台机子的好不好?原来你是在等另外一台的。"

叶蛋火了,凭着自己年纪比叶旭日大点儿、个头高点儿,他一把推开叶旭日,将其推出椅子。叶旭日也火了,他胆子大,不怕对方,因此使劲拉拽对方。很快,两个人动起手打起架来,边打边吼,叶蛋突然说道:"你他妈的旭……日,你不知道你妈跟人跑了吗?你他妈的还在这里跟我争什么争,有种去追你妈回来啊!"

听了这话,叶旭日起初有些发懵,这可是他第一次听到妈妈不回家的原因,但很快他怒火中烧,认为人家是侮辱他和他妈妈,这可是奇耻大辱,他无法忍受,立即挥了一拳过去,发了狂似地吼道:"你胡说什么?你妈才跟别人跑了呢。"

叶蛋说:"我没胡说,我爸我妈都这样说,不信你去问问。"

"你还说。才不会。"叶旭日又要动手打他,而且叶东升也感觉被侮辱了,要帮哥哥打叶蛋,而叶蛋的同伴则过来帮他,一场群架在所难免。这大过年的,打架自然不好。网吧老板及其他上网者,赶紧过来劝架,但双方都在火头上,一时劝不开。

就在这时,门口进来了一个人,见此情景,赶紧上前劝和,因为他的感召力大,终于把众人劝开了。此人就是叶志强,他也是要上网的,平时在城市上网惯了,回家后许久没上网,不知道信息,挺不习惯,因此来网吧想看看新闻、跟朋友聊聊天。他见到侄子在场跟人闹事,赶紧解围。劝开后,他不想上网了,把侄子带出门口欲离开此地,说:"别在这里玩了,我载你们去兜风,怎么样?"他这次是开摩托来的。

叶旭日兄弟十分愿意地回答:"好。"

于是叶志强载着俩侄子兜风,然后载到一个叫"金马台"的景区玩,这里拥有历史悠久的古塔、据说很显灵的神像以及清澈见底的小河、模样各异的怪石、满山苍翠的树木,春节期间这里游人如织。下了车后,叶志强特意买了冰糖葫芦给俩侄子吃,然后问起兄弟俩刚才为何打架。叶旭日如实说开始是争位置,但之后出手主要是被人家辱骂。接着,叶旭日弱弱地问道:"叔,阿蛋说我妈跟人跑了,你告诉我,是不是真的?"

叶志强吃了一惊,居然连孩子都知道此事!难怪他们对叶蛋会如此生气,敢在春节期间不顾一切地跟人打一架。虽然他对嫂子的事有些了解,但他并不相信嫂子会跟人跑了,应该是存在误会。他并不想让孩子幼小的心灵受这么大的伤,因此说:"阿蛋肯定是乱说的,说的是气话,你们不要相信,没有这回事,我清楚的,你们相信叔,你妈只是在酒店上班比较忙没回来而已,因为城市里很多人自己懒得做饭,都去酒店里吃饭,所以酒店过年期间很忙,员工要加班。我想,过年后没那么忙了,你妈会回来看你们的。懂吗?"

叶旭日兄弟俩点点头,信叔叔说的话,这下心中石头终于落定。

吃了个甜甜的冰糖葫芦后,叶旭日问:"叔,你今天怎么没去找刘芸老师?"

叶志强笑了笑,说:"她去龙州住了,没回家过年。"

叶旭日喃喃道:"不会吧?刘老师还去外面过年。"

"嗯。"

叶旭日继续说:"叔,你有没问刘老师,她肯不肯做你老婆?"

叶志强被逗乐了,拍拍侄子的头,说:"小孩子甭管大人的事。"

叶旭日说:"不是。叔,我曾经看见刘老师跟别的人来往,一个有车的人,讲普通话的,还是镇政府的领导。我看到他经常开车接送刘老师,上次我还砸破了他的车玻璃,赔了钱……"他把上次砸车的前因后果说了下。

这下叶志强听了目瞪口呆,难道真有此事?因为是孩子说的话,他一时不敢尽信,问:"旭日你没撒谎吧?"

叶旭日一本正经地说:"叔,你对我这么好,我哪敢对你撒谎?"叶东升随即说:"我哥说的是真的。上次我也看见刘老师和那个人在一起。我不止一次看见。"

"啊!"这下叶志强不得不信,大呼不好,脑子里似有一窝蜂在嗡嗡地叫,如果真是这样,那就惨了。回想近期刘芸的做法和态度,本就觉得反常,难道她真的移情别恋了吗?他还不由想起,上次回老家时,嫂子王淑香也告诉过他关于有人常约刘芸的事,以前还不太相信,但在现今的情况下,他愈发相信了,原来事情早有前奏,自己却一直蒙在鼓里,悲哀。

之后叶志强回到了村,在路过叶木昆家时,叶木昆恰好站在门口,十分客气地邀请他进屋喝茶。他的家也是瓦房的,屋内陈设比较简单,一台 18 寸的旧电视算最值钱的东西了,茶座、饭桌都是 20 世纪 80 年代那种老式的,已经掉了漆并发黑。往年叶志强也常跟叶木昆上山抓鸟、采摘野果等,因此跟他还算比较熟。叶志强知道叶木昆仍旧单身,寒暄一阵后,他问道:"木昆,有没找找对象?"

"难,年纪大了,又没赚什么钱,只好单身当光棍。"叶木昆说。这确实是事实。但有些内容他是不会轻易说的,比如,下半年来他的性生活其实还是挺滋润的,每月都跟陈桃红有鱼水之欢。只是无法得到她的心,而且年末后,陈桃红怕丈夫要回来了,便不跟他来往了。叶木昆识相,自觉地遵从这种潜规则,该收手时得收手。

对于叶木昆的境况,叶志强一方面给予同情,但更想鼓励他好好赚钱,改变自己,因此说:"男人关键还是要事业。你还是找个项目,认真做,不怕辛苦,赚了钱女人问题应该就比较容易了。"

"那是。我就是懒,是该改变改变。你呢?事业怎么样?"叶木昆问。

"我现在也只是打工,领固定工资,只能说一般般,其实也没赚多少钱,买不起房买不起车,唉,现在大学生太多了,不比当年,我们来自农村的,没关系没背景,全靠自己,不容易啊!"叶志强感慨道。

"嗯,现在大学生是很多,知道你们不容易。那今年有没打算结婚?"叶木昆试探性地问。

"这个……想是想,但估计难。"

叶木昆长长地"哦"了一声,似乎含有深意,接着压低声音说:"听说刘芸去龙州过年,你知道不?"

叶志强一怔,诧异地问:"你也知道?"

"当然,我常去她那个自然村,从她邻居那儿听到的。"叶木昆。

叶志强心想叶木昆肯定知道不少信息,忙问:"那你还知道什么消息?告诉我。"

"好,我知道你挺老实的,是个好人,如果是外人,我才懒得管,但你我可是老朋友,我就告诉你吧,免得你一直蒙在鼓里。镇上有个叫尤大志的副镇长一直追刘芸,应该是追到手了,听说她之所以去龙州市,其实就是因为尤大志是龙州市人,刘芸口头上说是去她姐那儿,其实是要去尤大志家。"

"啊!"叶志强呆住了,呆若木鸡。

叶木昆发觉对方呆了,猜想他此刻心情肯定是异常难受,忙摇了摇叶志强,让他回过神来,然后劝慰道:"志强,不用难过,真不好意思,大过年的告诉你这个消息。我建议,趁他们还没结婚,尽量做做刘芸的思想工作,看看能不能让她回心转意。如果真的发生了不如愿的事,你也要坚强,以你的学历和能力,肯定不用担心老婆问题的。天涯何处无芳草。你说是吧?"

叶志强有些木讷地点点头:"不怪你,应该谢谢你,没你说我还真的不知道,我知道接下来怎么做。"

"可千万不要过激。你知道现在是过年呢。"

"明白,放心吧。"

离开叶木昆家时,叶志强感觉双腿发软,整个人犹如没了魂似的,心里异常难受,虽然强忍住泪水,免得被路人看出异样,但这无法消除内心的痛,心如刀割般疼,在滴着血。跟刘芸相恋多年,本以为感情基础十分巩固,为了能娶到她,不敢对别的女人有非分之想,不惜放弃张小红的求爱,但没想到,最后换来的是这样的结果。悲催!

第二十七章　嫁给他人

叶志强落魄地回到家,母亲似乎没看出儿子的不愉快,只是问道:"去哪里玩了?"

叶志强软弱无力地回道:"随便逛逛。"

"有没有去刘芸家?"母亲问。她一直牵挂着儿子的婚事,心想儿子年纪不小了,该成家了,还打算过了年就把刘芸娶回来,了却一桩心愿。

叶志强带着火气道:"还去什么刘芸家? 妈,难道你不知道吗?"

母亲看着儿子沮丧而愤懑的表情,觉得不对劲,不由担心起来,问:"怎么了?"父亲听到后也走了过来。

于是,叶志强把了解到的信息一五一十地告诉父母。父母听后均十分震惊,并焦躁不已。很快,一场家庭会议召开,包括叶志彬和许绿瑟均参加了,大家商讨下一步对策。这问题颇棘手,这大过年的,如果行动搞得太大,显然不利于过年的氛围,影响不好;但如果不理不睬,很可能婚事就黄了。经过讨论后,大家一致决定从两方面着手行动。

一方面,叶金谷和一位跟刘芸父母关系颇好的亲戚叶学文前往刘芸家,表面上是拜年谈天,其实是打探消息,趁势提出刘芸和叶志强婚事问题。刘芸父母表现得十分坦然,思想看似十分民主,说现在是现代社会,提倡婚姻自由,作为父母的不该干涉女儿婚姻事,要由女儿自己决定,而以前她可是一直赞成女儿嫁给叶志强的,且毫不保密地对别人公开这样说。叶金谷明白弦外之音,无非是说如果刘芸嫁给别人而不嫁叶志强,他们并不会干涉。叶学文特意提了志强的优点,如文凭高、人诚实可靠、同村人知根知底等,希望他们多做做刘芸

186

思想工作,但刘芸母亲王惠珍说她知道,但女儿跟自己有代沟,具体还得看刘芸的意思。叶学文不方便提尤大志的事,因为比较敏感,怕被批,于是换个方法试探性地问刘芸去龙州做什么。王惠珍说是去她姐那儿帮忙的,至于别的信息她只字不提。

另一方面,叶志强也开始努力了。虽然知道事情比较严峻,但他不想就此认输,不愿就此放弃。他打了个电话给刘芸。以前打电话时心情很轻松,且因为很熟,什么话都敢说,根本不存在什么压力,但现在按着手机按键手都发抖、心跳得厉害,比跟大领导打电话还紧张。电话响了许久,就在叶志强以为刘芸可能不接时,电话终于接起来了。叶志强勉强笑着问:"芸,今天去哪儿玩没?"

刘芸说:"没去哪儿。今天生意很好,在帮忙呢。"

"哦。大年初一都不休息啊?"

"嗯。开店就这样。你去哪里玩没?"

叶志强说:"本想去你家,可是你又不在。正无聊呢。家人又开始催婚,烦着呢。"

刘芸微微一惊:"啊! 不会吧? 还催婚?"

"是真的。年纪不小了。你在龙州哪里呢? 我搭车过来,帮你好不好?"叶志强试探性地问。

不料刘芸一口回绝了:"这大过年的,跑来跑去干什么,在家好好玩,我在就可以了,不需要太多人帮忙。"

"可是,我很想你,没见到你,吃不好睡不好。要不你回来,过了年我们定个时间把婚给订了,好不?"叶志强真切地乞求道。

刘芸说:"我有什么好想的,你这么大的人了,还像小孩一样。订婚的事再说吧,现在要忙呢。"

再说了两句,刘芸就以忙为由,挂机了。留下的,是令人无比的怅惘。

接下来的大年初二、初三等几天,是乡里人做客的日子,有对象的人去女方家做女婿,年纪小的去外婆家做外甥。如果叶志强跟刘芸谈得不错的话,也可以去女方家做客、做准女婿,但现今没法,只得去外婆家做外甥了。做外甥的滋味并不好受,因为要被亲戚问这问那的,主要就是问婚事,搞得他不知道如何回答是好,说实情吧,自己脸面无光;要撒谎吧,又不太敢,总之十分尴尬。

在有空闲时,叶志强不忘继续跟刘芸联系,表达自己的真心实意,想挽回她的心。他每次打电话或发信息,刘芸都会接或回,不像绝情的样子,而且还会关心叶志强,说要吃好点儿、穿暖点儿、晚上不要熬夜等,还口口声声地说她是在帮姐的忙,没去哪里坑,谁都没去找。这让叶志强看到了新的希望,心想自己的努力收到了成效。

常言道,耳听为虚,眼见为实。叶志强很想去龙州看看刘芸到底在干什么,于是问她地址,但刘芸死活不肯说,一直说过年家里热闹、不要跑来跑去,太麻烦了。后来,她又说她过些天就会回来,这让叶志强打消了去龙州的计划,心想那就在家等她回来吧。

但天有不测风云。大年初五那天,叶志强便接到公司上司打来的电话,说有工作要事,公司要开展一个项目的营销,需要大家参与,初六就要上班。唉,春节七八天假期就这样结束了,大老远跑趟回家,没几天又得离开亲人、离开家乡,太舍不得太不情愿了。但人在职场身不由己。无奈,在初五下午,叶志强只好搭车前往珠州。对于这次出行,他不忘告诉刘芸,并解释其中原因,还表示如果不那么急着上班,他是会在家等她回来的,可是没办法,实在不好意思。刘芸口头说没事,工作要紧,其实心里暗自高兴。叶志强说只要她同意订婚或结婚,他到时可以请假再回来。刘芸说这事日后再说,先安心工作。

初六晚上的时候,叶志强加完班回到空荡荡的出租屋,由于过年期间许多租户都回老家了,因此整栋楼乃至整个城中村都显得异常冷清,租户和门店大门紧闭,跟往日的热闹天差地别,甚至让人感觉不到此地就是城市。屁股还没坐热,突然他的电话响了,一看是老家一个店铺的电话号码,因该店铺有公话,所以村民往往前往那里打电话。打电话的人是自己的父亲,语气带着慌张、生气、无奈:"志强,唉,真没想到会这样,爸跟你说件事,希望你不要难过,你看看该怎么办?不过,我看既然这样就算了。"

虽然父亲还没有把事情说出来,但叶志强已经预感到事情不妙,心里拔凉拔凉的,"爸,你说吧,什么事?"

"刘芸,唉……刘芸今天回来了,你前脚刚走,她后脚就回来了,我听人说,她是跟一个男的回来的,镇里的什么领导,已经定亲了。唉,真会选时机,我们都蒙在鼓里,你说这……"父亲又是叹息又是发着牢骚。

叶志强听了这个爆炸性的消息，整个脑袋如爆炸一般，且是连环爆炸那种，轰轰直响，全身瘫软，就连拿手机的力气都没有了。许久，他才回父亲："我知道了。"

父亲一时也不知所措，问："你说怎么办？要不要回来？"

叶志强轻声说道："我先考虑下。"

"那好吧。你不要难过。人家都把亲定了，木已成舟，我看就算了，爸不怪你，以后再找就是。"父亲安慰着，怕儿子悲伤。

"嗯。"

挂完电话后，叶志强躺在床上，四脚朝天，双眼直愣愣地看着天花板，却不知道看什么，思绪纷乱，真不敢相信竟然会发生这样的事情，此时的他，无比的伤感和失落，心情十分难受，如刀割般疼痛，同时又有一股火蕴结心中，觉得自己被人耍了一番，虽然自己平时很善良很老实，但此时心中还是有一股仇恨冉冉升起，甚至幻想拿着刀杀回去，宰了那个情敌，不过这终究只是一时之念，真要行动他没这个胆。那么接下来该怎么办呢？是认输成全人家呢？还是不放弃而赶回家去搅人家的好事呢？

他现在很受伤很受伤，往日跟刘芸相好的一幕幕情景不断浮现，如一起外出游玩，还有手拉手一起逛逛街，说着甜言蜜语和山盟海誓的话，时不时还来个亲吻表示亲热，可谓妙不可言。可现今，一切都随风而去，换来的是撕心裂肺的痛。虽说男儿有泪不轻弹，但他仍控制不住情绪，在这喜庆的春节时分、在刘芸家人大喜的时分，他孤独地大哭一场，泪如泉涌……但这种伤感，别人不知道，刘芸也不会知道，根本就产生不了什么作用。

晚些时候，叶志强还是拿起手机要跟刘芸联系，不知道怎么搞的，明明不是自己做亏心事，但他却不敢直接跟刘芸通话，只好选择发短信。

编了许久的信息，打了字感觉不妥又删除掉，反复几次后，才最终编成一条短短的信息："听说今天是你的大喜之日，真的吗？"他有意突出一个喜字，以此反衬自己的悲。

此时的刘芸正在家里跟亲人相聚聊天，今天尤大志及父母等亲人开着几辆车来到她家提亲，家里请了不少客人，因此热闹非凡。她需要招待客人，忙得不可开交，当听到手机滴滴响时，拿出来一看，竟然是叶志强发来的，心里咯噔一下,为了免得被人发现破绽,她装出一副若无其事的样子,但其实内心是挺不安的,想想自己跟叶志强相恋这么多年,现今却背着他移情别恋,良心上受到谴责,挺对不起他的。

之后,她找了个理由上了楼,趁着没其他人在场,她才敢给叶志强回信息。但一时也不知道怎么回才好,想撒谎吧,但对方都已知道实情了,再隐瞒似乎不好;想如实告知嘛,怕被骂。思虑之后,她回复道:"本来想告诉你的,可是一直没勇气。我不是个好女孩,实在对不起,让你失望了,希望你找个比我更好比我更合适的女孩。我心里不好受,你打我骂我吧,我宁愿被你打被你骂,或许会好受点儿。"

叶志强读着短信,又一次泪奔了。虽然此时真的很想骂她,想责问为何这么绝情,为何背叛他,但这些有用吗?而且在人家大喜之日骂这些话,不吉利,太不够意思,况且他不是那种丧心病狂、狠如虎豹的人。他细细品味着刘芸写的每句话每个词,尤其是"合适"二字,似乎含有深意,想想自己跟刘芸确实存在不合适的因素,主要是一人一地,长期分居,难以相聚,不利于彼此感情。唉,既然如此,那就算了,成全了人家吧。更何况人家已经把婚定了,说明心已经归属他人。自己心虽不愿舍弃但又有什么办法呢?算了吧,算了吧,亲爱的人。于是,他回了句:"怎么会舍得打你、骂你呢?心里还是想着你。虽然你要嫁给别人,但我们还是好朋友。祝你幸福一生。"然后又是泪如泉涌。

刘芸看到这条信息,心里一块石头落地,同时为叶志强的好而感动而愧疚,没想到他此时不仅没骂自己,还如此关心自己,她控制不住而热泪盈眶。突然听到楼梯有声音,赶紧擦拭泪花,装作没事的样子。

第二十八章　收之桑榆

这一晚，叶志强失眠了。

虽然疲惫，但第二天叶志强照样上班。当他到公司后，张小红一眼就发现他的异常，只见他双眼布满血丝，无精打采、愁眉苦脸的，心想肯定发生了什么事。她很想问个究竟，但公司内大家安静上班，一时不方便问这些私事。到了下午下班后，当叶志强走到门口时，她叫住了他："志强。"

叶志强一听熟悉的声音，就知道是张小红，他转过身来，看了看正急着收拾包的小红，应了声："嗯，小红，有事？"

"等下我，我跟你走。"

叶志强有些感动，点点头："好的。"

两个人下了写字楼，来到车水马龙的街道，朝公交站的位置走去。路上，张小红问："你哥你嫂他们来了吗？"

"还没。"叶志强应道。

"哦哦，那你岂不是自己在外面吃？"

"是的。你呢？"

"我也是。我妈过年回去了，说还是住农村好，邻里乡亲多，热闹，就没来了。我懒得做就在店里吃。不过，今天我想改变一下，真诚地邀请你去我那儿吃饭，我做给你吃，如何？"张小红一脸灿烂地看着叶志强。

叶志强对于张小红的关心由衷的高兴，欣慰道："是吗？那太好了。谢谢小红啊！"

张小红耸了耸肩，碰了下叶志强的胳膊，微笑道："还这么客气干吗？又不是外人。"

不是外人,那算什么人? 是自己人? 若能如此,这自然是件幸事,一想到这,叶志强笑容很快替代愁容,"呵呵"地笑了。

之后,叶志强与张小红乘坐公交车前往她的出租屋。下车后,先去她住处附近的一家卖场买菜,俩人推着购物车,并排地走着,让人以为是小两口,不时有人投来羡慕的眼光。俩人买了些青菜、西红柿、瘦肉、香菇、鱼等。到收银台时,叶志强要付钱,但张小红也抢着要付,她想这次她是主人,主人付钱天经地义,在俩人争执时,收银员说:"你们不是一家人吗? 谁付还不是一样?"张小红愣了下,脸红地笑了笑。最后,还是由叶志强付钱。就当她请客、他结账好了。

买完东西,张小红带着叶志强走进城中村。在大街时,沿途一片繁华,高楼大厦,美不胜收,但进入城中村,立马变成另一个风景,狭小的道路有些脏乱,低矮简陋的房屋一座紧挨一座。叶志强去过一次张小红的租房,大概知道在哪里,到一个分岔路口时,他记得要往左走,但小红说要往右走,原来,张小红在年前已经搬家了,主要是原先住的房子涨价,房租从四百元涨到五百五十元,她感到不爽,房东太狠心了,房租太贵了,让人压力山大,因此只好找个便宜点儿的地方搬了。叶志强来到新的出租房,发现这座楼比之前的更旧,尤其是窗户被另一座紧挨的楼所遮挡,光线自然没有原先住的好。张小红叹息一声,说凑合着住呗,毕竟价格才三百八十元,能省则省一点儿。

随后,张小红赶紧进入厨房做饭,所谓的厨房其实不是真正的厨房,不过是窗台的一个小平台,在上面放上电饭煲和电磁炉之类简单的厨具,就做起饭了。张小红在淘米、洗菜的时候,叶志强也主动上前帮忙,如帮切猪肉、洗菜什么的,俩人忙得不亦乐乎。忙了这些后,张小红开始炒菜,她的手艺不错,炒菜有模有样的,动作利索,一看就知道平时是干过这类活儿的,想必今后是贤妻良母,上得了厅堂、下得了厨房的那种。叶志强也露一手,做着自己的拿手好菜——西红柿炒蛋。不到一个小时,大功告成,一桌美味佳肴展现眼前,看得人直咽口水。

俩人坐了下来后,张小红拿起筷子催促道:"快吃快吃!"她自己迫不及待地想吃呢。

"吃吃我炒的菜看看。"叶志强笑着说。

"好。"张小红夹了一筷吃了口,细细品尝,表面上看番茄形状完整,但入口后能感到番茄已柔软,酸里带甜,味道久久不散,"不错不错,从简单的菜看出你的真功夫了。"

"呵呵,谢谢夸奖。我也尝尝你做的。"叶志强先尝尝鱼汤,味道十分鲜美,再尝尝其他菜,都是不错的,不由竖起大拇指夸赞:"好吃,现在能做这么好的菜的女孩子不多了。以后谁娶了你,真有口福。"

"嘻嘻。以后谁嫁给你,也有口福啊!"

一提"嫁"字,叶志强不由地想起刘芸,不由伤感起来,只是不敢说出口。但是,张小红看出来了。自从今天上班以来,她就发觉他不对劲,心想肯定有什么事,只是不好意思问。现今,没有外人,她便趁此问起这事,"看你今天表情似乎怪怪的,没什么精神,如实招来,发生了什么事?"

叶志强愣了下,叹息一声,张小红是知心朋友,他便如实说了一番。说完后一脸沮丧。张小红赶忙安慰:"大丈夫男子汉怕什么,天涯何处无芳草。你这么好的男人,刘芸没珍惜,是她的不对,或许有一天她会因此后悔的。不过,事已至此,就让它过去了,昂首挺胸,迎接朝阳,明天会过得更好的。来,快吃菜。"张小红主动夹了块肉到他碗里。叶志强感谢了下,但没有吃,而是问道:"小红,我想喝酒,你有没酒?"

"啊,酒!借酒消愁愁更愁,还是算了吧。"

"愁倒不用担心。我突然感觉很想喝点儿,喝一点点就好。我们干一杯,比较有气氛。"

"那好吧。啤酒倒有。不过我不怎么会喝,就喝一杯哦。"

"行。"

于是张小红从一个柜子里找出一瓶啤酒,给叶志强倒了一杯,自己也倒了一杯。叶志强跟她碰了杯后,一饮而尽,透心凉,感到无比的舒服。刚喝完,他又要再倒一杯,张小红忙提醒道:"不是说只喝一杯吗?"

叶志强笑了笑,说:"再喝一杯,就一杯。"

"那好吧。"

于是叶志强又再喝了一杯,还是一口而尽。其实平时他很少喝酒,酒量很差,所以才喝这么两杯,就感到脸发烫,头有些晕。张小红说他脸已经红了,也不让他喝了。她知道他喝酒就是为了解愁,可喝多了不是好事,不如换个方式解愁,因此尽量跟他聊天说笑,让他开心起来。

今晚这一餐吃了许久,吃到菜都凉了,俩人都吃撑了才收桌。

吃完饭又坐了两个小时,两个人吃瓜子聊天什么的,不亦乐乎,不过叶志强觉得在此待很久了,该回去了,再晚的话公共汽车就难搭了。虽然他想如果能留下来在此过夜,那真是不错,但这只能藏在心底,不好意思说出口,他是老实人,胆子小,挺本分,知道在女生宿舍留宿可是件大事,就像跨过楚河汉界一般了,一般人是不会同意的,甚至会被批。虽然自己跟张小红算好朋友,但不知道她的真正心思,心想玩这么晚了,还是道别吧,免得被人家逐客那就太没面子了。于是,他站起来,说:"小红,挺晚的了,我该回去了。"

不料,张小红一把拉住他的手,无比诚挚地说:"挺晚的了,你又喝了酒,就别回去,晚上留下来陪我。"

对于这突如其来的挽留,叶志强感到无比的惊喜,真没想到张小红对自己如此信任和好感,而且能看出她确实需要他。看来,自己的女人缘真不错,而且对方还是自己喜欢的人,或许很快就能出现失之东隅收之桑榆的情况。"这……合适吗?小红。我是男的。"

张小红也站了起来,轻轻摁了下叶志强的鼻尖,说:"看你老实的。合适。不瞒你说,我希望你一辈了都能陪着我,行不?"然后紧紧地抱住叶志强。

又是意外惊喜!叶志强也紧紧地抱着她,可以贴身地闻着她的香水味,可以感受到女人带来的温暖,一切美妙极了。他说:"小红,你能喜欢我,这是上天给我最大的福分,你是个好女孩,要陪你我当然愿意,可是,你考虑过没有,我的条件很一般,没房没车,你就不怕吗?"

张小红说:"我无所谓,你就是老实,不过老实的人可靠,我就看重你这点。条件怎样没关系,我们都有双手,有学历有文凭,以后我们共同努力,我相信一切都会有的。"

"你真的这么想?"

"嗯。"

叶志强无比感动:"那就好。你太好了,我太荣幸了,我也爱你。"叶志强更紧地抱着她,然后又亲吻她那薄薄的、润润的嘴唇,她十分配合,于是他们热吻

194

起来,香香的吻,甜蜜的吻,人间至美!

今晚,叶志强留在张小红住处睡觉,因为定了男女朋友关系,因此不是分开睡,而是同床共枕。之前在租房一个人睡觉,被子又不厚,到半夜冷冷的,现今除了可以盖小红厚厚的香被外,还可以抱着她睡,那是超级的温暖,太妙了!此外,由于以前跟刘芸长期分居,自己已经好久没有跟女孩发生关系了,对处于青春的人而言,那可憋着很难受,想要去按摩店找小姐吧,又没这个胆,现今好想跟新女友来一次。于是他主动亲她抚摸她,她都十分顺从,说实话她也有这个生理需求啊!很快,一切顺理成章地逐步开展……

第二十九章　麻烦事袭来

有了张小红后,叶志强的生活重新迎来朝阳,过得甜滋滋的。两个人关系十分亲密,一同上班一同吃饭一同下班,有时一同住宿。他还真诚地邀请张小红退掉房子,搬到他的住处一起住,这样既可以省点儿房租,又利于照顾她保护她,更利于彼此的感情。张小红稍稍思考下,便答应了,很快就跟叶志强过起了同居生活。她十分勤快,手脚又麻利,把一个普通的房间整理得井井有条,干干净净,让叶志强高兴不已。有了新女友后,他将此消息告诉给老家的父母,他们获悉后欣喜不已,彻底从之前的忧愁和为儿子担忧中解脱出来。另外,回到城里的哥哥叶志彬和嫂子许绿瑟见了温柔美丽、懂礼貌、素养高的张小红,为志强能找到这么个女友而由衷高兴,并对张小红十分友好,说许多关心的话语,经常请她吃饭喝茶什么的,这也让张小红感到暖暖的。

在叶志强生活过得十分滋润之际,他的堂哥叶飞阳却出事了。此事比较特别。

一天晚上,正当叶志强和张小红准备休息的时候,突然哥哥叶志彬闯了进来,神色匆匆、焦躁不安的。叶志强的心悬了起来,料到发生什么事了,问道:"哥,怎么了?"

叶志彬皱了皱眉,说道:"丑事,唉,丑大了,你飞阳哥竟然去嫖娼,被警察抓了,要罚款六千元,你手头有没钱? 一人凑一点儿帮忙给他拿去。"

"啊!"叶志强和张小红均大吃一惊,惊的不是凑钱,而是嫖娼。真没想到,堂哥竟然还做这种事,在一般人看来这简直是不可思议,再寂寞也要忍一忍嘛,何必去那个场所干那个事,多危险,多对不起老婆。

既然到了这份上，作为亲人，总不能撒手不管，叶志强只好凑出两千元。哥哥叶志彬还交代，这事丑，不要张扬。叶志强说好。

凑够了钱交给警察后，叶飞阳才终于被放出来。放出来那天，他一言不发，闭门不出，没颜面见人啊。其实，叶飞阳之所以这样，也是有苦衷的，长期跟老婆分居，性欲难以满足，实在憋不住了，才去红灯区找了个小姐，一次五十元的那种，以此解解寂寞，却不料消息不通，不知道当晚要扫黄，刚要做事时房门就被撞开，然后就被警察抓了。这下惨了，除了名声扫地外，还得被罚款，对于靠载客谋生的他，六千元钱可是大钱，要拉多少客才能赚回来啊，唉，当嫖客亏大了，肠子都悔青了。

虽然叶志彬和叶志强都保守了这个秘密，但常言道，好事不出门，坏事传千里。不知怎的，叶飞阳嫖娼被抓的消息还是不胫而走。包括他的老婆王淑香也知道了。她是从叶木昆口里得知的，叶木昆小道消息灵通，在珠州打工的老乡很快就将这个"重大的消息"告诉他了。他保守不了这个秘密，在田里看到王淑香在浇菜时，他主动走了过去，说："淑香，你还这么勤劳浇菜啊！"王淑香不以为然地说："年都过了，不浇菜干吗？怎么了？"叶木昆叹息道："唉，看来你还真蒙在鼓里，真可怜的少妇。"王淑香有些诧异，问道："你说什么啊？什么事你就快说吧。"叶木昆说："那我说得不好，你不要怪我哦。""嗯。"

于是，叶木昆将叶飞阳嫖娼的事说了。王淑香听了这个消息后，大声怒斥道："你胡说八道什么，快给我滚。"然后，拿起农具——尿勺要打他。叶木昆赶紧跑开，边跑边说："不是说不要怪我嘛，淑香你真是的。我说的是真话，我是不想让你被蒙在鼓里才说的嘛，不信你问问别的人。"王淑香斥道："不用你管。"

虽然嘴巴很硬，但王淑香信这事是真的，心里难受极了，很想哭，很想大骂老公，可是又有何用呢，自己对他已经有些麻木了，都懒得骂他了。因此，她忍住了，选择了沉默，连打电话责骂老公都没有，就当没发生过这事，只是心里还是难受。儿子叶顶天不知情，走过来向老妈要钱："妈，给我五毛钱好不好？"王淑香立即来了火气，也不问要钱的原因，就劈头盖脸地冲着儿子大声发泄道："整天就知道钱钱钱，向你那个没用的老爸要去啊！妈容易吗？"然后就流出了晶莹的泪花。叶顶天被这突如其来的斥责给怔住了，又不敢问妈妈怎么了，只好悻悻地走开。

过了年后,王淑香就开始在江财发的建材店上班了。这天,上午上班时,由于受老公嫖娼一事的影响,王淑香有些心不在焉,没什么干劲。江财发看在眼里,他知道王淑香平时干活十分卖力、十分自觉,现今出现异常的举动肯定有什么原因。于是,他向王淑香招了招手,说道:"淑香,先别急干活,上二楼来喝杯茶。"他二楼设置了客厅和卧室,装修得十分现代化,打扫得十分干净,上楼时还要换鞋子。

于是,王淑香跟着上了二楼,在沙发上坐了下来,有点儿木讷地看着电视。江财发则开始泡茶,然后恭敬地端一杯茶给她喝。喝毕后,江财发坐到王淑香的身旁,开门见山地问道:"是不是发生什么事了?"

王淑香回道:"没。"

江财发带着关心和好奇的口气继续说:"说说没事。我又不是外人。"

王淑香知道江财发一向对自己挺好的,而且挺熟的了,便不再隐瞒,倾诉道:"还不是因为那个负心汉,妈的,竟然在外乱搞女人,还被警察给抓了,我命怎么这么苦啊?"说毕就掩面而泣起来。

江财发对这个原因吃了一惊,看见王淑香抽泣,赶忙安慰。他这种安慰不仅限于言语,还用手揽住她的胳膊,然后紧紧地搂着她。他想自己跟她熟,交心,此时她肯定不会推开他,而需要他宽大的肩膀和宽阔的胸怀。果不其然,王淑香转过头来,靠在他的肩膀上抽泣。江财发撩开她的长发,擦拭去她的眼泪,安慰着:"别哭别哭,为这样的男人哭不值得。别难受,天塌下来我帮你顶着。"

王淑香有些感动:"谢谢你,你说的对,不值得为他哭。"

江财发如此近距离地看着王淑香那张还算清秀而楚楚可怜的脸,闻着她的体香,拥抱着她的身体,不由地产出怜爱之情。他更紧地抱着她,然后鼓起勇气,伸过去嘴巴去吻她。开始时,王淑香下意识地躲开,说:"不要。你是有老婆的人,被她看见就惨了。"江财发说:"她带我儿子去福州玩了,还没回来呢,放心。其实,我根本就不喜欢她,脾气暴躁,人又懒,身材像水桶,跟你相比,简直就是一个地一个天,你才是我心目中的女人,人又漂亮又贤惠又勤劳。"

"你说真的?"王淑香问。

"骗你是小狗。从当时你来应聘那刻看见你,我对你的第一印象就非常好,从此后,心里一直装着你,只是口头没说而已。"江财发一番甜言蜜语地轰炸。说得王淑香感激涕零:"谢谢,我很感动。"

江财发趁热打铁,再次亲吻她,这次她果然没反对,而是很享受地配合着。随后,江财发得寸进尺,更进一步,把她抱到卧室的大床上,躺在柔软舒适无比高档的棉被上。

或许是忍受了太久的寂寞,或许是因为抱着老公都可找女人、自己也可以找男人的想法,或许是内心觉得江财发为人不错、又有钱,或许是几个原因均发生作用,总之这次王淑香放开了,很配合江财发的举动,任凭他脱去自己的衣服,任凭他亲吻自己的敏感部位,随着程序的渐进,两个人发生起性关系来……上一次如此的快感,还得追溯到十几年前,那时叶飞阳刚娶她,兴致饱满,精力充沛,几乎每天作战,令人如痴如醉。但之后,叶飞阳便外出打工了,她只好长期独守空房,只有老公回来时,才能享受春宵。但渐渐的,不知道怎么回事,老公似乎对她冷淡了,做这事热情大减,令人失望。同样的,江财发也是十分享受,当年跟老婆结婚时,那时老婆身材还不错,做起这事他兴趣浓厚,可是渐渐的,老婆腰围越来越粗,肚子的赘肉越来越多,没怀孕也像怀孕一般,看着那个猪一般的身材,他一点儿性趣都没有,即便做这事也是草草了事,索然无味。

有了一,就有了二,还有了三……在接下来的日子,王淑香都十分配合地跟江财发发生关系。江财发对她也颇关心,屡次给她塞钱,或者送好东西回报,以及说不少甜言蜜语,这让王淑香心满意足。

这种事做多后,新的麻烦事随之而来。王淑香发现,最近自己没什么食欲,甚至还想呕吐,她怀疑自己有身孕了。于是,到卫生间悄悄地用测孕纸一测,果真怀孕了。这下,她呆若木鸡,头大了,怀了孕可不是小事,况且这怀的不是自己老公的孩子,而是他人的,接下来该怎么办才好呢? 万一被老公知道了,那岂不是惨了? 她不由害怕起来,不禁打个寒战。

王淑香陷入沉思,想了许多的选择,但又觉得这不妥,那不妥。在百思不得其解的情况下,她想到了好友陈桃红。于是,在晚上前往陈桃红家找她,想跟她商量,毕竟两个人是从小一起玩的知心好友,不怕隐私问题。

当王淑香来到陈桃红家时,发现只有她一人在家。原来,陈桃红老公年后又匆匆去城里上班了,孩子去外婆家住了。

坐下寒暄一阵后,王淑香开始涉及正题,"桃红,跟你商量件事,你要保密。"

陈桃红说:"什么事说吧?我的嘴巴你放心,一定保密。"

王淑香低着头有些难以启齿,但还是吞吞吐吐地说出来:"我……我……我怀了。"

陈桃红没有多想,顿时脱口而出:"又怀了!不是都有两个孩子了嘛。"但一瞬间后,她才想到王淑香想表达的重点和难点应该不是在数量上,因为叶飞阳不是许久没回家了吗?怎么还会怀孕?于是她诧异万分,问道:"你肚里的孩子是……谁的?不是飞阳的?"

王淑香摇摇头。

"跟我说没事,我保密。"

"是……财发的,你说我该怎么办?"王淑香巴巴地看着陈桃红,希望指点迷津。

陈桃红先不急着想办法,而是责怪起来:"淑香你也真是的,当妈的人了,怎么能跟江财发发生那个关系呢?"

这话说得王淑香面红耳赤,羞涩道:"还不是因为老公长期不回来,无法同房,一时寂寞,控制不住。你老公也长期在外打工,你会有这样的感受吗?"

"这……"陈桃红其实也是性饥渴,还不是偷偷跟叶木昆解决孤寂,只是这是隐私,不好意思说出口,于是,她话题一转:"即使发生关系,也要小心点嘛,要叫他戴套避孕的嘛,这是保护自己。"

"这……本来有叫他戴,可一时没带那个,那时又激动,就没多在意。哎呀,桃红不说这些了,你说说我该怎么办才好呢?"

陈桃红顿了下后,问:"你如实说,你喜不喜欢飞阳?"

王淑香摇摇头:"根本就没什么感情了。他都不喜欢我,到外面拈花惹草,我怎么可能喜欢他?"

"那好,那江财发喜欢你不?还有你喜欢他不?"陈桃红又问。

"他对我挺关心的,经常给我钱给我东西,也说过不少喜欢的话,至于是不是真心地想娶我,我还真不知道。我是喜欢他,所以才敢做这事,可是他是有老婆的人,我该怎么办好呢?"

"所以这才麻烦。我提个建议,你跟财发说此事,看他什么态度,如果真的愿意离婚再跟你结婚,那嫁给他未尝不可,反正叶飞阳那样不顾家,不值得眷恋,跟他离就离。对了,你可不能跟人说这是我出的主意,免得我被人骂死。"陈桃红说。

"嗯。放心。如果真离的话,那顶天、立地两个孩子怎么办呢?"王淑香心中牵挂着孩子,孩子是心头肉,感情很深,如果真要离,孩子的问题也是个大问题。

"孩子……"陈桃红一时没想好,"以后再说吧。先问财发的意思。"

"好吧。"

第三十章　摊上麻烦事

第二天上班期间，王淑香看到江财发来到店面后，鼓起勇气对他说："财发，到楼上一下，我有事找你。"

江财发以为王淑香主动要跟他上楼去卧室鱼水之欢，心底不禁乐滋滋的，自然十分愿意上楼，然后进入卧室，内心蠢蠢欲动，激动啊！

王淑香进屋后特意往客厅和楼梯处看了下，确定无人后，才把门关上。这时，江财发扑了过来，一把把她抱住，猴急着要脱她的衣服。但是，王淑香有些不耐烦地推开他，然后一本正经地说："现在不是跟你做这个的时候，有正事要跟你说呢。"然后坐到床沿上。

江财发本分起来，坐在一边问："噢，什么事？"

"我……我……"王淑香指了指自己的肚子，"我怀了你的孩子了。"

"啊！"江财发吃了一惊，不是惊喜，而是惊讶，还有点儿忐忑不安。

王淑香原以为江财发应该会高兴下，至少会关心地摸摸她的肚子，笑着说些甜言蜜语，殊不知他却紧皱着眉头，一副焦躁不安的样子。她打了下他的胳膊，气嘟嘟道："你说怎么办？你到底喜不喜欢我？愿不愿意娶我？"关键在"娶"字。

江财发说："娶你？！你不是已婚的吗？怎么娶你？"

"只要你愿意娶我，我可以跟老公离婚，再嫁给你。前提是，你也要跟你老婆离婚。"

江财发没想到王淑香来真的，真的愿意跟老公离婚，可是要他跟老婆离婚，却有些为难了。"这个……"

"怎么了?"王淑香心悬起来。

"我不知道我老婆同不同意?"江财发轻声道。

"你没问怎么知道她同不同意。我都怀了。你总不能不管我吧? 你老实说,是我好,还是你老婆好?"王淑香口气有些生硬地质问。

"当然是你好。如果没娶她的话,我肯定娶你,我跟她是没感情的。这样吧,你给我点儿时间,我尽力做做她的思想工作。"

"那好吧。"虽然没能一下子得到他的同意,但至少还有可能,王淑香只能暂时如此了。

常言道,世上没有不透风的墙,此话颇有道理。就在王淑香和江财发在屋内谈话之际,就有人在门口偷听。偷听者叫詹生州,是经江财发老婆推荐才到店里干活的小工,今年还不到二十岁。由于在一个店上班,所以对王淑香和江财发的诡异举动有所了解。有一次,他上楼拿东西,路过卧室时听到爽叫声,正处于发育期的他不禁热血沸腾,忍不住悄悄地来到门前想偷看,由于门没有缝,看是看不到,但听是可以听到的,听着那个声音也不错。今天,在一楼干活的他看到江财发和王淑香上楼后,以为又要做那事,于是又蹑手蹑脚地来到门口偷听。虽然没听到想要的那个激情声,但听到了一个惊天的秘密。他是个爱八卦、保守不了秘密的人,下班后,就将这个消息告诉了亲戚朋友,亲戚朋友又告诉他们的亲戚朋友,传来传去,知悉的人就多了。

很快,江财发的老婆邱雪梅也听到这个消息了,她立即终止度假,马不停蹄地从福州赶回家乡。

这天,江财发和王淑香均在店里,两个人正坐在茶座歇息和喝茶呢,而且靠得蛮近的,谈得蛮投机的。突然楼道传来一阵急促的脚步声,越来越近,很快一个脸凶凶的、肥头肥脑的、身材臃肿的妇女如一堵墙一般出现在眼前。这让江财发惊慌不已,先赶紧挪了挪位置,做出一副跟王淑香保持一定距离的样子,然后又站起来,迎上前去,谦卑而温和地说:"雪梅,你什么时候回来的? 怎么不打声招呼,我去接你嘛。"

邱雪梅双手叉着腰,瞪大眼睛,气势汹汹地说:"哼,如果还不回来,你们的孽种恐怕就要生出来了;如果跟你打招呼,还能抓个现行吗?"她边说边伸出手指敲老公的额头。

江财发一听到老婆说什么孽种、现行,大呼不好,心想老婆可能已经知道了相关事情,他自知理亏,从气场上已经输了三分,浑然不敢斥责老婆。其实,他本人早已犯了"怕老婆"病,虽然心底里不喜欢老婆,但又怕老婆,怕她的凶,真正要打架的话他未必打得过,另外还有个重要的原因,那就是老婆其实是个女强人,当时就是她出的主意才开的这家店,而且她的父母兄弟均比较有势力,开店的本钱大部分是她从父母兄弟那儿借来的,由此江财发的底气又输几分。现今他不敢承认自己干的"好事",更不敢提离婚的事,只能低声下气地辩解,以此降低老婆的火气,"哎呀,雪梅,你说什么呢?你听人胡说八道了吧?没有这回事,你不要乱想。我和淑香干活干得累了,现在只是喝杯茶歇息下,顺便说说接下来工作开展的事,根本就不是你说的那样。"

"那好,我可以原谅你,但有个条件,你必须跟这个狐狸精彻底划清界限,把她辞了,别再让我看见她和你在一起,还有必须让她流产,我可不想看见你多了个不是我生的孽种。"邱雪梅指手画脚、唾沫横飞地说着。

"这……"江财发为难了,两个女人都在身旁,哪个都不好得罪,他恨不得现在能够长个翅膀,从窗户飞走脱身,啥都不管最好。

而王淑香坐不住了。虽然她不是个凶狠的女人,但是听着邱雪梅以这么恶毒的语言数落她,她已受不了,火气滚滚地往上冒。更让她恼火的是,原本对她关爱有加的江财发此时像把她当陌生人一般,给人一种像要划清界限、欲一脚踢开的感觉,原本威风八面、雷厉风行的他此时像蔫了一般,大气都不敢出,根本看不到能维护她的希望。她太失望了,太郁闷了,因此站了起来,先是大胆地冲着邱雪梅顶撞道:"你这个肥猪怎么满嘴都没有一句人话?你说我是狐狸精,那好,我就是狐狸精,总比你这个连老公都不想要、看着都恶心的母猪强吧。我如实告诉你,财发是喜欢上我了,跟我上了床,已经有孩子了,但我不会流产的,我会把孩子生下来,做财发的后人,哼,这又怎么了?"

"你!哎呀!"邱雪梅气得咬牙切齿,身上的肉跟着发抖。然后她一把冲过去要打王淑香,王淑香不甘示弱,奋勇地迎上前拼杀。邱雪梅看似身躯庞大,其实力气并不大,而且笨拙,倒是比较瘦小的王淑香平时经常干活,力气不小,身手敏捷,跟她打架还占上风。江财发见她们打起来了,赶紧解救,反而不小心挨了揍。而且解救也不是件易事,主要是不知道救谁好,反正救谁都会被另一人责骂。最后,他不管三七二十一,直接插进两人之间,像一堵墙似的把她们隔开,在这种情况下还挨了揍,但幸好过一会儿,两个女人收手了。但很快,口水战上演了。

邱雪梅说:"财发,你赶快把她辞掉,让她走得越远越好,否则你别想踏入家门。"王淑香不甘示弱,说:"财发,你赶快把她休掉,让她去当母猪,赶紧娶我,否则我跟你没完。"

江财发受不了这般折磨了,大吼一声:"你们停一停好不好啊?要不然我走了,不回来了。"

俩女人怔住了,这才消停下来。

江财发看见效了,于是继续说:"千错万错都是我的错,可是,既然事情都发生了,还有什么办法,打架又有什么用,打死了都没有用。你们能不能安静下来,好好商量个解决办法。"

"那你说怎么办?"两个女人问。

江财发说:"这事大,不是一时半会儿就能决定,这样吧,你们各自先回去好不好?让我考虑一下,这两天我就做出选择,给你们答案。"

到这份上,只好如此,两个女人均接受了。然后各自回家,在门口时,俩人还吵吵闹闹的,好在没有打起来。

独自留在店里的江财发陷入沉思,首先他百思不得其解,怎么老婆这么快就会得知这个消息呢?妈的,气死人了,如果知道谁通风报信,准揍死他。当然现在考虑这个不是主要的,摆在面前的首要问题还是考虑接下来该怎么办。他不由比较起来,假设跟老婆离婚吧,可是又怕老婆大吵大闹,更怕她家族的人不罢休,或许让他的生意做不下去,而且自己跟老婆早有孩子了,虽然自己不怎么喜欢老婆,但还是喜欢聪明帅气的儿子的,担心一旦离婚的话对儿子影响不好;选择王淑香吧,能带来的,主要就是情感和性欲的满足,但这比起物质来,似乎物质更重要,此外她是个已婚的,能不能离还是个问题,而且能不能结也是个问题。如此权衡后,他心里渐渐有了个初步的选择。

他在屋内静思还不到半个小时,离开的老婆又回来了,而且这次不是她一人,而是一拨人,包括她的父亲、母亲、哥哥以及江财发的父母亲。相比王淑香,邱雪梅显得更有心计,她知道时间很宝贵,不让老公有更多的时间考虑,她要以最快的时间搬来救兵,抢在王淑香之前做老公的思想工作。江财发在这么多人你一言我一语的斥责和劝说甚至威胁下,他哪里还有胆跟老婆离婚而另娶他人。唉,可怜了王淑香。

王淑香第一次面对如此棘手的事,一时不知如何是好,相比而言,她比邱雪梅弱势多了,人家邱雪梅能搬家族的救兵来,而她虽然吃亏但一个字都不敢跟家族的人提,理由很简单,这算偷情,被同族人知道的话,那还不是被谴责和唾骂? 唉,悔不该当初没控制住自己。

家里人不能商量,她只好去找好朋友陈桃红,向她反映今天遇到的情况,特别提到江财发并没有站到她这一边。陈桃红一听,估计事情难办了,说:"按你这么说,江财发也是个虚情假意的人,真要娶你很难了。你可要有心理准备。不过,你总不能白让他占便宜,如果他真的不娶你,那你不能那么轻易地应从,起码要向他索要一笔钱,就当流产的手术费和精神损失费。起码也要开个三四万元的价钱。你说呢?"

王淑香一听流产,怕怕的,这毕竟不是小儿科,还得去医院做手术的,对身心打击太大。"啊! 你说要流产?"

"如果不成婚,那要他孩子干吗? 肯定要流掉,免得以后麻烦。"

王淑香想想也是,只好默认,"如果不成,我就向他要钱。如果不给,我赖着。"

"对,死皮赖脸的赖着。不能让他白白占便宜。"

……

第二天,王淑香又去江财发的店找他。到店里时,在屋内的江财发见了她后,有意往里面的货架躲避,她顿时火气直冒,这个负心汉,出尔反尔,变化太大了,前天还恩恩爱爱的,现在见个面都要躲,太伤人了,她大喊道:"江财发,你给我出来!"她想,如果他不出来,就过去把他抓出来。

既然被她看见了,躲是躲不了了,江财发只好走出来,很勉强地挤出一点儿笑容,解释道:"淑香,你别生气,我没看到你来,只是进来看看货物。"

王淑香知道他是狡辩,白他一眼,"哼。"

江财发怕王淑香喊叫,也怕被他人知道,影响不好,于是伸手做了个指引的动作,说:"有话到楼上说。"

于是,俩人来到二楼卧室,江财发不忘把门关上。原先俩人还在此房做不少令人快乐的房事,但万万没料到,此房却成了悲伤的发源地,今非昔比,那个床已没有当初诱人,那个被子已没有当初的好看,此房成了伤心房。

王淑香先开口:"你说说你的想法吧。如实说。"

"这……"江财发皱了皱眉,抬了下头又埋下去,半晌后又抬起来,鼓鼓勇气把想说的话说出口:"淑香,我……我实在对不起你,我没法跟她离婚,她太强势了,我不敢离。对不起。"说毕,他看了下她的神情,只见她满脸愤怒,他自知有愧,立即转移了目光,耷拉着头,准备迎接一场狂风暴雨。

"哼,真没想到你还是个孬种,当初信誓旦旦的,现在就说这些话,我……我真看走眼了。"说着说着,王淑香呜呜地抽泣起来。

女人哭泣是一种利器。江财发见状产生了同情心,既拿纸巾帮擦拭,又说着安慰的话,说都是自己不好,不要哭,有话好好说。

王淑香抬起头来问:"我现在都怀了你的孩子了,你说不要就不要我,你让我怎么办? 被我老公知道的话,我还不被打死?"

江财发怔了下,看来这事可大了。想了想后,他还是吞吞吐吐地说出自己的主意:"淑香,你还是……还是把孩子打……打掉吧。"

"你真要我打掉孩子?! 你这个没良心的。"王淑香虽然早预料会这样,但还是怒骂下他,并伸出手指头狠狠地戳了下他的额头,甚至还想一巴掌抽过去,只是忍住了。

江财发说:"可是,除了这样又有什么办法。你放心,流产的钱,我会替你出的。"

王淑香一听就不满意,难道只出点儿流产的钱? 那才多少,不过几千吧? "哼,你伤害我这么大,就出流产的钱,亏你说得出口。"

江财发似乎明白了什么,说:"这……我说错了,你要多少? 我给你。"

"起码得三万。"王淑香举起三根手指说,她不敢多要。

"啊! 这么多,淑香。"江财发吃了一惊。

"怎么? 你不愿意? 不愿意我就跟你老婆斗。"

"这……淑香你别这样想。"江财发考虑了一番后,说:"淑香,其实我心底是喜欢你的,别说给你钱,养你一辈子都愿意,只是我没办法。唉,好吧,三万就三万。不过,有两个条件,一是拿了这钱后,你不要跟别人说,千万别让我老婆知道,她知道的话肯定会打我的;二是不许再跟我老婆闹,今后我们俩就不提做夫妻的事,但你放心,做朋友还是可以的,有什么事都可以来找我,只是恐怕在这儿做工就不方便了,怕她说三道四,你还是另谋工作吧。需要的话,我会帮你介绍。你看……"

王淑香点点头表示同意。

之后,江财发还真拿了张农业银行卡给她,写了密码给她。王淑香到银行一查,果然有钱,不是假的,而且比三万还多了一千多元。为了保险点儿,她赶紧把密码给改了。

接下来就是考虑做流产的事。去医院的时候,医生说刚怀的孕不适合流产,要在怀孕35天至50天做手术比较合适。她只好回家等待时日。不过,流产手术还没做,麻烦事又来了。原来,老公叶飞阳从老乡那儿听到了这个消息。他本来就脾气大,哪里能忍受老婆跟别人发生关系,而且还怀上了种。于是,他立即搭车往老家赶。

第三十一章　离婚与再婚

这天下午放学后,叶顶天兄弟正和叶旭日等人在巷子里追逐嬉戏。突然,有人喊道:"顶天、立地,你爸回来了。"

叶顶天看看巷子前方,老爸果然回来了。只见老爸手里提着个帆布袋,穿着件土黄色的风衣,而且衣服的肩膀处有撕破的痕迹,裤子沾着泥土,头发蓬松,脸上胡子拉碴,脸上写着怒色和怨色,还有沧桑,人似乎老了许多。

对于老爸的回来,叶顶天兄弟感到有些纳闷,因为这年都过了,过年时都不回,怎么在没有节日的日子却回来了呢?而且之前压根都没听说老爸要回啊。纳闷归纳闷,此时的叶顶天兄弟还是挺高兴的,好久没见到老爸了,思念颇深,现终于回家团聚,能不高兴吗?他们俩立即冲上前去,大声地喊:"爸爸,爸爸,你怎么回来啦?!"

叶飞阳看看两个儿子,都长高了不少,但他现今不关心儿子的情况,应了一声后,立即问:"你妈在家没?"

俩儿子响亮地回道:"在,在做饭呢。"

叶飞阳冷冷地"哦"了声,然后快步地朝家里走去,眼睛只顾前方,连对邻居家看一眼都没有,也没有对邻居问好。

见此情景,叶顶天更加纳闷,原本他想父亲会从包里拿出糖果分给他们,会问问读书情况,会笑着说些关心的话,可没想到现在父亲神情凝重,给人增添一份寒气。这究竟是怎么回事?

原来,是叶飞阳获知老婆跟江财发私通的事了。他本是性子比较烈的人,知道后那个气简直跟火山喷发一样,因此他立即坐车赶了回来。哼,江财发竟然敢打我老婆的主意,真是吃了豹子胆了,一定要教训教训此人。于是,下车后,他直扑江财发的店。他认识江财发,只见对方正站在货架前看东西,他走近前喊了声:"江财发。"江财发扭过头来看了下,却不知道对方是谁,一开始以为是顾客,问道:"请问你要买什么?"叶飞阳凶着脸骂道:"买你妈的头,妈的,你连我老婆也敢动,找死。"然后抓起对方的衣襟,挥出拳头直打对方面颊,打得他发了晕,嘴巴流血。店员见状马上过来相帮,多人对付叶飞阳。而叶飞阳则随手抓起一根钢筋,乱砸一通,把桌子砸烂,把货架的货搞得散落一地,现在气出了,人家人多,自己就不再斗了,见好就收,撤了。江财发因占人家老婆的便宜,自知理亏,便没敢怎么动手,而是看着他离开。

叶飞阳离开后,又马不停蹄地赶回家。路上,碰到了自己的儿子。现今,他急着要找自己的老婆。

叶飞阳进屋时,王淑香刚把一盘炒好的菜放到饭桌上,她一转身,突然看到未提前告知而回、冷若冰霜的老公,大吃一惊,心猛地打起鼓来,脑子不由地猜疑着老公回来的原因,暗呼不妙。她尽力镇定下来,说:"飞阳,你回来啦,我刚好做好饭,先吃吧。"

"吃吃吃,吃个屁。"叶飞阳怒气冲冲道。

叶顶天兄弟已经回到了家,他们原本开开心心的,希望晚上可以吃个团圆饭,殊不料,父亲一进家门就发起火了,他们一时都愣住了,真不敢相信眼前的一切,他们有种不祥的预感。

王淑香保持克制,平和地说:"飞阳,你怎么了?我帮你打饭吧。"于是她打开锅准备打饭。

突然,叶飞阳拍下饭桌,"嘭"的一声巨响,吓得人一大跳,弄得饭桌的菜都剧烈跳起来,其中一个碗的菜汤都流了出来。紧接着,他凶巴巴地喝道:"别装模作样了,你跟我老实交代,是不是背着我做不光彩的事了?"

王淑香明白老公生气的原因了,心悬到嗓子眼,怎么办?是承认呢,还是撒谎好呢?思考之后,最终,她选择了不承认:"你胡说什么啊?"

叶飞阳说:"哼,还不承认,你以为我是傻子啊,哼,你他妈的都有别人的种了,是不是没脸承认?你他妈的,竟然敢背着我跟别的男人勾搭,气死我了。"紧接着,他以迅雷不及掩耳之势甩出一个巴掌,"啪"的一声重重地打在老婆脸上。

这一巴掌着实把叶顶天给吓住了，他赶紧上前拉老爸，生怕再打母亲，说："爸，爸，你怎么打妈？别打。"叶飞阳说："她该打。你们俩出去。"叶顶天兄弟俩只好出去，不过不是视而不见，而是告诉给爷爷了，权当搬救兵。

王淑香被打了巴掌，火辣辣地疼，再也克制不住情绪，顶撞道："你还好意思说我，你自己还不是去勾搭别的女人了？嫖娼还被抓了，难道我不知道？我只是憋在心里不想说而已。你常年不回家，不闻不问不管，还有没有把我当老婆看？"

"你！"自己的短处都被曝了，叶飞阳恼羞成怒，气得头发根根竖起来。"好，你厉害，我要跟你离婚。你给我滚出去。"他伸手指了大门处。

王淑香此时听到"离婚"二字，并不觉得突然，倒十分坦然，想想这些年来，婚姻其实有名无实，自己都想过离婚，只是不敢提出来，现在既然对方提出来了，那更好，反正日子没法过下去了，不如早离早了。"好，这是你说的，离就离，你不要反悔。"

"我才不会反悔。你快点儿给我滚出去。"

"你别嚷，既然要离婚，那就把该谈的谈妥了，到时我自动会走。"

过一会儿，从病床爬起来的叶金牛走了进来，强打起精神先是批评儿子，再是劝媳妇别走。随后叶金谷夫妇和叶金薯夫妇也来了。大家你一言我一语地相劝，说了许多好话，如夫妻吵架是正常的，彼此让三分，互相理解就好了；俩人做夫妻已经十几年了，十几年都过来了，还有什么不可解决的，等等。就连叶顶天兄弟也劝说父母亲，不要吵架，要好好的。

即便如此，叶飞阳还是坚持己见，那就是要离婚。

过了几天后，他仍是如此态度，而且不分给淑香财产，不给她孩子。王淑香知道其实叶飞阳也没什么财产，一个破房子值不了几个钱，不要就不要，况且现在自己有钱。至于孩子，虽然自己十分喜欢孩子，但想想如果自己带着孩子，势必不利于以后改嫁，不要的话也可以。

其间她跑到娘家去住。父母知道叶飞阳的情况，觉得他不是个好丈夫，竟然支持离婚。

没多久，两个人真的去民政局把离婚手续给办了。

受打击最大的莫过于孩子。叶顶天、叶立地知道父母离异了，心情十分难受,可是又无力劝和,晚上睡觉的时候,偷偷地流泪。上课时根本没心情听课,情不自禁地就会流泪。值得一提的是,他们才不会因为父母离婚而不要妈妈,虽然父亲多次告诫,不要找那个不要脸的妈,但下课后,他们不回家,而是直接跑到外婆家去见母亲,一见母亲就抱着哭起来,场面着实凄凉。

王淑香每天都待在娘家里,几乎不出门,主要是因为脸面问题,她怕走出去时被人以异样的眼光看待,也怕听到别人议论。曾经她走去田里采菜,便看到离田不远处,几个妇女聚在一块儿窃窃私语,不时还瞄瞄她,她总觉得她们是在说她,她连头都不敢抬,快速地采着菜,然后快速地离开。之后,母亲再叫她采菜,她便以各种理由推脱。在屋内实在憋得闷了,她只能选择在晚上十点多后出门走走,那时村里人都睡了,路上鲜有人,她才敢出去透透风。

王淑香很想跟陈桃红聊聊天,因为只有她才是知心的朋友,但一时不敢去她家,怕路上碰见村里人。幸好,陈桃红不因王淑香离婚的事而疏远她,王淑香没有主动找上门,陈桃红反而上门找来了。来的时候,包括王淑香父母等家人都外出干活了,王淑香不敢出去,便只有她一人留在屋内。屋子并不宽阔,至多七十几平方米,家里的陈设十分普通,基本上是十几年前做的,都快成古董了。门和窗均被掩起来,屋子显得有些暗。当陈桃红上门后,她问为什么关着门窗,王淑香不敢说怕见人,这才把后窗开了,并把电灯给开了。

坐下后,陈桃红泡了杯茶给王淑香喝,她见王淑香明显消瘦和憔悴了,颇感同情,说:“真没想到竟然发生这么多事,淑香你受苦了。身体还是要保重好。”

“谢谢,我知道。”

陈桃红问:“把婚离了,现在会不会后悔?”

王淑香苦笑下:“后悔?离就离了,没什么后悔的。原本日子过得就不快乐,离了也好,解脱,只是心理压力挺大,怕被人说三道四,不敢见人。”说毕叹息一声。

陈桃红说:“我理解。我觉得关键是你要再找个人,如果你重新嫁出去了,成了家了,那些闲言碎语自然就消失了。你想过这个问题没有?还是找个人嫁了吧。”

王淑香微微笑了下,但很快露出难色,说:“这个……一把年纪的人了,估计没人要了。"

陈桃红释惑道:"哪里话?女人怕什么,不愁嫁,你看上去还很年轻很漂亮呢。不知道能迷死多少男人。"说毕,她特意向王淑香调皮地眨了下眼睛,然后自己笑了。王淑香被人一夸,也乐了。

陈桃红突然想到个问题,顺便问下:"对了,你去做流产了吗?"

王淑香淡淡地说:"还没,事情闹的都没时间去做这个。"

陈桃红脑子一转,想到了个主意,说:"帮你介绍个人,不知道你有没有意思,如果成的话,就不要流产了,毕竟流产伤身。"

王淑香试探地问:"介绍谁?"

陈桃红慢慢地迸出个名字:"木昆。"

"他!"王淑香有些惊讶。

"怎样?他还没娶呢。年纪不算大,跟你相当,总比嫁给老头好,人还蛮帅蛮壮的,交际能力不错,挺会关心人的。"陈桃红一一说起叶木昆的亮点,只是不说缺点。之所以帮忙推销叶木昆,那也是有原因的,其一是关心王淑香,为好朋友着想。其二,自从之前跟叶木昆交往后,发觉他其实是不错的,但因为她有老公,自然无法嫁给他,过年后因为老公回家加上有淑香偷情被曝光的前车之鉴,她因此不敢跟叶木昆继续深交。叶木昆识相,便对她说既然不方便交往,那就帮忙介绍对象吧,陈桃红说有合适的一定介绍。现在恰好出现机会,岂不是可以成人之美?

陈桃红主要说的是优点,但听者王淑香更多考虑的是叶木昆的缺点,而且有一项缺点让她一时难以接受,那就是他没钱。"这个……"她有些犹豫。

"怎么?"陈桃红问。

王淑香也不隐瞒,直接说:"他人是挺好,就是懒点儿,没赚多少钱,还有他也是秀美村的,我怕碰见飞阳他们。"

陈桃红思虑了下,说:"他就是因为没有个老婆,所以比较懒,如果有了老婆有了家有了压力,自然有动力会勤劳。我可以跟他沟通,让他保证如果要娶你,就必须改改习气,否则没门。我还有个主意,你们俩可以做点儿小生意,比如开个饮食店或杂货店什么的,俩人一起做生意,自然有事干了,逼着他勤快呢。本钱不够的话,我可以借你。至于他是秀美村的,我觉得没关系,他跟飞阳家不同自然村呢,离好远呢,再说你们如果在镇里做生意,那很少回去,到时候赚了钱,直接在镇上盖房了。如果外出打工,一年也没回几次家里。再说,时间久的话,一切都自然了,即便在村里见到谁那也习惯了。你说呢?"

"嗯,你说的有道理。外出打工不怎么想,开个店倒是不错。"王淑香说,主要原因是自己银行卡里有一笔钱可以开店,而且在江财发店里帮忙久了,对店面经营有些经验,知道挺赚钱。"那不知叶木昆同不同意?"

"这你放心,我跟他谈谈。"

……

翌日,陈桃红在路上看到叶木昆带着捕鸟具要去山里捕鸟,她便数落他,现在还捕什么鸟,没前途,然后请他到家里喝茶,有事要谈。叶木昆见陈桃红主动邀请,欣喜不已,便不去捕鸟了,带着好奇心跟陈桃红去她家坐。

陈桃红特意找出上好的陈茶泡给他喝,期间,她笑着问:"阿昆,想不想讨老婆啊?"

叶木昆有些腼腆地嘻嘻笑了笑,说:"那是自然的。做梦都梦见讨老婆,只是醒来床边空空如也。"

"哈哈。"陈桃红扑哧笑出来,笑毕说:"给你介绍个对象,要不要?"

"有这事?"叶木昆简直不敢相信自己的耳朵,美少妇还会帮自己介绍老婆?"真的? 是谁啊?"他伸长脖子竖起耳朵希望快点儿获得答案。

陈桃红说:"告诉你,我跟她谈过了,她有意哦,而且还能另送上一份大礼。"

"是吗? 什么大礼?"

"奉子成婚。"

"啊,不会是怀孕了吧?"

陈桃红点点头。

如果是在自己年轻的时候,叶木昆肯定接受不了,当年自己还想讨个处女呢,但现今自己已是老男人了,虎落平阳,条件自然降低,也就能够接受,总比一辈子当光棍,无法传宗接代强。"那你说说是谁?"

"淑香。"

"是她呀!"其实他刚才在猜的时候已猜到她了。

"嗯,怎么样? 有意不?"

叶木昆知道王淑香人长得美丽,干活又勤快利索,自然喜欢,"当然愿意,你能确定她也愿意?"

"总之她有意,不过也要看你怎么争取。她说过有个前提条件,那就是你要改掉懒的毛病,要勤快干活,努力打拼赚钱,才能养得起家庭,而不能像光棍时一筒米自己吃。她主要就这个顾虑。"

叶木昆拍拍胸脯,说:"放心,我一定会改的,我会尽丈夫的职责的,希望桃红帮忙转达。"

"那行。"

……

一切顺理成章,没过多久,叶木昆就和王淑香结婚了。婚礼超级简单,没有什么婚纱摄影,也没有摆宴请客,甚至没有发喜糖告知亲友,只是简单地向王淑香娘家下个聘礼,征得父母双方同意,就算成事了。叶木昆老母看着儿子成婚了,高兴得不得了,赶紧烧香向已去世的老伴告知喜讯,说老伴在天显灵,儿子终于娶媳妇了,再不愁传宗接代的问题了。

此后,叶木昆果真践行承诺,有了老婆后来了个一百八十度大转弯,人变得勤快起来,知道努力赚钱了,他利用自己的交际关系,很轻松地以十分便宜的价格在镇里租了个店面,做起杂货生意,由于夫妻俩口才好、态度好,生意十分兴旺。江财发知道王淑香和叶木昆开了店,念着旧情,十分支持,经常光顾买东西,还多次表示如果资金周转不过来,随时可以向他借。叶木昆夫妇表示感谢。

叶顶天兄弟还是常常跑到母亲那儿去,叶木昆不但不计较,反而对待他们好好的,这让王淑香放下心来。不过,即便如此,父母的离异在叶顶天兄弟心底还是蒙上一层阴影,他们跟人相处时难免产生一种自卑感,生怕被人讥笑。一次,叶顶天在跟一位叫王炎的同学因争抢皮球发生摩擦,王炎就以此说事,骂道:"你这个没妈的兔崽子,还不去找你妈,跟我抢什么抢?"

叶顶天听了十分难受,回击道:"放屁,你才没妈,你才是兔崽子。"

王炎不以为然地继续数落:"我有妈。你才没妈,你妈跟光棍跑了,谁不知道?"

"你!"被人说到痛处,叶顶天怒不可遏,不顾一切抢起拳头狠狠地打过去,打得王炎两眼直闪金光。王炎缓过神来后，不甘示弱，召集他的两个朋友回击叶顶天，叶顶天奋力迎战，但寡不敌众，明显处于下风，挨了不少拳头。此时叶旭日和叶大雅路过此地，见堂兄弟被这么多人揍，于是不管三七二十一，便投入"战斗"救援，现今三对三，且叶旭日这方力气大，很快就把对方几人打得处于下风，然后让他们灰溜溜地选择撤退。叶顶天虽然取得了胜利，但他一点儿都高兴不起来，反而哇哇大哭起来，眼泪汪汪，哭得昏天暗地，尽情排泄心里的苦闷和酸楚。原本失败者的王炎几人听到哭声有些纳闷，扭头一看，原来是叶顶天在哭，他们不知道叶顶天的心理感受，总以为是被他们揍哭的，因此得意扬扬地笑起来。

叶旭日一时不明白叶顶天为何哭，还以为是不是哪里疼，因此问道："顶天，是不是哪里被打疼了？"

叶顶天摇摇头。

"那你干吗哭？我们不是赢了吗？"

叶顶天说出实情："他们骂我没妈，所以我才跟他们打架。"

叶旭日明白了，安慰道："他们乱说的，你有妈。你妈妈不就在镇里开店吗？"叶大雅跟着说："就是，他们乱说的，别信。"

叶顶天又说："他们说我妈跟光棍跑了。"

"这……"叶旭日、叶大雅一下子不知道如何安慰好，大人的事他们不太懂。沉默许久，才说："走吧，下次他们还敢这样说，你叫我，我打趴他们。"

"嗯。"

几人一言不发埋着头慢慢地挪着步走着。

突然，叶顶天问："旭日哥、大雅，你们想你爸妈吗？"

叶旭日回道："当然想，特别想我妈，好久没见她了，不知道她为什么过年都不回来，不知道我妈会不会想我和我弟。"叶大雅说："我爸妈也去城里打工了，我也很想他们，做梦都梦见他们呢。"

叶顶天说："本来我也很想我爸的，很想他回家来，可没想到，我爸一回来，就跟我妈吵架，闹得分手，早知道这样的话，还不如我爸不回来。"

"这……"他们无法安慰。

第三十二章　决定看病

　　自从因老婆的事回家后,叶飞阳至今仍未外出打工,主要有两个原因,在前段时间,因为闹离婚要处理许多事务自然无法走开,而当事情处理妥当想外出时,发现还是走不了,因为家里除了他一人外,再没人照顾孩子和老人,自己要煮饭、要洗衣服、要做卫生等,以前他可是不管这些事务的,这或许就是离婚的后果吧。更让他难办的是,老爸的病情比他之前想象的还要重,他只得守在家照料。

　　这天傍晚,叶飞阳做好了饭,特意为父亲另盛了一份,正想要端到门前的小屋。这时,儿子叶顶天回来了。叶顶天一看那个饭,只有稀饭和一份大白菜、一份咸萝卜,胃口顿时大减,想一想去母亲那儿的话,至少还有肉以及其他诸如花生米、鱼干等小菜呢,早知道在母亲那儿吃得了。他打了声招呼:"爸。"

　　叶飞阳冷冷地看着儿子,口气生硬地问道:"怎么这么晚才回来?"他还想儿子早点儿回来帮忙做饭呢。

　　叶顶天说:"上课上得晚,又要走路,就到现在了。"

　　叶飞阳没见到小儿子,便问道:"你弟呢?"

　　叶顶天不太敢直言,生怕父亲生气,吞吞吐吐地回道:"他……他……去……"

　　叶飞阳急不可耐,帮忙说道:"是不是去圩里那个花娘家了?"他把自己的前妻王淑香叫成花娘,带有贬义之意,特指不守妇道的女人。

　　叶顶天不满爸爸这么称呼自己的妈妈,但见父亲的生气样,不敢反对,只是胆怯地点点头,表示弟弟是去母亲那儿了。

叶飞阳怒道:"以后不准你们去,被我知道的话揍你们。放学后记得早点儿回来干活。"

"嗯。"

伴着昏黄的灯光,这时叶飞阳看到儿子的嘴角处有些发紫,衣服胳膊处擦破了个洞,便指了指该部位,发问道:"怎么回事? 是不是跟人打架了?"

被父亲发现后,叶顶天有些害怕,不作声,低着头。

叶飞阳知道儿子的秉性,这样就表示默认了,他一把揪住儿子的耳朵,质问道:"读书不好好读,就知道打架,干吗不学好老学坏? 啊?"

叶顶天被揪得钻心地疼,扯着老爸的手,哭道:"王炎他们骂我没妈,骂我是兔崽子,我不服气,就跟他们打。"

叶飞阳听后心里一怔,立即松开了手,默然许久,看着眼前的儿子,觉得自己连累了他,有些伤感,想说话,但话到嘴边又说不出来,最终换了个话题,变得温和地说:"你去喂鸡吧。"叶顶天说好,便去喂鸡了,在鸡槽里放上米糠和稀饭,搅和一番后,便给鸡吃。

而叶飞阳则端着饭小心翼翼地前往家门口对面的小屋,进屋后把饭放到一旁的桌子上,把只有 15 瓦的白炽灯开了,朝躺在床上的父亲说:"爸,吃晚饭了。"

睡得迷迷糊糊的叶金牛醒了过来,吃力地爬起来,问道:"是你做的饭吧?"

"是的。"

"飞阳啊,我当时就劝你不要那么冲动,不要离婚,这不,连家务活都要自己干了,你现在连外出打工都不行,没赚钱,这日子怎么过? 唉……"叶金牛责备道。当时儿子大吵大闹要离婚时,叶金牛劝过数次,可儿子脾气就是倔,不听老人言,吃亏在眼前。

现今,叶飞阳还挺倔,没有悔意,说:"爸,别提这个啊,这样的老婆不离的话,丑。"不过,至于接下来怎么赚钱,他一时真没招,外出打工不行啊,家里要照顾。

离婚的事情都成定局了,媳妇都成别人的媳妇了,叶金牛不接受现实也得接受,只是又长叹一声,然后说:"不赚钱不行,你还是把家里的稻田种好,不怕没粮食吃,还有把山里的水果打理好,什么赚钱就种什么,多少能产生点收入。"

"嗯,我明白。"叶飞阳其实更倾向外出打工,还不太愿意在家务农,总认为当农民表明自己无能,可是目前家里的状况不容许自己外出,那只好先当当农民了。

叶飞阳把小桌子搬到床边,方便父亲吃饭。叶金牛正准备吃时,突然感到喉咙痒痒的,便剧烈地咳嗽起来,不料咳嗽不是短暂的,而且咳得异常厉害,似要把心肺都咳出来一般。叶飞阳赶紧拍拍父亲的背,并拿几张卫生纸给父亲。当父亲吐出来时,叶飞阳惊呆了,原来满纸都是鲜红的血,一下子把纸染透染红。他才知道父亲的病已是如此严重。

叶飞阳哽咽道:"爸,你看,这么严重,该看病了。"

父亲摆摆手,喘着粗气说:"没事。"

叶飞阳愤愤地说:"哪里没事?都这样了。爸,我带你去珠州医院看,那里大医院很多,很出名的。"

"可是……我们哪里有钱看病?"叶金牛无奈地说,这才是他的苦恼,家里穷得叮当响,而住院动辄要数万元,钱从何来?

"这不用你担心,我会筹集的。"

之后,叶飞阳来到叶金薯、叶金谷等亲戚家,向他们说明自己父亲的病情,表示要带到大医院看病,并提出要借钱。亲戚都支持去看病,可是要借钱就为难了,他们也没有多少钱啊,不是不肯借,只是没多少,只能借几百上千元的,可谓杯水车薪。后来,叶飞阳又打电话给在珠州的堂兄弟,包括叶志强、叶志彬、叶进乾等人,终于筹集了上万元。叶志强知道叔叔的病情,自然十分支持到珠州看病,并借了三千元,还表示不用还。

筹到钱后,叶飞阳就要带父亲去珠州了。他叮嘱儿子要自立,学会自己做饭,要保重身体,还要把家看好,养好家里的鸡鸭。叶顶天兄弟点头说好,只是心里酸楚酸楚的。

收拾好衣服、棉被等行囊准备出发的时候,突然家门口来了一个人,站在门口的叶顶天发现了,惊喜地叫着:"妈!"

屋内的叶飞阳听到了,有些奇怪,便走出来看,原来是自己的前妻骑着自行车来了。他不知道她来干吗,但不欢迎的意识占据了大脑,冷冷地问:"你来干吗?"

王淑香问:"你要带爸爸去珠州看病?"原来,她从儿子口中探知了该消息。

叶飞阳不屑地回道:"关你什么事?"

这就像一盆凉水泼了下来,王淑香浑身发冷,没想到叶飞阳态度这么冰冷。她说:"我看爸爸来的。"然后懒得看他,径直走向小屋。

叶金牛看到王淑香来了,十分感动,说道:"淑香,你来啦。"

"爸,你身体怎么样?"

"没事没事。"他总是这样,其实病情已经很严重,人很累,疲软无力的。

"要重视,去医院好好治疗。"王淑香关心地说,然后从口袋里掏出一沓钱,足足有五千元,塞给叶金牛,说:"爸,这是我的一点儿心意,你拿去用。好好治疗。"

"这,这哪好? 你也不容易,拿回去吧。"

"没事。你拿着。"王淑香硬塞给他,"我要回去了。"

这时,叶飞阳进来了,说:"不用你的钱,拿回去。"

"我又不是给你,我是给爸。"

"你不配叫爸。"

"你……"王淑香不爱跟他较劲,然后便走出屋子,看了眼儿子,道个别,便骑着车走了。

在小屋里,叶金牛训导起儿子:"飞阳,你不该这样,淑香是个好媳妇,是你没珍惜,唉……"

叶飞阳沉默不语。

第三十三章　悲与喜

　　叶金牛来到珠州那天,叶志强几兄弟均停工前往车站接他,可见对亲人的重视。见到二伯时,叶志强震撼不小,二伯面黄肌瘦的,特别的瘦,似乎皮包骨头,健康时一百三十多斤的他现在至多六七十斤,这都是病痛给折磨的。

　　之后,大家打的前往珠州医院,这是珠州数一数二的医院。在医院里,排了很长的队,才终于挂到号,找到医生。医生一看病情,就立即建议住院。办住院手续时,一次性就要打进八千元的款。叶飞阳从裤腰带里掏出一沓钱,他知道这钱来之不易,筹集时可是问了许多人、花了许多时间,可现在交上去时仅仅是那么一刹那,真是赚钱难花钱易啊。

　　住院后,迎来的就是一大堆的检查,量血压、抽血、胸透,等等。检查的结果出来后,医生把病人家属叶飞阳等叫到办公室,告知他们一个令人震惊的消息,即病人患了肺癌,且是晚期。

　　大家惊呆了,不敢相信医生的话,"医生,是真的? 有没有搞错?"

　　但医生拿着检验单肯定地说就是肺癌晚期,千真万确。

　　天啊! 天都要塌下来了。叶飞阳顿时泪奔,众人呆若木鸡。

　　但此时伤心是没用的,关键还得看有没有挽救的办法,于是叶志强咨询医生这个问题。医生说,得做手术,但也不能确保能痊愈。叶飞阳问做手术的话得多少钱,医生说五万左右。天文数字! 叶飞阳无论如何也找不到这么多钱,且即便筹到了钱,又不能保证能治愈,这对家庭的负担和打击可太大了。他只能说跟家人商量下。

　　……

忙了一天,叶志强疲惫而落寞地回到出租屋。

下班后的张小红已经做好了香喷喷、热腾腾的饭菜,还有笑脸相迎,这让叶志强感到温馨不已。小两口吃起饭来,期间,张小红问道:"你二伯怎么样?"

叶志强摇摇头,说:"情况很不妙,唉,头大。"

"怎么?病情到底怎样?"

"唉,晚期肺癌。"叶志强低声道。

"啊!"张小红呆住了,举着的筷子停住了,嘴也停住了咀嚼。

叶志强说:"我也没想到会变得这么重。唉,当时没重视,一直拖成现在这样的。其实我去年回家时,看到我二伯就知道他病得不轻,但大家都不太重视,又怕花钱,就没送到大医院,只在农村乱吃药,如果早点儿正确治疗,肯定比较好办。我和堂哥他们都深深自责。"

张小红说:"这也是许多农村人的通病,我们老家那儿也是,平时不体检,小病就忍一忍,总怕去医院花钱,等真正严重了才去医院,但往往是变成大病了,要花大钱了。"

"是的。医生说要做手术的话,得五万元。还不能确保会好。"

"这么多!那能筹得来吗?"

叶志强摇摇头。

场面一时寂寥。

过了会儿,张小红想到什么,说:"如果你堂哥在老家工作,早点儿发现你二伯的病;如果当时你堂哥把你二伯接到城里住,或许也会早点儿送到医院检查,那就不会这样了。"

"嗯,你说得对,如果我堂哥在老家工作,也就不会发生跟我堂嫂闹离婚的事了,可是一切都是如果。总而言之,还是一人一地惹的祸。其实,我堂嫂人挺好的,很勤劳很和气,我听说,这次她还硬给了我二伯五千元呢。"叶志强说。

"是吗?那是不错。真是可惜了。"王淑香说。她之前从男友口中听到关于王淑香的事,当时就觉得不可思议,可是细细想想一个妇人长期独守空房,又要照顾老人孩子,出轨似乎可以理解。现在她更多的感到惋惜。"离婚对家庭,特别是对孩子影响太大了,能不离最好不离。对了,你大堂哥和大堂嫂现在怎么样了?可不能让他们跟你飞阳哥和淑香嫂那样。"她说的大堂哥、大堂嫂指叶进乾和邱丽群。自从跟叶志强一起住后,张小红对他的亲人情况有所了解。

叶志强说:"嗯,是不能再发生这样的事了。现在他们俩也没说离不离,就是似乎彼此有气,僵着,我想我嫂子应该不会忍心撇下孩子跟别人的,应该是存在误会。"

"那还得多做思想工作,千万别让他们激化矛盾离婚了。"

"是的。"

……

虽然没有决定实施手术,但叶飞阳、叶志彬、叶志强等人仍让叶金牛在医院治疗,而不是回家等着死神到来,他们想即便希望渺茫,也要缓解叶金牛的痛苦,如果奇迹发生,或许也可能康复。叶金牛问儿子自己得了什么病,叶飞阳没有如实告知,只告诉他得的是肺结核,可以治好。叶金牛问医药费贵不贵,叶飞阳等告知不贵,安心治疗就是。其实,在医院治疗每天花钱如流水,没几天就花去了几千元。

一天,叶志强和叶进乾在医院照看到晚上十一点多后,便打算离开了,让叶飞阳一人值守,然后他们开着电动车回住处。

路上,叶志强想,现在只有他们俩人,说话方便,何不关心下哥嫂的事,于是问道:"哥,近来跟嫂子联系没?"

叶进乾回道:"别提她。"

叶志强愕然,但还想再关心下,便说:"哥,家庭和睦很重要,千万别步飞阳哥的后尘,还是多跟嫂子沟通,让她回心转意。"

叶进乾说:"不是我不想,就是难。你嫂子思想变了,当年在农村还不嫌我什么,吃稀饭、穿粗布都不说什么。后来来到城里,看着人家那么有钱,就开始老嫌我这嫌我那,归根到底就是嫌我没钱,老是抱怨,住在一起老是吵架。其实我也在努力赚钱嘛,只是钱没有那么好赚,你也知道,打工的哪那么容易,做点儿工程还老被欠款。"

"嗯,我理解。"

叶进乾俩人走的是小街道,主要是图路近点儿,虽然珠州号称不夜城,但小街道的人已经散去,变得十分安静,一路上连汽车都没碰上几辆,叶进乾因此加大电门，开着电动车畅通无阻地快速行驶。走着走着，走到一处昏暗的山路时，叶进乾看见前方一辆轿车开得十分奇怪，像蛇行一样绕来绕去前行。他立即降低速度，并脱口骂道："怎么开车的？是不是逞威风啊？"

叶志强观察了下后，说："应该是酒驾吧。这样很危险的。"

刚说完，突然前方那辆车斜着直往旁边的山壁冲去，顿时，"嘭"的一声巨响，车子撞上土墙后，又向前滑行一段，然后四脚朝天翻转过来，滑了一段后动弹不得，只有车屁股的灯闪呀闪。

叶进乾和叶志强俩人看到这一幕惊呆了，幸好及时刹车，否则撞上去都有可能。

"快上去救人。"俩人异口同声地说，生命第一，第一反应就是救人，虽然刚才还骂司机呢，但现今不顾这些了。

叶进乾把电动车一架，俩人便箭步冲了过去，弯着腰看看车内的情况，看到只有一位驾驶员，其他位置没有人。虽然路灯不怎么亮，但透过已经破裂的车玻璃，仍能看到驾驶员的头上脸上全是血，甚是恐怖，也不知道是死还是活。叶进乾喊了喊："喂，开车的，你还活着吗？"

此时，司机被喊醒了，弱弱地回道："救我。"

叶进乾和叶志强欣喜不已，说道："还活着。快救人。"

于是，俩人强行打开车门，小心翼翼地把司机拖出来，让他平躺下来。

现在得尽快将伤员送往医院，可是，他们没有车方便送，开电动车的话显然不现实，"怎么办？"叶进乾问。

恰好此时有辆出租车从前方驶来，叶志强说："拦车吧。"然后跑到路边挥手，出租车司机便停了下来。于是，大家一起出力，把伤员抬上车。现今叶进乾不管自己心爱的、价值不菲的电动车了，把它扔在路边，便跟着出租车去了医院。

到了医院后，赶紧送往急诊科，叶进乾冲进医生办公室，大呼救人。几个医生护士见状，赶紧出来把伤员抬进治疗室。而叶进乾和叶志强则等待和观望了下后，觉得完成了该做的事，该回去了，特别是要按原路回去找电动车，要不然被人偷了都可能。正当他们准备走的时候，这时一个医生出来，问道："你们是病人家属？"

叶进乾和叶志强摇摇头,说:"不是,我们在路上见到病人出了车祸,救他的。有事吗?"

"哦。病人需要手术,那你们好事做到底吧,先交四千元医疗费。"

"啊! 这……"叶进乾为难了。救了人还要自己付医疗费,这着实难办,关键是自己没多少钱啊。"你们医院先给他治疗嘛,到时病人家属再给你钱。"

"要不你把病人家属找来。"

"我们又不认识。"

"我们医院也没办法啊,你们还是先筹款吧。"

叶志强想那就好事做到底吧,发扬下助人为乐的精神,那就给钱吧,自己存折里还有点儿钱,只是没那么多,便对医生说:"我只有三千,可以不?"

"那好吧。"

于是叶志强在医院大堂的取款机取了三千元,交了上去。

手术很快进行。

叶进乾和叶志强现在也不急着回去了,而是在手术室门口等待。

手术完成后,病人被推出手术室,叶进乾俩问医生怎么样,医生说手术顺利。然后大家把病人推到一个病房里。此时病人已经从原先的昏迷状态醒了过来,他看了下床边的人,很快认出了叶进乾,惊道:"啊! 这不是叶进乾吗?你怎么在这儿?"

叶进乾一愣,仔细看了看病人,虽然对方头包着纱布,但他还是能认出来,吃了一大惊,原来此人就是赖金贵,曾经的老板,曾经的欠薪老板,还是拐走自己老婆的人,曾经让他产生过想宰了的人,殊不知自己却救了此人。不过,到了此时,他的仇恨却蕴结不起来,而是惊讶而和气地说道:"赖老板,原来是你。"

医生这时插话了,对赖金贵说:"是这两位大哥把你送到医院来的,还为你垫了医疗费呢。"

"是吗?"赖金贵感激涕零,很想挣扎起来跪拜眼前的两位恩人,可是因为伤病却爬不起来。同时,叶进乾和叶志强也让他安心躺好。

赖金贵握着叶进乾的手激动地说:"你们救了我的命,我非常感谢,我现在都不知道要怎么感谢你才好,你们是大好人,我以前做了对不起你的事,我深感愧疚,向你道歉。如果不介意的话,以后你们就做我的兄弟,有什么需要帮忙的尽管提,我一定满足。"

叶进乾咧着嘴笑道:"谢谢赖老板。"

赖金贵完全感动了,眼前的打工人心地是如此的善良,自己做那么多对不起他们的事,他们都不责怪自己,还脸上带笑呢。自己今后一定要改,要积善积德。

突然,赖金贵想到一件事,便悄悄地对叶进乾说:"我要跟你说件事,我跟丽群没有什么,曾经我是动过念头,但我发誓我没有对她怎么样,我和她只是上下级关系,她在我那儿很卖力干活呢。我知道丽群和你存在些隔阂,她老是不回家,我希望你跟她多多沟通,需要的话我帮忙做思想工作。我祝你们好好的。"

"你说的是真的?"

"千真万确。"

叶进乾信以为真。叶志强知道后欣喜不已,看来是一场误会,有救了。

赖金贵出院后,他特意上叶进乾家门道谢,不仅送还原来的治疗费,还多给了一大笔钱,叶进乾一直不接,但赖金贵说这是给他的金牛叔叔治病的,他才收了。原来,他通过邱丽群的口,已经得知叶金牛治病的事。

更让人惊喜的是,赖金贵直接招叶进乾到他酒店工作,负责酒店的工程维修,月薪三千五,刚上班就先发放一个月工资。更重要的是,经做思想工作,邱丽群跟老公重归于好,赖金贵还大方地给他们夫妻一间蛮不错的宿舍。现今俩人收入稳定了,日子自然比以前美满多了。

但是,在医院治疗的叶金牛由于治疗时间太晚,病情十分严重,一度出现恶化,经抢救仍无效,两个月后撒手人寰。

众人痛哭,呼天抢地,草木生悲,鸣呼哀哉……

第三十四章　留下来

叶志强请假回老家办二伯的丧事,具体不加细说。办完丧事后,他准备回公司,由于手头钱花光了,便骑着车前往镇里的银行取钱。

在镇上的街道骑行时,突然听到有人叫他:"志强!"

叶志强扭头一看,原来是前女友刘芸,他赶紧停住车,此时见了她真是百感交集,一方面她显得那么漂亮,穿着很高档的黑色呢子风衣,戴着金项链,做了个时尚的头发,感觉比以前高贵美丽,让人不由地觉得没娶到她可惜了;另一方面自己曾经被她甩过,那种受伤的一幕幕似乎一下子从脑海调了出来,蛮伤感的,甚至都想责问她。好在自己已有女人了,日子过得蛮幸福的,就不多计较往事了,因此他和气地应道:"刘芸,是你啊!你怎么在这儿?"

刘芸说:"我买点儿东西。你是为你二伯的事回来的吧?"

"嗯。"

"那打算什么时候回珠州?"

"打算明天吧。"

"哦。走,我请你吃奶茶,刚开张的,味道挺不错的,怎么样?"刘芸说。镇里刚开了间奶茶店,颇受人喜欢,而且在那里谈事的话氛围比较好。

"好吧。"

于是俩人来到奶茶店,奶茶店装修时尚高雅,干净卫生,在农村的乡镇里难得有这么一个地点。俩人点了奶茶后喝了起来。叶志强忍不住多看几眼刘芸,说:"刘芸,你越来越漂亮了。"

刘芸莞尔一笑:"是吗?谢谢夸奖!"

叶志强带着风趣的口吻问:"日子过得不错吧?"

"呵呵,还好。你呢?"

"我一般般,打工的,能好到哪里去。对了,他对你怎么样?"叶志强问,"他"指她老公尤大志。

"也还好。顺便跟你说下,他已经不在我们镇工作了。"

"啊! 去哪儿了?"叶志强不由地猜疑不会是他们俩出问题了吧。不过,事实并非他所想的那样。刘芸回道:"他升官了,调到市里的一个街道办事处当书记了。"

"这样啊,真牛! 那你和他不是两地分居了吗? 怎么办?"叶志强又关心起一个问题来。这个问题其实蛮大的。当初他和她不就是因为分居才导致后来发生的一系列问题。

刘芸微笑道:"过阶段我就调到市里的一个学校教书,已经在操作了,就等着办好手续。"

叶志强真没想到刘芸混得这么顺风顺水,看来攀上个好人家就是爽,真是令人羡慕,"这样啊,那恭喜你啊,升级到城市工作了,俩人又可以团聚。"不过,他心里不由地产生了自卑感,自己混得这么差,如果嫁给他肯定不会有这样的好事。

"谢谢。其实我蛮舍不得老家的,舍不得我的那些学生,我走的话,学校的师资就更紧张了。我们农村教育实在是差,缺资金、缺人才、缺氛围,可是我也没有办法。你有没想过回来教书啊?"

"这……我没教师资格证呢,教师也得考试吧,不是随随便便就能当的。"

"那你可以去考啊,你是本科的,肯定会考上。"

"嗯,倒可以考虑考虑。早知道前几年就考回来当老师,那就能跟你一起工作了,那你早就是我的老婆了,也就不用调去龙州市了。"叶志强戏谑道。反正是前女友,彼此熟悉,开开敏感的玩笑没关系。

"嘻嘻。"刘芸笑了笑,就是不发表意见。

坐了一阵子后,奶茶喝光了,俩人便道别了,虽然有些不舍。对于即将离开家乡的叶志强来说,不舍的不仅仅是刘芸,还有父母等亲人。这次回家后,他发现父母身体比以前差多了,母亲经常失眠,很容易感冒伤寒;父亲的腰杆子也比以前差多了,以前能扛百来斤的东西,现在不行了,原来是当年扛石头时闪过腰,现在演变为腰椎间盘突出,影响了正常干活。叶志强只能劝父母少干些活,田种不了就不种,好好保养身体,该补得补,该检查得去检查。他也想带父母去大医院检查检查。可是现在条件不允许,父母也怕花钱,说没事,不是大病,用土方就好。第二天,叶志强便坐上了前往珠州的车。没办法,公司请假制度严明,得按时回岗,工作还得忙。

叶飞阳为父亲治病、办丧事等花了许多钱,如今的他已经是一贫如洗,连日常开支的钱都没有了。靠在家的两亩薄田和一些果树,并不能赚多少钱。因此,他对金钱的渴望十分强烈。当因奔丧回家且待了一段时间的叶进乾和叶志彬两位堂兄定好日期要外出打工时,他便产生了外出打工的念头,想跟他们一同外出做装修,也算是换个谋生方式,不再开摩托载客,因为觉得装修比较稳妥点儿,而载客容易被罚风险大。他找到叶进乾和叶志彬说了自己的想法,两位堂兄都赞成。因此,当天晚上,叶飞阳赶紧收拾收拾行李,准备第二天早晨搭车。

这时叶顶天兄弟玩完回来了,他们看到父亲在收拾东西,猜到了父亲可能要走,心情十分不好。叶飞阳向他们招招手,让他们走近前来,然后语重心长地叮嘱着:"顶天、立地,爸明天得跟你进乾伯伯、志彬叔叔去珠州打工赚钱了,接下来家里的事务主要得由你们俩照看,特别是顶天,你是哥哥,要照顾好弟弟,要主动承担家务活,把饭做好,把家打扫干净,注意安全,不要去公路玩,那里车辆多,不要去游泳,游泳危险。菜园的事我交代你大伯公大伯婆还有三叔公三叔婆了,他们会帮忙打理菜,你们也要帮忙浇菜,才有菜可以吃。需要钱买油买肉什么的,你就向你大伯公要,我把钱放在他那儿了……"

话还没说完,此时叶顶天兄弟俩已经泪流满面,心情特别难受。叶飞阳看到儿子哭成了泪人,觉得不可思议,说:"你们哭什么呢?爸又没打你们没骂你们。"

叶顶天说:"爸,你能不能不要走?"原来,他怕父亲外出,怕与父亲离别,怕家里没有一个大人,怕家里空荡荡的……虽然父亲在家里的时候,时常会批评他们,但相比之下,他们宁愿被批评,也不愿父亲离别。

叶飞阳说:"哎呀,爸要赚钱养家嘛,没赚钱的话怎么供你们读书,怎么养家？"

叶顶天兄弟也知道这个理，但就是不愿父亲走。

第二天，叶飞阳、叶进乾、叶志彬天蒙蒙亮便起床，而且尽量保持悄无声息的样子，不惊动孩子，然后带着行囊前往公路边搭车。当他们走到村口的道路时，突然听到身后传来了一群孩子的脚步声和叫喊声，扭头一看，原来是顶天立地兄弟、旭日东升兄弟、大雅小雅姐妹跑来了。叶飞阳眉头一皱："哎呀，这些小鬼怎么这么早也醒了？跟来不就麻烦了吗？"

他们几个大人只好停住脚步，很快几个孩子追赶了上来，身上穿的衣服十分单薄，显然起床后没有添加衣服就赶来了。

几个小孩相应地拉着各自父亲的衣服或包，几乎异口同声地说："爸，你不要走。"

"爸爸得打工赚钱呢，你们快回去。"

"不，那我跟你走。"

"那怎么行？你们都要读书的嘛。"

"我不管。"孩子们耍起小脾气。

几个大人打掉孩子的手，向前走几步，可是孩子们很快又跟上来，再次死死拽着父母的衣服或包。反复几次均是如此，劝又劝不了，跑又跑不掉，搞得大人们哭笑不得，十分无奈。

这时，后面又有几个老人迈着欲快又快不了的步子来了，一看，原来是叶进乾和叶志彬的父母，他们走近后，气喘吁吁地说着："你们几个小鬼，跑那么快，追都追不上。"

叶进乾对老人说："爸妈，叔婶，你们帮帮忙，把他们拉住，再晚就赶不上车了。"

于是老人劝说道："快听话，回去。"然后拽自己的孙子孙女，可是孩子们尽力挣脱他们，还哇哇大叫的。而且叶顶天叶立地俩没有老人拽，他们仍紧紧地跟着父亲。

叶飞阳站住了，生气地对儿子说："你们怎么还不听话，快回去？爸赚了钱很快就回来。"

叶顶天立即顶嘴道："你骗人。"

"爸怎么会骗你呢?"

"你去了珠州肯定又很久不回来。我和弟弟不要你走。在家里不是更好?"

"在家里没钱赚嘛。"叶飞阳解释道。

"在家也可以赚钱。我妈不就开店赚钱了吗?还有文明他爸也在家里有钱赚。"

叶飞阳怔了下,但并没有责怪儿子,想想还觉得颇有道理。

他对叶进乾和叶志彬商量起来:"你们说这怎么办?孩子不让走。"

叶进乾说:"唉,你走的话,顶天立地是不容易,都没有个大人照看。要不你留下来,看看在家里有什么发展的。多动动脑子也是可以赚钱的。"

叶飞阳想了下改变主意,说:"好吧,那我就不走了,我就要在家闯出条路来。"

叶顶天叶立地兴奋不已,终于胜利了。不过,叶进乾和叶志彬还是要搭车,他们安慰孩子,说赚了钱很快会回来的,云云。孩子们没有办法,只好让父亲离开了。

第三十五章 否极泰来

不知不觉地,时间已经到了夏天。太阳渐渐发威,放射出耀眼的光芒,天气不断热了起来。

在酒店忙活一天的邱丽群夜里已经入眠,房间没有空调,她睡觉时感到异常闷热,汗水直冒,睡着睡着,做了个梦,梦见自己的孩子去一个水潭游泳,水潭很深,水绿绿的,叶东升刚下去,就呛了水,腿似乎被潭里的石头夹住了,人要游动却动不了,只能条件反射地不断拍打水面,激起阵阵水花,并奋力喊着呼救。在水潭旁的叶旭日见状,惊慌不已,壮壮胆,奋勇地跳下水游过去,游到弟弟处后要拉他,不料他水性不是十分好,被弟弟拽住后自己游不动,反而跟着下沉……在这十分危急之际,邱丽群焦急万分,说着梦话:"快,快,救人,救人啊!"手还不断拍打着床。

同榻的叶进乾很快醒了过来,打开灯后一看,就知道老婆做梦了,便推了推,叫醒了她,问道:"你做梦啦? 梦见什么? 一直喊救人。"

邱丽群坐了起来,似乎惊魂未定,大汗淋漓的,说道:"我梦见旭日、东升去潭里游泳出事了,你说会不会是真的?"她的心仍怦怦直跳,仍担心儿子真的出事。

叶进乾不屑道:"你这是做梦,哪可能会是真的? 再说现在是深夜,孩子都睡觉了,哪可能去游泳?"

"嗯,就怕他们白天去游泳出问题。要不你打个电话回去问问。"邱丽群仍不放心。

叶进乾看了看手机显示的时间,说:"现在是凌晨三点,家人都睡了,谁还能接电话。放心吧,不会有事的。"然后他起床倒了杯水给妻子,让她喝,缓缓神。

之后,邱丽群重新躺下,可就是无法睡着,仍担心着儿子,生怕出事,恨不得现在就飞回老家去看个究竟。唉,如果孩子在身边就好了……

第二天一大早,邱丽群便迫不及待地给家里打了个长途电话,询问孩子的情况,家人说孩子都在睡觉呢,平安着呢,放心。由此,邱丽群心里的一块大石头才算落地,看来是自己多虑了。

时间来到了当天的中午时分,叶进乾和邱丽群还在午休,突然他的手机"铃铃铃"地响了,他醒了过来,抓起手机一看号码,是老家的。他接起来,似睡似醒懒洋洋地应道:"喂。"

对方急促地说道:"哥,我是飞阳,家里出事了,快快回来。"

"什么?!"叶进乾一下子全醒了,像被强力弹簧推动一样,从平躺变为坐起来,大声惊问着。邱丽群发觉不对劲,也醒了,并坐了起来,为之捏一把汗。

叶飞阳接着说:"旭日、东升还有顶天、立地、大雅、小雅他们去池塘划木筏玩水,不料木筏散架,孩子跌到池塘里,人被淹了,三叔路过见到后,下去救人,不料自己也受伤,我已经叫志彬和志强了,你们一起回来吧。"

"怎么还发生这事?那人现在怎么样?救起来没有?"叶进乾追问,生命诚可贵,命在就不怕。

"东升和小雅挺严重,都昏迷了,我们送到卫生院抢救,好在醒了,脱离危险了,三叔也受了伤在治疗。"

"啊!这么严重。哎呀,怎么会发生这事?"叶进乾大吃一惊,觉得不可思议,稍安慰的是幸好人命保住了。

叶飞阳又把情况具体阐述了下。原来,几个孩子吃完午饭后,因为天热,便结伴跑到村子的一口大池塘玩水。池塘边有些木头订成一排排的浸在水里,意图是让木头以后不容易生虫子。叶旭日蹚着水爬上简易的木筏,觉得很好玩,有种像站在船上的感觉,他突发奇想,何不将木头的固定桩拔开,然后来个水上划船呢。以前他就多么希望能在大海、大河上坐船,只是一直没机会,连海都没见过,现在在池塘划划木筏,至少可以过把瘾吧。他向诸位一提这个主意,其他几位都说好,纷纷爬上木筏,一齐出力拔掉了固定桩,然后又用木棍,使使劲撑动了木筏,大家高兴得手舞足蹈,觉得太妙了。不知不觉,木筏划了半圈,他们又壮壮胆,想划到池塘中央的深水区,这样才过瘾。不料划着划着,木筏突然松开来,原来人家主人只是简单把几根木头固定在一起而已,现在一散架,大家预料不急,便"扑通"掉落水中。年纪大点的叶旭日和叶顶天还会游泳,可年纪小的不会游泳,加上惊慌失措就惨了,特别是叶东升和叶小雅是从木筏中间掉落下去的,头被木头挡住,想浮出来都难,情况更加危急。就在这时,要外出干活的叶金谷听见了呼救声,忙跑到池塘边,一看,大惊失色,忙跳到池塘救人,不料刚一下水,就被池塘里的玻璃给扎破了,流了不少血,自己因得了腰椎间盘突出,也不利索,不仅救不起人,反而喝了不少水。之后他朝村子大喊救人,虽然有些人跑出来,但全是老人,全是不会游泳的,情况越来越危险。好在留在村里的唯一的青年人叶飞阳听到了,迅速跑来,游到池塘中,把几人救起来。但叶东升和叶小雅已经昏迷,做了下急救后,赶紧送卫生院。

挂了电话,叶进乾和邱丽群都像热锅上的蚂蚁急得团团转,真希望能以光的速度立即飞回老家。他们立即找到赖金贵,要向他请假回家。他们把情况一说,赖金贵不仅同意请假,还非常关心,说:"去车站搭车太慢了,我开车送你们回去。"

"那就太感谢赖总了。"叶进乾夫妇十分感激。

赖金贵说:"还谢什么,你可是我的救命恩人,你家人有难,我帮你们一下是应该的。"

于是,赖金贵开上他的宝马,载上叶进乾夫妇,之后又顺路拉上叶志强、叶志彬夫妇,向着叶进乾老家的方向急速飞驰。这次,只花了平时搭大巴约一半的时间,便到了老家的卫生院。在病房里,邱丽群等人见到了孩子,握着孩子的手哭成了泪人,心里五味杂陈,有伤感、有心疼、有自责……孩子调皮贪玩是一回事,最主要的还是父母外出,没有把孩子管好,才导致出事。

叶志强、叶志彬等人也看到了在卫生院的父亲,他脚部包扎着厚厚的纱布,神情憔悴。"爸,疼不疼?"

"疼倒没什么。爸没照看好孩子,发生了这事,对不起。"叶金谷十分自责。

叶志彬十分感动,哽咽道:"爸,别这样说,该怪的是我们。"

叶金谷说:"幸好有飞阳在,否则后果……现在留在农村的不是老人就是小孩,一旦发生什么事,要找个年轻人帮忙还真难,唉……"

"是的。"大家深有同感。

在卫生院住了两天后,基于病情好转,孩子们便出院回家休养了。

其间,叶志强带着赖金贵到处逛逛。赖金贵为村庄的美丽而大加赞赏,他说:"志强弟,你们这儿实在太美了,山是那么绿那么美,天是那么蓝,水是那么清,房子是那么有特色,乡村是那么的宁静,空气是那么的清新,我很少看到有这么美的地方啊,这里就像世外桃源一般,我这次来这里算值了。如果在这里养生,那真可能会成神仙啊。"

叶志强欣喜不已,说道:"呵呵。赖老板,那欢迎你常来这里养生啊。不瞒你说,我也觉得我们家乡很美,我甚至想放弃外出打工,留在家里谋生得了,可是一直不如愿。赖老板,你既然是搞酒店的,我给你提个建议,何不扩大生意,来我们这儿搞旅游啊,到时你就方便常来啦,我也可以给你打工,顺便谋个饭碗啊!"

赖金贵似醍醐灌顶,说:"这是个好主意,这是个好商机,我会好好考虑的。"接着,赖金贵又问了叶志强不少问题,诸如周边城市情况、周边旅游情况、交通情况,等等。叶志强非常耐心地回答,尽量吸引赖金贵来投资。赖金贵对各方面情况十分满意。

逛着逛着,两个人碰到了叶飞阳。叶志强听说堂哥在村里谋生,养了不少鸡、种了不少菜,便提出:"哥,带我们去你的养鸡场和菜园看看吧。"

叶飞阳热情邀请道:"好嘞,走吧。"

于是,叶飞阳带着俩人前往他开辟的地方,来到一个山脚处,这里的一片田地已经被叶飞阳开辟成小农场,养了鸡鸭,挖了池塘养了鱼,还在旁边的田里种了不少的青菜。

赖金贵看了后,赞道:"不错嘛,这里的鸡鸭质量不错吧?"

叶飞阳说:"那是,我这里不是那种饲料养的鸡鸭,而是土鸡鸭,吃的是五谷杂粮和虫草,鸡鸭还是天天到处活动的,肉结实呢。对了,上次有农业局、地质局的人来参观,拿了我的产品去做检验,说我的鸡鸭和青菜富含硒,他们还说,我们这地方的土壤富含硒元素,这里的农作物和牲畜也含很多的硒元素,说是具有极高的营养成分和开发利用价值。"

赖金贵说:"是吗？我听过硒这个词,是很不错,可以好好挖掘。"

叶志强眨了眨眼,一个主意袭上心来,说:"我也知道硒,如果产品富含这个元素,想必肯定很受欢迎。我公司就是搞农业的,我回去就向我们领导汇报,看看他们有没兴趣来投资开发。"

赖金贵也想到了个主意,问:"飞阳兄,你的产品现在怎么卖?"

"都是我拿到镇里摆摊卖。"

赖金贵说:"我有个想法,何不把旅游和农业相结合呢,既搞生态农业产业园项目,又将农业项目列入旅游,全面发展集游、行、食、住、购、娱为一体的富硒休闲生态旅游产业。我虽然不懂农业,但可以跟志强的公司合作,当然也要和飞阳你合作。你们觉得如何?"

"好主意!"叶志强和叶飞阳兴奋道。如果真的落实的话,那意义太大了,不仅能带动当地发展,还能造福百姓,大家纷纷回乡工作的话,留守的问题也将解决。这可是一项大功绩啊!

随后几天,赖金贵把珠州酒店的事交给下属打理,他决心留下来更加细致地考察起当地的旅游资源,在叶志强等人的陪同下,不知疲倦地观看了更多的景点,还进入森林以及来到镇里的一个水库游玩,森林空气的清新、氧量的充足、物种的丰富以及水库的美,令他啧啧称赞。之后,他们又来到镇政府相关部门,拿到了关于硒的报告,镇政府领导知道这是个招商的大好机会,非常热情地推介和招待,诚心诚意希望赖金贵来投资。

玩了几天,大家准备回珠州了。当叶进乾夫妇和叶志彬夫妇想离开,孩子死活不肯他们走,拉着扯着。经过此次教训,他们也有意留下来照顾孩子和老人,避免再次发生悲剧。但是叶进乾和叶志彬活儿没干完,钱还没拿到,后来经商量,他们决定回珠州把活儿干完,干完后收了钱就会回来,而邱丽群和许绿瑟则不外出了,留在家里带孩子。由此,孩子们同意了。

大结局

叶志强回到了出租屋,一进屋,先跟女友张小红来个亲密的拥抱,一副十分恩爱的样子。随后,张小红问道:"这次回去怎么样?"

叶志强微笑道:"收获很大。"

"啥?!"张小红诧异不已,"不是家里出了事了吗? 还收获大,你没事吧?"

叶志强提高嗓音说:"没事,正常呢。家里是出了事,幸好救人及时,现在没事了。这次我哥公司的赖金贵老板载我们回去,他看到我们家乡很美,大为叹服,有意投资。还有我们家乡的土壤富含硒,动植物营养成分高,这可是一个值得大打的牌,明天我打算带他到我们公司,看看能不能促成合作,如果成功的话,可以搞农业生态旅游开发啊,那我哥他们就可以在家赚钱啦,村里人要过小康生活就容易啦!"

"这样,那太好了!"

"对了,如果真的成功的话,我也想回去,到时,你愿意跟我回去吗?"叶志强问道。这是个十分关键的问题。毕竟让一个在城里常住的现代女孩,突然要到农村住,困难不小。

不料,张小红考虑都不考虑,爽快地说:"愿意,嫁鸡随鸡嫁狗随狗,况且你家乡这么美,这么有营养,我巴不得去享受呢。"

"呵呵,那就好。我爱死你了。"叶志强感动万分,激动地又紧紧拥抱起女友,狠狠地亲了几口。

第二天,叶志强上班后不久,赖金贵便到了他的公司,可见对合作的重视。

随后,叶志强敲了敲董事长办公室的门,董事长说了声"请进"。叶志强推开门后,恭敬地打了个招呼:"卢董。"董事长姓卢,名飞,四十多岁,脸上常挂着笑容,给人一种春风般的感觉,能力和事业心很强,对人和善,是个颇受员工尊敬的领导。

卢飞应了句:"是志强啊,请坐。"接着,他看到叶志强身后还跟着一个人,一看就能猜出不是个普通人,"志强,这位是?"

于是,叶志强向两人做了介绍。卢飞赶紧和赖金贵握了握手,请他坐,然后泡好茶招待,只是纳闷的是,他突然找来有何贵干呢?

很快,卢飞的疑问得到化解。赖金贵开门见山地说:"卢董,有个赚钱的好机会,想邀请您合作,不知您有没兴趣?"

"噢?说说看。"

赖金贵示意先让叶志强发言。叶志强领会,便把家乡的情况、农业和旅游的情况特别是富硒的情况作了比较详细的介绍,还把相关的报告交给卢飞看。然后赖金贵侃侃而谈地讲了他的亲身体验和开发的计划。

卢飞听得两耳竖了起来,颇感兴趣。叶志强甚喜,然后又回到办公室,拿了几样东西交给卢飞看,介绍道:"卢董,这些鸡蛋、茶叶、豆子都是我老家出产的,你看看,我建议拿到实验室检验下。"

"好。"

于是,这些东西被送到了公司农产品实验室,经检验,果然硒元素成分比平时多好几倍,且其他各方面的营养成分也十分可观。

卢飞欣喜万分,他嗅到商机,或许公司能够因此做强做大,获得更多的利润。当然,对于当地农村来说,也是个发展的好机会。

过了几天,卢飞便带着公司相关部门的人员,在叶志强的带领下,前往志强的老家实地考察。叶志强十分珍惜这次机会,为了提高招商的成功率,他提前将这个消息告诉给县招商部门领导、镇领导、村干部,让他们做好准备和推介。他们获悉后,都十分重视,提前做了各种准备。

卢飞到了叶志强老家后,马不停蹄地开展工作,包括实地考察、听相关部门介绍、下到田地询问,等等。他对考察情况十分满意,决定投资。

一切工作紧锣密鼓地铺开。

半年后,由卢飞和赖金贵等股东共同投资的龙州市绿翔旅游开发有限责任公司在清安县篆山镇秀美村成立,休闲生态农业产业园开建,一期投资就达1.2亿元,重点打造富硒产业核心示范带,全面发展集食、住、行、游、购、娱为一体的富硒休闲生态旅游产业。

叶志强作为本地人,因熟悉本地情况,被公司认命为新公司总经理的助理,这让他兴奋不已,不单是因为职务级别提高了,更主要是因为自己由此可以回到老家工作,不用外出漂泊,还可以为老家人民做点儿事,贡献自己的力量,太好了。很快,叶志强和张小红便收拾行囊,搬回老家住了。这一次,父亲再不会像上一次那样还赶儿子外出打工,知道儿子拉回一个大项目,还任总经理助理,他们脸上写着无上荣光。张小红本也是农村人,这次住在当地山村,很快就适应了,并喜欢上这里如诗如画一般的山山水水,喜欢上这里的浓厚而淳朴的民风民情,跟叶志强的亲戚、邻居们相处得十分友好。大家都夸她是个好媳妇,说叶志强有福分,带回这么个好女孩。过了一阶段,她还把老母亲也接了过来。

起初村里人对开发旅游并未抱过大的希望,觉得穷乡僻壤的,谁会来旅游呢。但渐渐的,他们的质疑便不攻自破。由于公司的有利运作,加上旅游的宣传和推介,慕名而来的游客不断增多,有的坐着旅行社的大巴而来,有的开着私家车而来,甚至还有不少开着摩托车、骑着自行车的背包客。村里人看到了商机,纷纷开起家庭旅馆和饭馆。叶进乾和叶志彬便是其中的典型,将自家土楼的老宅改为若干房间,装修一新,每间每晚收几十元。对于这个建筑风格十分富有特色、内部房间条件不错的民间旅店,客人也是十分喜欢,因此入住率好得喜人。此外,他们还开起农家乐餐馆,吃的饭菜全是本地产的,极富营养,也颇受客人喜欢,家乡的诸如青梅干、山楂、柿子饼、花生等土特产也十分热销,客人回去时往往买了不少回去。也有些本地人以土地入股公司,并成为公司的员工,参加农业园的种植,既可以拿到工资,又可以享受分红,叶飞阳就是其中一个例子。

随着外出打工的人纷纷回家谋生,在家读书的人越来越多。但是孩子们还得跑到几公里远的学校上学,在本村就近上学成了一道急需解决的问题。经村民申请,村干部的沟通,办学终于获得成功,停办的秀美学校重新办学,叶志强所在的公司直接捐了几十万元盖起崭新的教学楼,孩子们再也不用外出读书了,留守儿童的问题迎刃而解,诸如叶旭日、叶东升、叶大雅、叶小雅他们可以天天见到父母，可以享受父母的关心，那种幸福难以言表，读书成绩不断提高。当然，那些原本留守在村里的妇女，看着老公回来了，夫妻俩又一同创业，夫妻感情也好了，幸福感比以往大大增强。还有老人们，看到儿女、孙女都在身旁，也享受着其乐融融的氛围。

不过，在此时发生的一件事，还是在平静的小山村荡起不大不小的涟漪。

一天傍晚，叶志强在办公室加班处理些事务时，突然一个熟悉的身影出现在门口。原来是刘芸。叶志强见到了，有些惊讶。此时的她穿着打扮都十分普通，脖子上、耳朵上原本显眼的首饰不见了，表情显得有几分憔悴。

"刘芸，你什么时候回来的？"

"回来有两三天了。"

"哦，是吗？都没见到你。快请坐吧，我泡茶给你喝。"叶志强客客气气的。

喝了两杯茶后，叶志强正想问她为何会回来时，刘芸便先说话了："志强，我调回来教书了。"

叶志强诧异地问："调回来？！城里不是好好的吗？怎么回农村来？"如果是其他同村人回来工作，那不足为奇，可是刘芸都已经嫁给城里人了啊，难道又要回到分居的老路？一人在农村，一人在城市。

刘芸说："还是在家好。"说毕她低着头抚弄着手指，半晌才说："我……我心里很难受。"刚说完，豆大的泪花从她的眼眶流了出来。

叶志强见状忙拿起面巾纸给她擦泪，关心地问："怎么回事？他欺负你了？"

刘芸点点头，"嗯，我和他离婚了。"

"啊！"叶志强震惊万分，万万没想到会这样，"不是好好的吗？怎么会弄到离婚的地步呢？"

刘芸说："我现在好后悔，我当时真是糊涂了，连他的为人都没看清就嫁了，原来他是个喜新厌旧、忘恩负义的人，娶了我后，又到外面找了个女人，被我当场抓住了。他不仅不认错，还骂我，叫我滚，然后三天两头跟那个女的在一起。离婚的事是他先提的，既然都这样了，勉强没有意义，我就同意离了。只是心里不甘，他过得风流倜傥，我却一个人偷偷地哭，心里憋着气。"

"原来这样，真没想到他是这样的人，芸，你受苦了。"叶志强安慰道。

刘芸说:"你让我靠一下好吗?"

叶志强愣了下,但还是同意了。刘芸靠在他的肩膀,刚一靠上,就呜呜地哭起来。叶志强又是一阵安慰。"他这样的恶人,不值得为他伤心。没事,你还年轻,再找一个就是,明天会很美好的。"

刘芸像个小孩一样听话:"嗯。你会怪我吗?"

"哪会怪你? 我们永远都是好朋友嘛。只是我现在有了小红,要不然就把你娶了。"叶志强说。

刘芸说:"谢谢,我听村里人说,小红人不错,祝福你们。我就没有这个福分了。这或许就是命。"说毕叹息一声。这个"命"字意味深长。

叶志强因为有了张小红,自然不会再移情别恋,但对于老情人,情谊犹在,他给予同情和关心:"过去的就算了,乐观点儿。接下来好好工作吧。你条件好,不怕的,如果有合适的人选,我也会帮你介绍。"

"谢谢! 只是很难。"

"哪里话? 自信点儿。"

这次,叶志强跟刘芸聊了许久,但又不敢聊太久,因为生怕张小红突然进来,产生误会,毕竟不能像当年那样了,还是保持一定的距离比较合适。

没过两天,刘芸便重新站在秀美小学的讲台上,勤勤恳恳地工作着,她觉得只要工作忙起来,就不会想太多别的东西,生活可以过得很充实,不会被忧伤占据。

三个月后,传来了一个消息,尤大志被人在网上举报了,举报内容包括受贿和生活作风问题。纪委进入调查,发现情况属实,便实行"双规"。该消息还被《龙州日报》报道,刘芸看到了,叶志强等人也看到了,只是心情十分复杂。至于举报人是谁,报纸没提,谁也不知道,也没人过问。

半年后,叶志强跟张小红正式结婚,过上甜甜蜜蜜的生活。经人介绍,刘芸跟一位在本镇中学教书的老师谈起恋爱,几个月后喜结良缘。

在此后的时间里,又相继传出好消息,比如城市的学校开始接受外来工孩子了,学费跟城里人一模一样;农村实行了新农保、医疗保险,老人有了养老金,看病可以报销了……